Dienst Openbare Bibliotheek
Filiaal Bomenbuurt
Acaciastraat 182
2565 KJ Den Haag
Telefoon: 070-3452337

D1421351

DOOR DIK EN DUN

Bij Uitgeverij Zomer & Keuning verscheen ook:

Mariëtte Middelbeek
TWEE IS TE VEEL
REVANCHE IN NEW YORK

Anita Verkerk
HEISA IN VENETIË

Els Ruiters

Door dik en dun

OPENBARE BIBLIOTHEEK
BOMEN-
BUURT
'S-GRAVENHAGE

ISBN-10: 90 5977 161 3
ISBN-13: 9789059771611
NUR 340

www.kok.nl
www.elsruiters.nl

Omslagontwerp: Julie Bergen
Omslagfoto: Getty Images
© 2006 Zomer & Keuning familieromans, Kampen
Alle rechten voorbehouden

Hoofdstuk 1

Ik wist het zeker – ik zou never-nooit-niet dikker worden. Wat ik er ook voor deed. De weegschaal schoof ik zo ver mogelijk onder mijn bed. Slank? Bah! Avond aan avond propte ik me vol met van alles wat dikmakend was, en ik werd geen gram zwaarder. Het hielp geen steek – hier waren drastische maatregelen nodig. De weegschaal hield niet van mij en ik hield niet van de weegschaal. Dus: weg ermee. Als het een digitaal exemplaar was geweest, had ik natuurlijk gewoon de batterijen er uitgehaald, maar bij gebrek aan kwikvoeding was een donkere plek vol stofvlokken onder mijn bed ook goed. (Zodat ik stiekem af en toe toch nog eens kon kijken of ik al wat zwaarder werd. En dan was zo'n analoge, ouderwetse weegschaal weer erg praktisch. Batterijen waren toch nooit te vinden als je ze nodig had.)

Vort. Uit het zicht ermee. Onder mijn bed. Mijn tweepersoonsbed, ook nog. Of, om het iets preciezer te zeggen – mijn door één persoon gebruikte tweepersoonsbed. Praktisch als ik was had ik bij de aanschaf van het bed al helemaal gedacht aan een toekomstige partner, aan zo'n donkerharige, zongebruinde seksgod met brede schouders en sterke, gespierde armen. Natuurlijk had die Adonis verdacht veel weg van Kaz van den Berg, op wie ik al tijden hopeloos verliefd was. Een jaar, drie maanden, vier dagen en… (even controleren) een uur of tien, om precies te zijn. Zucht. Hoe wanhopig kun je zijn? Maar wel erg leuk om over na te denken. Lekker mijmeren over Kaz en die heerlijke blik van 'm en…

Piep piep, deed mijn wekker, die ik vergeten was uit te zetten. O. Ik moest opschieten, anders zou ik te laat op mijn werk komen.

Ik trok de spiegeldeur van de kast open en liet eerst mijn blik en daarna mijn vingers over de kleren gaan. Heel stemmig allemaal, heel keurig. Donkerblauwe broeken en crèmekleurige en beige truien. Afgrijselijk. Iedere dag hetzelfde liedje. Iedere dag nam ik me voor om die ouwe troep in de *Zak van Max* te proppen en een nieuwe garderobe aan te schaffen. En iedere dag deed ik natuurlijk niks. Nuchter beschouwd leek het wel of ik in de kast van mijn oma stond te neuzen. Wat een papkleuren, beige is toch gewoonweg de kleur van de absolute aftakeling? Alles wat in de natuur oud wordt, krijgt zo'n uitgeteerde, bleke kleur. Beige. Alleen het woord al. Dat smaakt al naar iets wat je liever niet eet, laat staan de hele dag aan je lijf hebt hangen! Morgen, dan zou hier een hele nieuwe rits kleren hangen, flitsend, vernieuwend, erg hot, erg trendy. Vanavond zou ik eens kijken op internet wat zo'n shirt met van die froezels kostte. Hot en trendy vergt helaas een fortuin. Misschien moest ik maar eens beginnen met één bloesje. *Max* moest maar even geduld hebben.

„Yugh." Knorrig greep ik een donkerbruine broek en een coltruitje, duwde de deur dicht en smeet de kleren op bed. Snel kleedde ik me aan.

Kaz was vandaag niet op kantoor. Ik had stiekem in zijn agenda gekeken en gezien dat hij de hele dag afspraken buiten de deur had. Nou, dat scheelde weer een hoop werk in het uitzoeken van de gepaste outfit. Voor het overige mannelijke deel op kantoor hoefde ik me niet op te tutten. Ik wierp een blik op mezelf in de spiegel. Het oordeel was geen steek anders dan op andere dagen: te lang en te dun. Het enige wat nog steeds wel in omvang toenam, was mijn cupmaat. Ik werd er stapelgek van. Hoe kon je boezem nou groter worden als je probeerde om dikkere benen en meer achterwerk te kweken? Hoe kon het dat ik mijn borsten in cup D moest proppen, terwijl elke spijkerbroek van mijn achterste afzakte omdat ik zo weinig bips had?

Het leven zit vol wrede tegenstellingen, dacht ik filosofisch en wendde me af van mijn spiegelbeeld. Op kousenvoeten liep ik de badkamer in en terwijl ik mijn onhandelbare, roodbruine krullen in bedwang probeerde te krijgen, dacht ik na over Daphne, die altijd en eeuwig met overgewicht worstelde. Elke calorie werd geteld, ze hanteerde een strak puntensysteem. Mijn beste vriendin was een wandelende tabel van getallen waar ik totaal geen benul van had. „Jij hebt het zo makkelijk," klaagde ze, „ik hoef maar naar eten te kijken en er zit alweer een kilo aan."

„Wil je ruilen? Met een meter tachtig kun je geen kleren vinden in maatje vierendertig, hoor."

„Pff. Ik weeg tachtig kilo schoon aan de haak en m'n buurmeisje van twaalf is groter dan ik. Nou, dan weet je het wel."

„Ach, je bent gewoon mollig. Ik wou dat ik wat van jou had."

„Nee, jij dan. Superslank. Je wilt toch niet, zoals ik, van die rolmopsen in je taille krijgen?"

Rolmopsen, waar haalde ze het vandaan. „Ik ben dun," klaagde ik terug. „Ik kan geen blad openslaan of er staat: Hoe val ik tien kilo af in dertig dagen, of Twintig tips om dikke billen weg te werken, of Lekkere tussendoortjes en toch niets aankomen. Ik wil geen slanktips. Ik wil geen tien kilo eraf, ik wil er tien kilo bij!"

In negen van de tien gevallen brak op zo'n moment het zonnetje op Daphnes gezicht door. „Zeg, ik heb opeens ontzettend zin in een roomsoes. Zullen we? Om aan jouw gewicht te werken?" Lopende calorieënkaart of niet, Daphne stond op de weegschaal met een rol koekjes in haar achterzak. Bij mij was het omgekeerd, ik maakte de koekjes eerst soldaat voordat ik het weer eens probeerde.

„Je kunt het zien, hoor Rooz," zei Daphne dan. „Je krijgt een ronder gezicht, echt waar, ik zie al bijna een klein onderkinnetje. Wist je dat je billen dikker zijn dan vorige week?" Om er smekend aan toe te voegen: „En bij mij? Kun je het bij mij al zien? Ja hè, ja hè?" Wie hield nou wie voor de gek?

Ik had gisteravond goed gegeten. Veel zelfs, met veel dingen waar de calorieën en de suikers bijna van afsprongen. Begonnen met rode port als aperitiefje (want dat zette aan, zei Daphne, de kenner), daarna gebonden champignonroomsoep, een tweehonderd gram zware steak met pepersaus, veel stokbrood met kruidenboter, rode wijn en veel ijs met chocoladesaus en slagroom na. En natuurlijk weer koffie met slagroom en van die lekkere chocolaboontjes erachteraan. Daphne zat haast te kwijlen.

„Hou je een beetje in," zei ze zieligjes, „ik mag alleen maar gestoomde vis."

„Ja," knikte ik droogjes, „en daarom maak je het af met een bananensplit met dubbel slagroom, toch?"

„Nou!"

Ik grinnikte plotseling. Arme Daphne. Arme ik. 't Was toch nooit goed, wat we ook deden.

Zo, beetje eyeliner, tipje mascara, en natuurlijk een *touch of lipstick*, zoals de advertentie het aanprees en klaar was ik. Terug in de slaapkamer om mijn schoenen aan te trekken en nog een passend kettinkje om te hangen, en natuurlijk, het pièce de resistance: een beetje parfum op strategische plekjes. Misdadig dure Chanel, maar het rook dan ook heerlijk.

Mijn alter ego (doordrenkt van nuchterheid met een flinke scheut realisme) nam weer eens het woord. Strategisch? Wat een onzin. Er moest dan toch eerst iemand zijn die bereid was om die plekjes te zoeken. *Als ik nou eens wat zwaarder was, hè. Zou ik niet een half kilootje zijn aangekomen van gisteravond?*

Toch nog even op de weegschaal gaan staan dan?

Ik trok net de deur van mijn appartement dicht toen mijn mobiel begon te jengelen. „Met mij. Wist je dat ik gisteren een ontzettend coole vent heb ontmoet?" Ook al zoiets onbegrijpelijks. Hoe harder ze klaagde over haar overgewicht, hoe rapper Daphne aan leuke mannen kwam. Ze wisselde vaker van vriend dan van haarkleur, en dat zei nogal wat.

„Daphne, ik..."

„Ja ja, je staat bij je auto, ik hoor het wel. Wanneer koop je nou eens een handsfree set?"

„Ik hoef niet zo nodig voor iedereen bereikbaar te zijn," vond ik en stapte in mijn piepkleine Suzuki Alto.

„Behalve voor Kaz, natuurlijk. Stel je nou eens voor, straks is hij naar je op zoek, belt hij je als jij net een politiewagen voorbij rijdt en daarom niet op kunt nemen. Want je mag niet bellen zonder handjes aan het stuur. Wat heb je liever? Mister Perfect aan de lijn of een bekeuring van oom Agent?"

Ik lachte. Daph was pienter, ad rem, humoristisch en ratelde maar door, zoals altijd. Ik drukte op de luidsprekerknop en legde de telefoon op de stoel naast me, terwijl Daphne opeens een beetje blikkerig klonk. Ik stak de sleutel in het contact en vroeg: „Nou, hoe zit het met je laatste verovering? Hoe heet-ie? Is-ie knap, arm en vrijgezel? Lelijk en stinkend rijk en vrijgezel? In beide gevallen moet je opletten, hè."

„Hij heet Roy," kweelde Daphne, „en hij is zoooo knap. Een kontje… heerlijk. En dan in zo'n gebleekte spijkerbroek… jammie."

„Vertel op. Wat, waar, wanneer?"

„Gisteren, nadat jij weg was. Hij zette het oud papier buiten voor zijn mammie."

„Getver. Voor z'n mammie? Zei hij dat zo?"

„Nee joh. Dat maak ik ervan," kraakte Daphne. „Hij zette het oud papier buiten, punt. Maar ik vind het zo lief klinken om te zeggen dat hij het voor zijn moesje doet."

„Klinkt als een watje," gromde ik zonder dat mijn vriendin het merkte.

„De bodem zakte onder mijn doos uit en…"

„Wát zeg je?"

„De bodem. Van mijn doos. En…"

Meteen had ik de slappe lach. Ik bleef met mijn handen op het stuur zitten, terwijl de motor stationair draaide en ik gierde van het lachen. „Hoe… hoe… kun je het zo zeggen… je doos… de bodem zakte… onder je doos…"

„Nou!" Daphne was af en toe erg welbespraakt.

Ik hikte nog even na. „Ik moet ophangen."

„Wacht nou. Ik moet nog verder vertellen."

„Daph…" Nu kwam het moment waarop Daphne in één lange zin zonder pauzes en zonder adem te halen alles samenvatte, wist ik uit jarenlange ervaring.

„Hij heet dus Roy en hij is vijfentwintig jaar en ik weet wel da's twee jaar jonger dan ik, maar hij is o, zo lekker en hij heeft van die lekkere brede bouwvakkersschouders en hij raapte mijn rotzooi op en toen vroeg hij of ik wat wilde drinken en het kon

9

niet bij zijn moeder en daarom gingen we bij mij naar binnen en nou ja, je weet dat van het een het ander komt en voor ik het wist lagen we te zoenen en de rest..."

„Ja, ja, is bekend," vulde ik aan. Ik draaide de parkeerplaats af en reed de straat uit. „Ik ga ophangen."

„Rooooz! Wacht nou even. Hij heeft ook een leuke broer, die heet Dave. Zal ik iets afspreken? Een *double date*?"

Ik moest hard praten, anders hoorde Daphne me niet. „Hoe weet jij dat hij een leuke broer heeft? Heb je die gezien?"

„Nee, dat zei hij," antwoordde Daphne.

„Dus je weet helemaal niet of hij leuk is? Dat denk jij alleen maar?"

„Ik weet het zeker. Zo'n knappe vent, die kan toch geen hark als broer hebben?"

„Ik weet het niet, hoor," zei ik twijfelend.

„Hè, doe toch niet zo flauw. Papkindje."

Papperig in papkleren. Rozanne Stam ten voeten uit.

„Ik bel je nog wel. Goed?"

„Bellen hè?"

„Ja-haa! Daag!"

Wat was het opeens stil in mijn auto, zonder Daphnes getetter. Ik zette de autoradio aan en neuriede mee met een of ander sentimenteel liefdesliedje. Het was druk op de weg. Sinds kort was de Heerbaan afgesloten en nu kwam er een hoop verkeer over de Binnenboulevard, waar ik elke dag overheen tufte in mijn Altootje. Ik dacht na over ene Roy, die ik niet kende, en zijn (volgens Daph) heel leuke broer Dave die ik ook niet kende (en zij ook niet), maar vanavond misschien wel.

Ik stopte voor een stoplicht en keek snel in mijn achteruit-kijkspiegeltje. Geen uitgelopen mascara? Wat nou als die broer echt heel leuk was? Of... ieek... onheilsscenario, helemaal niet leuk was? Waarom ze altijd maar aanhield, mij koppelen met een of andere vreemde vogel, weet ik niet. Misschien vond Daphne dat ik Kaz maar eens moest opgeven. Opgeven? Nooit. Jamais. Never. Niemals. Er zou een moment komen dat hij me echt zou zien, in plaats van me vagelijk op te merken, zoals nu het geval was. Dat maakte ik mezelf wijs. Zo zwart-wit was het niet, hoor. Kaz en ik werkten af en toe samen, en we kletsten ook regelmatig (hoewel hij meestal praatte, ik stond daar dan met zo'n lamme tong die niet wilde) dus hij wist best wie ik was. Maar ook weer niet echt. Kaz (oeps, als ik niet oplette miste ik het groene licht, dat effect heeft Kaz de Knapperd op me) zag me alleen maar als een collega bij Ginrooij die een beetje onnozel giebelde en domme opmerkingen maakte. Dat was ik niet echt, dat was de verliefdheid die rare dingen deed met mijn spraakvermogen. En ook met andere dingen, dat laat zich raden.

Groen. Ik trok een klein eindje op en sloot weer aan bij de volgende stroom auto's. Een hele meute scholieren slingerde op hun fietsen voorbij en op hetzelfde moment voelde ik een daverende dreun. Het ging zo snel en zo hard dat ik me wild schrok. Met een klap brak de rechterspiegel af, en bungelend als een kerstbal aan het uiteinde van een dennentak hing de spiegel aan een laatste reepje kunststof, zachtjes tikkend tegen de zijkant van mijn wagen.

„Shit! Rotjoch!" Een groepje scholieren had de grootste pret, ze sloegen elkaar opgewekt op de schouders en brulden vol branie over wat die ene gedurfd had. Hij wist natuurlijk precies op welk moment en bij welke auto hij het moest doen, een klein autootje. Geen vette Mercedes, daar zou zijn enkel meer schade bij oplopen dan de spiegel. En uiteraard bij een stoplicht, tijdens de drukke spits, én een vrouw achter het stuur, geen gelegenheid om de dader achterna te gaan of hem zelfs maar te kunnen identificeren…

Maar dan hadden ze toch buiten de waard gerekend. Met een ruk trok ik de handrem aan, drukte de alarmlichten aan en vloog de auto uit. Om me heen werd nijdig getoeterd. Groen! Doorrijden! Stom wijf! Je staat voor een stoplicht en het is groen hoor! Maar ik hoorde het niet. Ik rende, mijn lange benen snel als de poten van een hazewindhond. Díé jongen! Díé rotzak, die was het. Hij had het gedaan. Er werd luid gejoeld en gegild, de dader had het nog niet echt in de gaten en fietste doodgemoedereerd verder. Nog een klein stukje... Ik versnelde. Jaren atletiek brachten het beste in mij naar boven. Bijna... bijna...

„Bram! Kijk uit!" riep iemand waarschuwend toen ik mijn hand uitstak om zijn bagagedrager te grijpen. Bram schrok, zette kracht op de pedalen en schoot vooruit als een sprinter in een peloton, net buiten mijn bereik. Er werd gejuicht en gelachen en gegild.

„Kleine rotzak!" schreeuwde ik, „eikel!" Hijgend bleef ik stil staan. Fietsers schoten aan weerszijden langs me heen, fluitend en spottend. Ik draaide me om, woedend en met een rooie kop. Daar stond mijn auto, met de spiegel als een halfdood insect. Andere weggebruikers die zich achter mijn Alto hadden opgehoopt, probeerden allemaal iets te zien van wat er aan de hand was en ik strekte mijn rug. Poe! Ik had toch maar even mooi laten zien dat ik me niet op mijn kop liet zitten. Met zekere passen beende (nee, je moest niet benen, dat deden vrouwelijke vrouwen niet, die liepen zelfs niet, die heupwiegden) ik terug naar mijn auto.

Om verschrikkelijk onelegant tegen de vochtige stoep te kletsen.

Ik was met de puntige neus van mijn schoen (lelijke dingen, maar ja, het was mode en dat leidde in ieder geval de aandacht af van de papkleren) in een gat blijven haken. Ik struikelde en viel met de charme van een zak aardappels tegen de stenen. En uiteraard kreeg ik direct een enorm geklater van spot over me heen. De scholieren bulderden van het lachen, de meeste automobilisten haalden hun schouders op en keken een keertje meewarig mijn kant op om zich verder aan het verkeer te wijden.

„Hé," schreeuwde een man met dunner wordend haar. „Zet je auto weg, zus. Je staat hier de boel te verstoppen!"

Dit was het ergste. Wat moest ik doen? Blijven zitten, net doen of ik pijn had in mijn enkel, om vervolgens door een aantrekkelijke jongeman naar huis gebracht te worden? Blijven liggen, net doen of ik heel erg gewond was, kreunend wachten met half geloken ogen en wakker worden als een ZAD (Zeer Aantrekkelijk Dokter) mij aan het onderzoeken was? Of gewoon vlug opstaan, mijn kleren rechttrekken en hopen dat er maar niemand had gezien dat ik zo weinig charmant op m'n gezicht was gevallen? Ik koos voor het laatste. Beschaamd en ongemakkelijk krabbelde ik overeind, snelde op mijn auto af en stapte vlug in. Achter me stond een man in een oude auto. Hij lachte me vriendelijk (spottend?) toe en knikte een keertje. Snel keek ik weg. Vlug, vlug, maken dat ik hier weg kwam. Wat was ik toch een enorme sufferd. Stoer, zo'n achtervolging? Niks stoer. Gewoon stom! Een blik op mijn buurman was genoeg om me nog ongelukkiger te voelen. Hij lachte en mimede mijn val. Bravo Rozanne. Applaus.

„Stom rotjoch!" gilde ik gefrustreerd en trapte het gaspedaal in.

Hoofdstuk 2

„Ha Rozanne. Wat zie jij eruit?" Marcia, de receptioniste, drukte een knopje op haar enorme telefooncentrale in en dreunde automatisch haar standaardzinnetje op. „Goedemorgen, reclamebureau Ginrooij. Heeft u een ogenblikje? Dank u." Resoluut drukte ze de beller in de wacht. „Heb je jezelf al gezien?" Ze knikte naar mijn broek.

Verdikke. Mijn bruine broek, een van de weinige kleren die niet in de categorie pap vielen en die ik heel graag aanhad! Er zat een scheur aan de zijkant en op de onderste helft van de linkerpijp plakte een ondefinieerbare smurrie.

„Wat heb je gedaan?" vroeg Marcia gretig.

„Met iemand op de vuist gegaan," antwoordde ik strijdlustig. Ik mocht haar niet, kleingeestig, pinnig en altijd belust op een vette roddel. Zo iemand die altijd precies weet waar de schoen wringt als je outfit niet helemaal top is, om het je dan vervolgens haarfijn *en plein public* uitvoerig uit te leggen.

Ze straalde van nieuwsgierigheid. „Echt? Heb je gewonnen?"

„Je klant wacht," zei ik en liep door.

„Je bent laat," riep ze me nog na, „ze zitten al in de VK."

Eigenlijk wilde ik eerst even het toilet opzoeken, maar Gloria, die lieve, schattige, aardige, sympathieke, altijd opgewekte en immer geduldige Gloria, riep me voordat ik zelfs maar een stap in de goede richting kon zetten. „Rozanne, we willen beginnen." Zo van, we wachten op jóu. Zie je? Altijd geduldig, vriendelijk…

„Maar…" Aardig, sympathiek…

„Nu." Lief, opgewekt…

Daar viel niks tegen in te brengen. Gloria. Grrrr. Gloria Baccarat, Account Manager, was een vals kreng en zo hard als een spijker. Ik verdacht haar ervan om op een bezem naar kantoor te komen. Snel trok ik mijn kleren een beetje rechter en stapte naar de vergaderkamer. In de weerspiegeling van de ruiten zag ik mezelf, verfomfaaid en met wijd uitstaand haar.

Verdorie, dat haar. In al die commotie vergeten dat mijn haar bij de minste of geringste inspanning pluist als een pasgeboren kuiken. Help, ook dat nog. Snel, en hopelijk onopvallend, glipte ik naar binnen en schoof ik aan de vergadertafel. De secretaresse had op alle bezette plaatsen al een keurig ingebonden campagneplan neergelegd en ik dook vlug in de papieren. „Nu Rozanne ook gearriveerd is, kunnen we aan de slag," opende Gloria de vergadering en zette me daarmee meteen lekker te kakken. Hartelijk bedankt.

Terwijl ze de vergadering leidde, waarin we met het team de plannen voor deze week doornamen, bestudeerde ik haar. Hoe deed ze het toch? Koel en afstandelijk, onbereikbaar en toch uiterst aantrekkelijk voor het mannelijk deel van het bedrijf. Ze was zakelijk gekleed en hoe ze het voor mekaar kreeg, wist ik niet, maar ze was zelfs in staat om er in een weinig bijzonder broekpak zeer appetijtelijk uit te zien. Waar zat het in? De belofte van een geweldig lijf onder al dat zuivere scheerwol? Zat het in haar geweldige kapsel, dat er heel vlot uitzag en waar nooit een haartje verkeerd in zat? Of was het die pashmina, die zo nonchalant over een schouder gedrapeerd was?

Franco, de bedrijfsengerd, zat haar openlijk aan te staren. Hij streek zijn haar glad met zijn witte vingers en probeerde met een glimlach haar aandacht vast te houden. Alsof een garnaal in een goed blaadje probeerde te komen bij een haai. Ze zou hem nooit zien staan. Ik begreep niet waarom Franco zo zijn best deed. Voor Gloria... brrr, om de rillingen van te krijgen. Had Gloria een man of een vriend? Niemand wist dat precies, en geloof maar dat ik dat niet ging vragen. Zou Gloria thuis ook de broek aan hebben? Ik zag het helemaal voor me, in *Technicolor & Dolby surround sound*, alsof ik in een bioscoopzaal zat. Ze kon natuurlijk niet koken en andere huishoudelijke taken vertikte ze te doen, dus haar vent moest wel een gedwee schaap zijn. Ja lieve. Goed lieve. Natuurlijk lieve. Ik hoorde en zag haar kijven en hem pruttelen. Ja dus. Ze had de broek thuis ook aan. De film was afgelopen. Over naar het nieuws van de dag. Kaz.

Mmm. Sex-on-legs zag er weer uitmuntend uit vandaag. Hij ontmoette mijn blik en glimlachte een beetje ongeduldig. *Rozanne, wat zie je er heerlijk uit, je hebt het lichaam van een godin. Vanavond een dinertje voor twee? Your place or mine? Ach Kaz, je mag er zelf ook wezen. My place. Mijn bed is al weken...*

„Rozanne?"

O jee. Niet geluisterd. Wat zei ze? Waar ging het over? Ik schoof wat in mijn papieren en krabbelde met een potlood in de marge, alsof ik nog aantekeningen zat te maken. Het bloed vloog naar mijn wangen. „Sorry," mompelde ik, „ik was nog even bij het vorige punt. Wat was de vraag?" Guttegut wat klonk dat weer zwak. Gloria zuchtte geërgerd.

„Als je voortaan oplet, – ja? – zijn we sneller klaar en kunnen we aan de gang. Roger?"

Roger redde de situatie en haakte moeiteloos in waar ik mijn aandacht had verloren. Martin, aan de overkant van de tafel, gaf me heimelijk een opgewekte knipoog. Hij mocht Gloria ook niet en alleen daarom al had ik een zwak voor die man. Hij was niet al te jong meer, gelukkig getrouwd met opgroeiende kinderen en daardoor was hij niet van belang voor Gloria. Maar al het andere, en wel aantrekkelijke mannelijke schoon wat hier rondliep, was voor haar als een gedrukte uitnodiging om het te proberen. De uitdaging lag vooral in het versieren, toch? Ze gebruikte ze gewoon en daarna kon ze doen met die arme stakkerds wat ze wilde. Ik vermoedde dat Roger al eens had geprobeerd om een avondje met haar uit te gaan. Er was vast en zeker iets tussen die twee gaande. Was ik de enige die dat dacht? Marcia zou smullen als ik het zou vertellen. Lekkere vette bedrijfsroddel. Junior Traffic Manager in bed met Account Manager.

Gloria beëindigde de bijeenkomst. „En dat was het. Vrijdag om elf uur bespreken we wat we doen met de AxaX. Aan de slag, mensen." Gerommel en geschuif van stoelen, en – ik had het kunnen weten – Gloria die snerpte: „Rozanne, heb je een momentje?"

Martin trok, onzichtbaar voor haar, een gezicht. Ik onderdrukte een nerveuze giechelbui. Wat was het toch een schat. Martin en ik noemden Gloria Barracuda, en als ze zich weer eens van haar slechtste kant liet zien, trokken we van die gekke bekken naar elkaar en wisten we dat we op dezelfde golflengte zaten.

„Rozanne…" Gloria pauzeerde en zocht haar papieren bijeen en ik wist dat ze bedacht hoe ze me het beste een veeg uit de pan kon geven, tot ze zei: „Zoek je even de hardcopy van het dossier van Gerardussen op? Ik heb het meteen nodig."

Huh? Dat had ik niet verwacht. Ik werkte nu al zeven jaar bij Ginrooij, met mijn achtentwintig lentes warempel een van de oudgedienden, en ik wist veel te vinden, vooral in het archief. Ik had eigenhandig ooit een systeem opgezet en hoeveel voor-opleiding ze ook had, Gloria wist er niets van af. Weigerde trouwens zich er ook in te verdiepen.

„Uit 1999," zei ik prompt, waarop ze knikte en de vergader-kamer uitliep.

Pfff, daar kwam ik goed vanaf.

Dacht ik.

In de deuropening, elegant met haar hand op de klink, draai-de ze zich een beetje om. „O, en Rozanne? Dit kantoor straalt klasse uit, en dat geldt voor iedereen. Ik hoop dat ik duidelijk ben?"

Toch niet dus.

Zuchtend schoof ik langs de rij archiefkasten en toen ik het goede nummer vond, trok ik het open om het gevraagde dos-sier te zoeken. Mijn mobiel ging. Het was Joyce Stienen-Kleijn (met dubbele naam). Ik kende haar al net zo lang als Daphne. Joyce had vroeger ook bij Ginrooij gewerkt, maar nadat ze was getrouwd met Richard raakte ze al snel in verwachting en stop-te ze. Ze had haar handen vol aan haar kinderen, een tweeling van twee en een baby. Richard verdiende goed en Joyce vond het wel best thuis. Haar leven draaide om de drie kinders.

„Hoi, ze liggen net allemaal te pitten en ik dacht: ik bel Rozanne even."

„Hoi Joyce. Ik kan eigenlijk niet praten," zei ik zachtjes, „ik ben op kantoor."

„Dat weet ik wel. Hoe is het daar?"

„Ach, de Barracuda is weer in een heel fijn humeur. Hiep hiep hoera."

„In de Glo-ri-a," vulde Joyce vrolijk aan. „Nog leuke mannen erbij gekregen?"

„Nee. Het mannenbestand is hier nog steeds diep- en diep-treurig."

„Dus geen kans op iets leuks?"

„Nope. Gezien het aantal en de kwaliteit van de kerels hier hoef je niet bang te zijn voor romantische ontwikkelingen op de werkvloer."

„Zo te horen sta je in het archief?" Ze kon het horen, het galmde een beetje in deze ruimte. „Is die lekkere Kaz er?"

„Nee, joh! Ik ben alleen."

„O, jammer. Je zegt toch geen nee, hè, als hij je benadert in het donker," fluisterde Joyce. „Hij legt zijn handen op je heupen en – Nee! Ronnie! Niet in je mond, nee! Bah! vies! Wacht even, Rooz…"

Ik hoorde een hoop gestommel en geblèr. „Ze sliepen toch?"

„Dat dacht ik ook," snauwde Joyce kortaf, „ik dacht dat ze in de box in slaap waren gevallen." Nog meer lawaai op de achter-grond en daarna een hoop gegil toen kleuter twee ook begon te schreeuwen.

„Ik moet effe – Tobias, niet doen, bah! – ik hang op. Bel je nog. Doeg!" En weg was ze. *Married with children.*

Ik viste het dossier uit de kast en bladerde door de andere mappen om te kijken of er nog aanvullingen waren. „*Love and marriage, love and marriage* *pauze* *go together like a horse and carriage…*" zong ik en maakte een shuffle terwijl ik de deur met een welgemikte kick dicht trapte.

Om oog in oog te staan met Kaz.

Aaaaah! O help. Daar stond-ie. Mijn droomprins, het cen-trum van mijn fantasieën, het object van mijn obsessie…

„Hé, Roosje." (Van niemand pikte ik Roosje, maar Kaz

was de uitzondering die de regel bevestigde.) „Wat doe je hier?"

„Euh…"

„Wat heb je daar?"

„Eum… een roos… doos… een dossier bedoel ik." O, dat stomme stotteren. Mijn haar! Ik had die flosbos nog niet in model kunnen brengen. En die kapotte broek! Ik kreeg het verschrikkelijk warm, voelde mijn wangen kleuren en ja hoor: tot overmaat van ramp gleed het dossier uit mijn trillende handen en knikkerde de hele zooi eruit. Ik stond daar uilig te kijken naar Kaz, met zijn koffiekleurige huid, donkere, golvende haar en diepgroene ogen, (hing mijn mond open? Liep er kwijl over mijn kin?) die geamuseerd naar de papierwinkel keek die over de grond verspreid lag. „Jij was er toch niet?" Jongens, wat klonk dat weer stompzinnig! Waarom kon ik niet gewoon iets vlots bedenken, het leuk zeggen en wat minder als een leeghoofd klinken?

„Er kwam iets tussen," verklaarde hij kalmpjes. „Dus heb ik een espresso gepakt en ben ik teruggereden."

„Espresso. Heerlijk," zei ik en hoopte heel erg dat hij nu een zeer duidelijke reden zag om me uit te nodigen voor een bakje. Ik vind espresso goor, maar dat hoefde hij niet te weten.

„Ik trakteer je een keer," zei Knapperd, lachte oogverblindend en stapte over mijn spullen heen. „Ik moet ervandoor, ik heb net een afspraak bij de garage gemaakt. Dag Roosje."

Ik stond daar nog na te sidderen toen ik opschrok van een stem. „Nou zeg. Wat een eikel. Loopt-ie je zo voorbij?" Achter me was die nieuwe stagiaire verschenen. Hoe heette ze ook alweer? Lo-nog-wat? Lolita? Ik zakte door mijn knieën en begon de papieren van de grond te rapen. De stagiaire deed hetzelfde en scharrelde de rest bij elkaar. „Wat is dat voor een druiloor? Voelt-ie zich te goed om even mee te helpen om je spullen op te rapen?" Voor een stagiaire was ze niet op haar mondje gevallen, en bij nader inzien was ze ook niet zo'n broekie als wat er meestal rondliep.

„Niks aan de hand hoor. Ik stond gewoon te schutteren." Ik

kwam overeind, pakte de uitdraaien van haar aan en begon ze uit te zoeken. „Bedankt.”

Ze lachte, met een scheef gebit en twinkelende ogen. „Ik ben Loretta.” Ze grijnsde nog wat harder. „Hoe heet hij?”

„Wie? Die net bij me stond?”

„Nee, dat blauwe mannetje dat net opsteeg in zijn ruimteschip. Halloooo!”

Klungel, klungel. Ik giebelde schaapachtig. „Dat is Kaz. Met een K en een Z.”

„Pfft. Waarom dat dan?”

Ik stak het dossier op volgorde terug in de map. „Hij heet eigenlijk Gaspard, op z'n Frans, maar op den duur is dat vanzelf Kaz geworden.”

„En jij bent verliefd op Kazpaard.”

Hè? Stond het op mijn voorhoofd geschreven of had ik de mededeling in brandende neonletters ergens voorbij gelopen zonder het te zien? Loretta keek met glinsterende ogen naar me; ik voelde me betrapt en wist meteen dat het goed zat bij haar. Ik moest erom lachen. „Jeetje, is het zo duidelijk?”

Ze knikte met een brede lach. „O ja. En dat weet hij ook hoor.”

„Denk je dat?” Echt? Ik kreeg het warm en er kriebelde iets in mijn maag.

Loretta pakte twee doosjes met gloeilampjes van een plank. „Je moet niet zo hard je best doen,” zei ze. Opnieuw een brede lach. Opeens vond ik haar heel aardig. „Hoe is-ie?”

„Zo bloederig cool. Nou ja, kijk eens naar hem. Heeft niet achteraan gestaan bij het uitdelen van de goederen, wel? Mooie ogen, mooie tanden, mooie haren, mooie lach…”

„Zwijmel zwijmel,” vulde Loretta aan. „Als je van dat type houdt, natuurlijk.”

„Natuurlijk.” Misschien was zij wel de oplossing, bedacht ik opeens. Na alle goede raad van Joyce en Daphne, die me nog geen steek verder hadden geholpen, zou ik misschien wel een paar adviezen kunnen krijgen van Loretta! Die had me in ieder geval al heel snel door. „Lust je espresso?” vroeg ik.

„Gats nee. Veel te sterk. Een flinke koffie verkeerd, of cappuccino." Dat was taal naar mijn hart. „Wat is er trouwens met je broek gebeurd? Ben je gevallen? Krijg je dat er nog uit?"

Mijn broek, dat ding was vaker uit mijn gedachten dan er in en toch was het eigenlijk nummer één op mijn urgentielijst. „O getsie, ja."

„Waar moet dat dossier heen? Naar Gloria? Ik zal het wel afgeven, duik jij het toilet maar in." Ze trok een wenkbrauw op. „Enne... je haar kroest nog meer dan het mijne. Kijk daar ook maar even naar."

O shit. Mijn haar!

Ik stond te frunniken aan die enorme bos koperkleurig touw toen de deur van het damestoilet openvloog. Het was Marcia. „Rozanne, er is iemand voor je bij de balie."

Als ze me persoonlijk kwam halen, betekende dat iets, anders had ze wel gevraagd of die persoon even wilde wachten tot ik terug zou zijn.

„Wie dan?"

„Ik weet het niet," zei ze op samenzweerderige toon en stapte verder naar binnen. „Maar als jij hem niet wilt, mag ik dan?"

„Als-jij-hem-niet-wilt-mag-ik-dan?" herhaalde ik heel langzaam en nadrukkelijk. „Mens! Ik weet niet eens wie daar is." Ik liep Marcia voorbij, terwijl ik snel mijn haren bij elkaar draaide en vastzette met een haarklem. Dat was beter.

Oeps. Marcia had niets te veel gezegd. Daar stond een ZAO (Zeer Aantrekkelijke Onbekende) met in zijn hand... mijn autospiegel. „Hallo," zei hij met prettig lage stem. „Is dit de uwe?"

Ik knikte stom. Wat een man. Hij leek op Orlando Bloom, beetje krullerig, donker haar, een ontspannen lachje en ogen als donkere poeltjes. Hij droeg een wit T-shirtje en een verbleekte spijkerbroek. Op de balie had hij zijn jack neergelegd, waardoor zowel Marcia als ik volledig beeld kreeg op een paar goed ontwikkelde biceps. Toen ik weer geluid uit mijn stembanden geperst kreeg (wat doet de natuur toch rare dingen als je er niet op zit te wachten), zei ik: „Ja, dat is mijn autospiegel. Hoe komt u daaraan?"

Orlando – ik schatte hem achter in de twintig – legde de spiegel op de balie naast zijn jack. Mooie handen, sterk en slank. Net als de rest van hem. „Ik was eigenlijk naar u op zoek. Ik zag het vanmorgen allemaal gebeuren, ik stond achter u bij het stoplicht."

„O." Dat was wel het laatste wat ik verwacht had. Blij dat ik mijn smerig gevlekte broek (want het was er met water allemaal niet beter op geworden) achter de balie verborgen kon houden, knikte ik. „Tja. Wat een rotzak, hè. Ik had hem bijna te pakken."

„Ik weet wie het is. Als u wilt, kunnen we iets regelen."

„Hè?" Verbaasd keek ik hem aan. Hij had die typisch heldere oogopslag die sommige mensen hebben. Misschien is het oogwit wel extra wit en contrasteert dat met de irissen, maar het was in ieder geval nogal verleidelijk om in te kijken. Zijn huid had de gezonde kleur van iemand die veel buiten is.

„Kijk, ik ben conciërge op het Mauritscollege. En de jongen die het gedaan heeft, die ken ik wel. U kunt de schade op zijn ouders verhalen, en ik kan wel getuigen als u wilt."

Marcia duwde onopvallend tegen mijn been. *Als jij hem niet wilt, mag ik hem dan?* echode het in mijn hoofd.

„Ik... u... dat is prima," stotterde ik. „U overvalt me een beetje."

Hij stak zijn hand uit en ik nam hem aan. „Thijs van de Werf," stelde hij zich voor. „En laat dat u maar achterwege."

„Rozanne Stam. Zeg ook maar jij."

„Hoe is het met je broek afgelopen? Heb je je geen pijn gedaan toen je viel? Want het was best een behoorlijke smak."

Heel fijn. Dat had hij dus ook gezien. Ik zuchtte gelaten. „Nou. Een publieke uitglijder, kun je wel zeggen."

Hij lachte. „Ik moet het kort houden, ik word verwacht op school. Mijn pauze is dadelijk voorbij. Dus? Wat wordt het? Kom je naar school?"

„Euh... ik zit vandaag vast, afspraken en zo. Maarre... morgenmiddag. Dan kan ik wel iets regelen. Rond een uur of half twee?"

„Goed. Morgenmiddag is prima, dan zijn de meeste leerlingen nog op school. Ik zie je dan. Neem je schadeformulier maar mee." Hij trok zijn leren jack aan.

„Hoe kom je aan mijn spiegel, trouwens?" vroeg ik vlug.

„Die heb ik er net afgesloopt. Anders gaat de lak van je auto af. Hij viel er trouwens toch al bijna af."

„O. Bedankt. Denk ik."

Hij lachte. Oehoehoei…. Wat een lach. Als een soort dikke fleece deken die om je heen geslagen wordt. Ik voelde kriebels over mijn rug naar mijn nek lopen.

„Ik ben nogal handig," zei hij en liep naar de automatische schuifdeuren, „dus neem 'm morgen maar mee. Dan kijk ik of er iets aan te doen is. Tot morgen, dan."

„Tot morgen," knikte ik en weg was hij. Hij rende soepel naar zijn auto, een stokoude Peugeot, startte en reed snel weg.

„Sodeju," zuchtte Marcia en ik was blij dat haar telefoon rinkelde.

Sodeju, ja.

In de pauze racete ik naar huis en trok snel een andere broek aan. Er was weinig tijd om te eten, dus propte ik tussen de bedrijven door drie boterhammen naar binnen en reed vlug weer terug. Natuurlijk was ik met mijn gedachten bij dat lekkere ding. Niet gek, morgen een ontmoeting met Orlando.

Ik zat net weer op mijn plaats en begon aan de controle van de stukken die vanmiddag de deur uit moesten toen Gloria naast me verscheen. Nog steeds geen kreukel in haar broekpak, geen kloddertje lippenstift verkeerd. Mijn haar zat dan wel vast onder de klem, maar had toch de neiging om een eigen leven te leiden. Ik streek er onopvallend over.

„Rozanne, ik vind dat jij onze stagiaires op sleeptouw moet nemen," zei ze zonder verdere inleiding.

„Ik?" Wat een gevat antwoord. Zucht.

„Kaz is vaak weg. Martin zit tot over zijn oren in het normale werk en Roger heeft nu het bibliotheekproject gekregen. Franco heeft het de vorige keer gedaan. Lucy en Karina hebben hun handen vol met de beurs. En de anderen zijn ongeschikt. Dan blijf jij over."

„Ik heb het ook druk," zei ik nadrukkelijk. Tenminste, ik hoopte dat het nadrukkelijk klonk. Stagiaires begeleiden was een heikel punt. De gemeente gaf extra geld aan ondernemers die stagiaires in hun bedrijf toelieten en Gloria had ze binnengehaald. Begeleiden, ho maar. Dat mocht het voetvolk doen.

„Dat weet ik. Zet ze maar aan de slag, je hebt vast wel wat klusjes die je ze kunt laten opknappen. Begin maar met ze de keuken te laten opruimen en het toilet moet ook nog gedaan worden."

Nou ja, zeg. „Doe normaal," zei ik verontwaardigd. „Dat is geen leuk grapje."

Dat moet je nou net niet zeggen bij Gloria. Als ze zoiets zegt meent ze het. Ze keek vernietigend en kil. „Ik ben heel serieus. Het is daar een bende."

Ik dacht aan die pittige Loretta en nam me meteen voor om Gloria te laten stikken. „Laat maar komen," mompelde ik onduidelijk en verdiepte me in mijn werk.

„Goed," zei Gloria tevreden. „Aardige pantalon trouwens. Lag die nog in je auto?" Voor ik een ad rem antwoord klaar had, klikklakte ze weg op haar peperdure schoenen.

Trut.

Hoofdstuk 3

Toen ik begon bij reclamebureau Ginrooij was ik MVA (manusje-van-alles). In de praktijk betekende dat dat ik zo'n beetje alles moest doen waar geen tijd voor was. Faxen sturen en uitdelen, opdrachten archiveren, kasten en lades opruimen, prijzen opvragen voor inkopers, een digitaal fotoarchief opzetten en nog veel meer van dat soort ongein. Maar het was een leuke tijd. Ik zat bij Martin, die me lekker liet experimenteren en hij gaf me de gelegenheid om het werk dat ik deed uit te bouwen en mezelf te ontwikkelen. Ik kreeg een oude Apple Macintosh en een stapel boeken mee naar huis en twee maanden later was er niet veel dat ik niet kon op dat machientje.

Tegenwoordig ben ik met een duur woord – ik krijg het bijna niet uit mijn strot, al die Engelse onzin – een *Quality Process Controller*. In gewoon Nederlands komt het erop neer dat ik al het werk, voordat het de deur uitgaat, aan een streng controleproces onderwerp. Of het nou ontwerpen zijn, drukproeven of een kant-en-klaar bestand: er is niets wat ik niet eerst moet goedkeuren. Vind ik iets wat niet goed is, dan gaat het terug naar degene die het gemaakt heeft. Het werkt. We hebben nauwelijks klachten als het op technische dingen aankomt.

Gloria vond en vindt het maar zo-zo-werk. „Iedereen heeft zijn eigen verantwoordelijkheden," zei ze een keer tegen me, „en het is toch wel een erg kostbare positie die je in neemt. Personeel moet zelf zorgen voor foutloos werk. Je bent vervangbaar hoor. Je bént vervangbaar."

Ha! Victorie! De directeur, Jan Ginrooij himself, was het niet met haar eens en ik kwam nog steviger in het zadel te zitten. Bovendien kreeg ik toen die fantastische titel, die nu op mijn kaartje staat. Gloria had natuurlijk altijd wel maniertjes om me te laten merken dat ze mijn werk min of meer overbodig vond. Wat moest ik Loretta en die andere stagiaire nou voor werk geven? Ik kon die twee toch moeilijk digitale bestanden laten controleren als ze daar zelf geen verstand van hadden? Maar goed, wat mot, dat mot, en ik zou de laatste zijn om die twee te veroordelen tot wc's schrobben.

Loretta kwam, in gezelschap van een veel jongere gast, een uurtje later naar me toe. Hij stelde zich voor als Jeffrey. Ik had al een ongebruikte computer opgesnord en zette de twee samen aan de gang met wat simpele stukken. De een las voor, de ander controleerde. Jeffrey was eigenlijk wel een lieverdje, een heel ander type dan Loretta. Toen ze een hele tijd hadden zitten werken, namen we met z'n drieën pauze.

„Zo, even tijd voor een bakkie," zei Loretta met een knipoog naar Jeffrey. Haar huid was bijna net zo donker als de koffie die ze dronk. Mijn haar kroesde niet zo erg als het hare, trouwens, maar het scheelde niet veel. Verschil was dat ik eruitzag als een ontplofte winterwortel en Loretta simpelweg Afrohaar had waardoor er niets onnatuurlijks aan was. „Jeffrey heeft ook al een aanvaring met je… met Kaz gehad."

Ik verslikte me. „Watte?"

Jeffrey, pas negentien, pukkelig en onzeker, kleurde tot in zijn haarwortels. Hij merkte niks van Loretta's nauwelijks verborgen plezier om mijn ongemak. Sssst! wilde ik zeggen, niet iedereen hoeft het te weten! En al helemaal niet zo'n snotneus. „O? Wat gebeurde er?"

„Ik ben tegen zijn auto aangereden," fluisterde Jeffrey.

„Wat?" (Dat was wel een heel letterlijke aanvaring).

„Met mijn brommer," ging hij verder. „Ik zag hem en toen bleef ik kijken en voor ik het wist was… zat… reed ik…"

Loretta legde haar hand op Jeffreys arm. „Je kunt er ook niks aan doen, Jeff. Hij is ook zo'n stuk, dat leidt gewoon af."

Loretta! Ik schopte onder de tafel en miste. In plaats daarvan raakte ik de tafelpoot, veroorzaakte een hoop geklots in de koffiebekers en daarmee een voetbad en brak op de koop toe mijn kleine teen bijna. Au au, maar voor de liefde moet je lijden.

Loretta ging onverstoorbaar door. Ze depte doodgemoedereerd de koffie op met een tissuetje. „Stapte hij uit?"

„Kaz was zeker woest," zei ik, maar Jeffrey schudde zijn

hoofd. (Klonk ik cool genoeg toen ik zijn naam uitsprak?)

„Dat viel best mee," zei hij. „Hij was best wel heel erg vriendelijk." Best wel heel erg. Ja. Natuurlijk. Best wel heel erg ontzettend verrukkelijk heerlijk.

„Was hij… had hij iets?" Grote grutten, daar ging ik weer. In gedachten zag ik Mijn Held liggen, ernstig gewond, terwijl ik, de Reddende Engel, hem in leven hield. „Ik bedoel, had jij niets? Niet gewond?"

Loretta rolde met haar ogen en kon haar lachen bijna niet inhouden. Jeffrey had niks in de gaten. „Nee hoor. Maar wat een stom begin van een stage." Hij zuchtte diep. „De eerste waar ik natuurlijk mee te maken kreeg, was meneer Gaspard. Maar hij was heel aardig hoor. Echt heel aardig." Hij verslikte zich in zijn koffie en hoestte tot de tranen in zijn ogen stonden.

„Drink even wat water," raadde ik hem aan en hij verdween naar het keukentje.

„Jij trut!" siste ik breed lachend tegen Loretta, die nu haar hoofd in haar nek gooide en aanstekelijk lachte. „Nog één woord over Kaz en je gaat wc's schrobben, hoor!" Dat meende ik natuurlijk niet en ze lachte nog harder.

„Rozanne, jij bent echt stekeblind, hè?"

„Pardon?"

„Je hebt concurrentie, meid. Zie je niet dat Jeffrey ter plekke als een blok voor Kaz is gevallen?"

En toen moesten we allebei lachen totdat mijn kaken er pijn van deden en Franco kwam zaniken dat we rustiger aan moesten doen omdat hij de soundcheck van zijn Flash-filmpje niet kon horen.

Daphne had me zoals gewoonlijk zo'n tien sms'jes gestuurd (dat ging de hele dag door) en toen we 's avonds samen zaten te eten bij Freddo's Pasta Huis, gingen we door waar we eerder gebleven waren, tussentijds aangevuld met berichten per Short Message Service. Overigens was dat tijdens kantooruren voornamelijk eenrichtingsverkeer. Daphne werkte in de verpleging en had allerlei diensten die afweken van normale kantooruren.

Daarom kreeg ik soms op de vreemdste tijden sms'jes. Ik daarentegen stuurde – als het al kon – vaak maar korte commentaren terug. Dus moest ik even bijbabbelen over mijn auto, de spiegel, de conciërge en Kaz in het archief.

„O, dus je was met Kaz alleen? Heb je hem gegrepen?"

„Daph!"

„Doe niet zo preuts. Ik doe net als die kerels op tv. Die hebben het ook altijd over vrouwen grijpen, is je dat nog nooit opgevallen?"

„Mafkees."

„Vertel vertel. Heeft hij je uitgenodigd voor een Italiaanse koffie?" Ze stopte een paar blaadjes rauwe andijvie in haar mond en leek plots verdacht veel op een hamster.

„Nee-hee. Dram nou eens niet zo door. Hij zei gewoon dat hij me wel een keer zou trakteren." Ik schoof een hap makreel en gebakken aardappels naar binnen.

Daphne sloeg met de bolle kant van haar vork op de rauwkost die op de rand van haar bord lag. Magere dressing spatte in het rond en van hamster veranderde ze in een gespikkeld paasei. Ze merkte het niet. „Rozanne Stam! Grijp zo'n gelegenheid nou toch eens aan! Met beide handen! Je had moeten zeggen dat je graag meteen een afspraak wilde maken. Of iets subtielers zoals: Ik kan nu wel, als je zin hebt." Ze keek me met ogen vol passie en ongeloof aan. „Stommeling! Je zou het moment nog niet herkennen als het in je schoot viel in een expresse-envelop!"

„Lijk ik dan niet erg wanhopig?" vroeg ik me vertwijfeld af.

„Nee, nee, nee," schudde ze, met een stem vol duidelijk geduld-voor-het-onwetende-kind. „Mannen houden van vrouwen die het initiatief durven nemen. Als jij recht voor z'n raap zegt dat je die cappuccino nu wel wilt, kan hij toch geen kant op?"

„Hij wilde espresso," mompelde ik.

Na het onderwerp Kaz vertelde ik over Loretta. „Nodig haar uit," riep Daphne enthousiast toen ik zei dat ze wel een soort Love Doctor leek. „Je kunt wel wat nieuwe input gebruiken!"

„Ze is echt heel sympathiek, je vindt haar vast leuk," beloofde ik. Daphne was heel makkelijk in contacten leggen en ik zag al helemaal voor me hoe zij en Joyce en Loretta voor mij de weg zouden uitstippelen. Mijn mobiel ging. Als je het over de duivel hebt: het was Joyce.

„Ik moet even weg," riep ze wanhopig voordat ik ook maar iets kon zeggen. „Ik word hier hartstikke gek. Waar zitten jullie?"

„Ja, kom maar. We zitten bij Freddo's." Ik draaide met mijn ogen naar Daphne, die al begreep dat Joyce er aankwam en een stoel bij de tafel schoof. Ik legde mijn mobiel op tafel, maar Daphne wapperde met haar handen omdat ze haar mond te vol had met rettich om iets te kunnen zeggen.

„Bel haar op," mompelde ze en kauwde en slikte als een bezetene. „Loretta. Kunnen we d'r meteen keuren."

Een half uur later zaten we te gieren van het lachen. Loretta legde de Kaz-in-het-archief-situatie uit (de enigszins gekleurde versie, Loretta kon erg smakelijk vertellen en maakte er een scène van die ruim twintig minuten duurde, compleet met beslagen ramen) en Joyce verslikte zich in haar witte wijn.

„Allemachtig," zuchtte ze hikkend, „ik mis het. Het werken. De tweeling maakt me gek en ik krab het behang van de muur van frustratie."

Daphne maakte korte metten met haar. „Mens, je koters krijgen kiezen en je baby heeft spuitluiers! Nou én? Jouw droomman neemt het geld mee naar huis en als je kindjes straks naar school gaan, heb je de tijd van je leven."

„Geweldig," gromde Joyce.

„Kom maar bij Ginrooij stage lopen," raadde Loretta aan. „Er werkt daar een heks die Gloria heet en die me wc's wil laten poetsen."

Oh-oh.

„Heb je dat gehoord?" Mijn wangen werden rood. Stomme Gloria met haar ongevoelige rotopmerkingen. Ik had meteen last van plaatsvervangende schaamte.

„Ja, ik stond vlakbij toen ze jou de opdracht gaf."

„Vergeet haar maar. Ze neemt stagiaires alleen maar om het geld."

Loretta lachte, totaal niet uit het veld geslagen. „Stagiaires om het geld, Roger om de seks."

Er viel even een stilte, toen barstte de bom. „Wát?"

Daphne viel bijna van haar stoel en Joyce kreeg weer witte wijn in haar neus. „Weet je dat ook al? Hoe lang zit je nou bij Ginrooij?"

„Twee weken. Heb eerst rondgereden met de bedrijfsauto."

„Wat?" Ik was weer erg welbespraakt.

„Gechauffeurd," lichtte ze grijnzend toe. „Zo, weet je wel, in zo'n ding met wielen, met je voeten op de pedalen en je handen aan een stuur." Daphne had de grootste lol.

„Jij bent ook veel ouder dan stagiaires meestal zijn," zei ik. „De meesten hebben net de eerste rijles gehad! Vertel op. Wat zit er allemaal achter?"

„Ik heb een paar jaar taxi gereden," legde Loretta uit en gooide een *Bacardi-on-the-rocks* achterover. Ze kon stevig drinken. Ik werd al licht in mijn hoofd van twee glazen wijn, maar Loretta had nergens last van. „Na een tijd ging het niet meer. Ik kreeg last van mijn benen van het vele zitten. Dus toen ben ik een andere baan gaan zoeken. Ik heb een omscholingscursus programmeren gedaan via het arbeidsbureau en kon stage lopen bij Ginrooij." Haar lippen krulden om. „Als taxichauffeur krijg je wel kijk op mensen hoor." Ze bestudeerde rustig haar nagels. „En dat Gloria toevallig een keertje achter in mijn wagen zat te vozen met Roger, was ook heel verhelderend."

We schaterden het uit om dat vozen. Toen ik eindelijk weer wat kon zeggen, vroeg ik hoe Jeffrey bij Loretta terechtkwam, maar daarop schudde ze haar hoofd. „Dat weet ik niet. Hij zit nog op school, geloof ik. Blijft ook maar een weekje."

„Een snuffelstage," zei Daphne.

Ik trok een sceptisch gezicht. „Hij is verliefd op Kaz. Dus het is meer een knuffelstage."

Weer reden tot een heleboel hilariteit.

„Je hebt concurrentie, zei ik al," waarschuwde Loretta. Bulderend gelach van Daphne.

Joyce hing achterover in de stoel. „Kaz heeft altijd wel een vreemde voorkeur gehad," zei ze peinzend. „Nu ik erover nadenk... misschien valt hij wel op mannen, Rooz."

„Doe niet zo stom," gilde ik en gooide met mijn servet. „Mijn Droom, Mijn Prins die mij meeneemt in zijn dure Bee Em Wee, Mijn Dagelijke Shot Love Potion, Mijn Testosteronstoot op Benen... is géén homo!"

Joyce haalde haar schouders plagend op. „Zou hij anders nog niet voor je gevallen zijn? Of voor Gloria?"

„Néé," brulde ik, „dan maar liever voor Jeffrey!"

Al dat drinken en lachen werkte op mijn blaas. Hoogste tijd voor een sanitair bezoek. Ik liep nagiebelend naar het toilet en opeens moest ik denken aan Kaz... in de armen van een man. Mijn Kaz. Die helemaal niet van mij was. Van het één op het andere moment was mijn goede humeur verdwenen. Ik deed wat mensen doen op het toilet, waste mijn handen en voelde me opeens miserabel. Ik zou een verstokte vrijgezel blijven totdat ik over twintig jaar tijdens een of andere duffe nieuwjaarsborrel een andere zoekende tegen het lijf liep en we zouden een relatie aangaan uit pure wanhoop. Eentje die zou voortslepen tot het einde der dagen.

In de garderobe, bij de toiletten, hing een rek waar ansichtkaarten in stonden. Die mocht je meenemen, meestal waren het rake uitspraken of grappige opmerkingen of foto's en soms sloeg het helemaal nergens op. Ik pakte een kaartje waar met grote letters SHIT HAPPENS op stond. Het groen knalde van de fluo-roze ondergrond. Ik duwde het kaartje in mijn tas en sjokte terug naar binnen. Ik ging aan tafel zitten en probeerde de stemming weer op te pakken, maar het lukte niet meer. De rest van de avond liet ik de anderen lallen en hield me gedeisd. Ze waren al zo aangeschoten dat ze niet eens meer in de gaten hadden dat ik er met mijn gedachten niet meer bij was.

Shit happens.

Ik had 's middags vrij genomen om naar de school te gaan waar conciërge Orlando mij met die Bram zou laten kennismaken. Kennismaken? Ik had al een heel scenario aan kaakslagen en wurggrepen doorgenomen. Ik zou hem in een houdgreep nemen totdat hij gesmoord zou gillen om genade en op de koop toe een jaar lang bij mij thuis alle huishoudelijke taken kwam doen. „Vrij? Is dat nodig?" deed Gloria bits, maar toen ik de afgebroken spiegel liet zien en vertelde dat ik de jongen die ervoor verantwoordelijk was, kon komen identificeren, gaf ze snel toe. Niks beters dan materiële schade om Gloria om te krijgen. Ze zei warempel dat ik dat rotjoch aan de paal moest nagelen. Het was maar een paar minuten van kantoor naar het Mauritscollege, maar ik wilde eerst langs huis om een Dress-To-Impress-Outfit aan te trekken. Uiteraard eerst flink overlegd met de meiden. „Je moet iets donkers dragen, helemaal, van top tot teen," zei Joyce. „En dan het liefst een strak colbertjasje erop."

„Nee mens. Je moet niet zo duf doen. Vlammend rood, dát heb je nodig. Past prachtig bij je en daarmee wind je elke kerel om je vingers."

Ik wilde eigenlijk de passende kleren aan om indruk te maken op rotjoch, maar Daphne had alweer heel snel haar eigen conclusies getrokken en dacht dat ik naar die school ging vanwege Orlando Bloom. Daar had ik nog niet bij stilgestaan (zei ik met een stalen gezicht tegen de meiden).

„Ga me niet vertellen dat je alleen maar hebt gedacht aan kleren om daar in die klas te komen, hè?" Daphne keek ongelovig en gooide daarna haar handen in de lucht. „Hoe is het mogelijk! Loopt er zo een lekker stuk naar binnen, werpt zich zowat aan je voeten, en jij? Jij zit te bedenken hoe je eruit kunt zien als een non. Je hebt nog net geen kapje! Argh!"

Ik schrok. Dat was waar. Ik had er alleen maar aan gedacht dat ik als een boomlange sprietige, ontzag inboezemende boze vrouw in die klas moest staan en ik had er helemaal niet bij stilgestaan dat Orlan… Thijs dat natuurlijk ook mee zou krijgen. En wat zou hij dan denken? *O nee, toch maar niet?* Uiteindelijk koos ik dus voor iets in het midden van de twee. Als compromis vond ik het niet onaardig. Een gekleed zwart broekpak met een vlammend rood topje eronder, speciaal voor de gelegenheid snel gekocht. (Dat zegt wel wat over de samenstelling van mijn garderobe.) Er was net genoeg te zien om het spannend te maken, en de rest moest de verbeelding maar doen, dacht ik terwijl ik snel de laatste hand legde aan mijn make-up nadat ik een keertje extra mijn tanden had gepoetst. Nog even bijwerken. Je wist per slot van rekening maar nooit.

Ontelbare keren ben ik al langs het Mauritscollege gekomen en toch was ik er niet op bedacht dat het zo groot was. Het gebouw had meerdere vleugels en een doolhof van gangen leidde de argeloze bezoeker zo'n beetje een kwartier rond voordat die dan eindelijk een beetje buiten adem en gedesoriënteerd bij de receptie stond. Maar ik behield mijn coole uitstraling (dat hoopte ik toch) en liep kalm en onverstoorbaar de school door. Dus hier werkte Orlando Bloom? Hier zaten jonge vrouwen die allemaal probeerden om zijn aandacht en zijn hart te winnen, en hier liep ik, op zijn uitnodiging!

„Ja?" vroeg een dame van middelbare leeftijd met een pinnig gezicht toen ik bij de ontvangstbalie stond. „Kan ik u helpen?"

„De heer Orlando Bloom," zei ik. Dong! Daar sloeg de gong in mijn hoofd oorverdovend hard, net achter mijn ogen. Argh!

„Pardon? Wie zegt u?"

Weg was mijn zelfverzekerdheid. Als sneeuw voor de spreekwoordelijke zon. Ik sloeg onmiddellijk op volledig rood – dat paste zo leuk bij dat nieuwe topje, en nee, ik ben nu helemaal niet sarcastisch – en deed het enige waar vrouwen patent op hebben in de hele wereld: ik dook in mijn tas. „Pardon," mompelde ik, „telefoon." Ik kreeg natuurlijk helemaal geen telefoon, maar ik drukte de sneltoets in van Daphne en begon al een gesprek voordat er zelfs maar een toon had geklonken. „Ja, met Rozanne," probeerde ik me eruit te redden, „Nee. Nee. Nee, dat is niet mogelijk. Ik kom er later nog op terug. Dan zal ik u laten weten of ik goedkeuring kan verlenen. Ja. Goedemiddag."

Aan de andere kant hoorde ik Daphne hikken van verbazing, nog net voordat ik de verbinding weer verbrak. Het klonk toch stoer en cool, als je kunt zeggen dat je er later nog op terug zult komen? Alsof je ergens eindverantwoordelijke voor bent. Helaas had de receptioniste mijn optreden volledig gemist, want zij zat zelf ook aan de telefoon. Een echt gesprek, zo te horen.

Nieuwe ronde, nieuwe kansen. Ze legde de hoorn neer, wendde zich weer tot mij en vroeg poeslief: „Voor wie kwam u ook alweer?"

„De heer Van de Werf," zei ik nu.

„Van de Werf? We hebben hier geen docent die zo heet," zei ze met een bedachtzame trek. „Weet u het zeker? En die naam die u net noemde?" Klonk dat niet een heel klein piezeltje cynisch?

„Ik weet het zeker," zei ik. „Thijs van de Werf."

„O! U moet de conciërge hebben." Welja, kon het nog harder? Zodat elke passant, puberend en wel, hoorde dat ik hier niet was voor de directie, maar voor de conciërge? Ze sprak het uit alsof het een venerische ziekte was. „Ik zal hem even bellen. Wie kan ik zeggen? Mevrouw…?"

Ik wilde mijn naam al zeggen, maar ik hield me in en zei: „Van de spiegel, zegt u maar." Hoe kwam ik daar nou weer bij? Spiegel? Om de een of andere reden had ik er een hekel aan om Stam te zeggen als er mevrouw voor stond. Ik was blij dat ik de autospiegel nog in mijn auto had laten liggen.

De pin achter de balie legde de telefoon neer. „U kunt doorlopen naar gang zeven," zei ze en begon daarna uit te leggen in een soort stenotaal waar ik die kon vinden. Het klonk als rechtsrechtsrechtsrechts, maar ik ben er vrij zeker van dat er ook ergens links inzat. Een herhaling op halve snelheid zat er niet in, want haar telefoon ging en op hetzelfde moment kwam er een leverancier binnen. Einde gesprek. Ze gebaarde alleen nog dat ik kon doorlopen, en welke kant dat op was. Enfin, als

VVDW (Vrouw Van De Wereld) liet ik me natuurlijk niet uit het veld slaan, bovendien kan ik lezen en er hingen borden met nummers en pijltjes.

Zeven.

Niet al te moeilijk, toch?

Een kwartier later kwam ik ten langen leste toch bij zeven uit. Meerdere leerlingen die ik passeerde hadden me al eens extra aangekeken, en ... jaja... er werd zelfs een paar keer naar me gefloten. Ze dachten zeker dat ik de nieuwe lerares Engels was. Waar was Orla... Thijs? Verdorie, ik moest echt afleren om zo aan hem te denken. Toch erg pijnlijk om midden in de nacht wakker te worden omdat je partner vraagt wie in godsnaam toch die Orlando is!

Aan het eind van gang zeven – of was het nou lokaal zeven? – stond een oud mannetje, gekleed in een vale, blauwe laboratoriumjas en wuifde naar me. Daar werd ik dus verwacht, Thijs was zeker al binnen. „Mevrouw Van der Spiegel?" Hij miste een paar tanden en verspreidde tijdens het praten een nevel van tabaksspeeksel. Iek! Gelukkig stond ik niet dichtbij genoeg om de volle laag te krijgen, maar toch voelde ik iets... nats. „U ken daar effe gaan sitte." Hij wees me een verlaten lokaal in, en dus stapte ik naar binnen en plantte één bil strategisch op een hoekje van het bureau. Zat ik er uitdagend genoeg bij? Zou mijn haar zich gedragen? Het mannetje sjokte weg. Ik wilde nog vragen waar Thijs was, maar blijkbaar maakte ik met mijn lengte en mijn zeer professionele voorkomen diepe indruk op hem. Zoveel dat hij niet bleef staan kijken en mij eerbiedig alleen liet.

Daar zat ik dan. Orlando/Thijs was niet te bekennen, maar ik had er alle vertrouwen in dat hij ieder moment naar binnen kwam wandelen, met Bram in zijn nekvel erbij. Ik wachtte een tijdje, kreeg een stijve bil van die strategische houding en kwam overeind. Langzaam liep ik naar het raam en keek naar buiten, waar leerlingen elkaar met tassen sloegen, sjekkies draaiden en over en weer stonden te flirten. Een legertje brugklassertjes, kleine jongetjes en lange meisjes, probeerde zonder kleerscheuren de andere kant van het schoolplein te halen. Te verblind door de mogelijke intimidatie van oudere leerlingen hadden ze niet in de gaten dat de bovenbouwers hen volledig links lieten liggen.

Thijs liep hier regelmatig rond. Met zo'n bruinleren gereedschapsriem om, zwetend in de zon op de ladder om de kapotte dakgoot te repareren. Ik zwijmelde een beetje over het moment waarop hij zich hijgend van zijn shirt zou ontdoen. Spieren die zich spanden in zijn schouders, de hand die... Telefoon! Ik schrok me wild. Het leek wel een kanonschot in het stille lokaal.

Het was Daphne. „En?"

„Niks én. Ik zit hier even te wachten."

„Waarop dan?"

„Op Orlando natuurlijk."

„Hè? Je had toch om half twee afgesproken?"

„Klopt."

„Hij komt toch wel? Het is al bijna twee uur."

„Ja-ha. Hij heeft het natuurlijk druk." Ik hoorde voetstappen. „Hij komt eraan! Ik ga je hangen. Doeg!" Voor ze nog antwoord kon geven, had ik haar al weggedrukt.

De voetstappen kwamen en gingen weer. Ik liep eens even naar de deuropening en keek de gang in. Aan het eind liep een vrouw met een stapel papieren en sloeg de hoek om, maar verder was het verlaten. Geen Thijs. En ook geen Orlando. Er begon wat aan mijn zelfvertrouwen te knagen, en behoorlijk onaangenaam ook. Snel sms'te ik naar Daphne. *Orlando nog niet hier. Wat moet ik doen?* :-{ *Help.* Ik stuurde ook een kopietje naar Joyce, al was het maar om haar thuisbestaan een beetje afwisseling te bezorgen.

Binnen een minuut had ik antwoord terug. *Wacht nog tien minuten.* Dat was Joyce. En direct daarna het volgende bericht. *Weet je datum en tijd zeker?* Ja natuurlijk. Ik tikte dat snel terug en er volgde een sms'je van Daphne. *Wegwezen daar. Geen genade voor de goddelozen.* Ik grinnikte, Daphne ten voeten uit. Maar ik nam het advies van Joyce ter harte. Ik slenterde terug naar het raam toen ik weer een piepje hoorde. Nog een bericht van Joyce. *Je hebt je auto toch wel op slot gezet?* Tjonge, wat was ze weer praktisch. Net iets voor Joyce om te bedenken dat de leuke boy mij hier neergeplant had als afleidingsmanoeuvre terwijl hij in de tussentijd mijn Suzuki Alto stal. Alsof iemand dat oude (maar trouwe, jawel!) barreltje wilde hebben!

Van mijn coole zelfverzekerdheid was niet veel meer over. Ik ijsbeerde door het lokaal en dacht erover om het schoolbord vol te kalken met een niet zo netjes bericht aan Thijs (no more Orlando), maar ik hield me in, aangezien ik erg netjes opgevoed ben en dat dus niet doe. Na nog twintig tamelijk wanhopige minuten was ik verslagen. Twintig? Meer vijfentwintig. Of eigenlijk dertig. Ik slingerde mijn tas over mijn schouder en probeerde de weg weer terug te vinden uit dit doolhof van misère.

Met elke stap die ik zette nam de mix van kwaadheid en teleurstelling toe en dat is geen beste combinatie. Over het algemeen is dat funest voor mijn portemonnee.

Hoofdstuk 4

Ik lepelde zo heftig in mijn ijs dat de spetters in het rondvlogen. Loretta lachte en Daphne keek jaloers naar de dikke klodder slagroom boven op de Dame Blanche. „Die eikel," brieste ik, „die mega-eikel is gewoon niet komen opdagen. Ik stond daar gewoon voor gek! Ja, zeg het maar. Ik ben wederom de klos. Rare Rozanne heeft weer een blauwtje gelopen. Blauwtje? Een compleet Giro-Blauw-is-voor-jou-Pakket!"

„Proost. Op de kampioene der afgewezen vrouwen." Daphne stak haar glas omhoog.

„Mijn trots is geknakt," riep ik gewichtig, „zoals een tulpenkop naar de tafel buigt bij het te veel aan gewicht dat zij moet dragen."

Schaterend liet Loretta zich achterovervallen. „Je moet bij het toneel, meid!" brulde ze. „Improvisatietalent."

Ik prikte met mijn lepel in de lucht. „Lach maar. Alhoewel, dat is wel een goed idee. De beste stukken komen voort uit persoonlijke tragedies! Theater, dat lijkt me wel wat. Dan win ik zo'n Gouden Kalf en dan zeg ik in mijn dankrede ...*bedankt lieve ouders, mag ik van de gelegenheid gebruikmaken om Thijs even mede te delen dat hij in de spreekwoordelijke stront kan zakken. Verder bedank ik mijn trouwe psychiaters en de fans kunnen in de rij staan voor een vooraf gesigneerde foto.*" Melodramatisch keek ik smachtend naar een wazige plek in de verte. Mijn boze bui was al aardig aan het verdwijnen na twee flinke glazen Baileys en een grote coupe ijs. Vooral die Baileys uiteraard.

Daphne had de grootste lol. „Don't forget Kaz. Je hebt altijd Kaz nog," bracht ze me in herinnering.

„Kaz. Natuurlijk! Kaz staat in het publiek, op de voorste rij en slikt ontroerd een paar tranen weg als ik mijn award in ontvangst ga nemen. Kaz. Mijn Held. Mijn Superman!"

„Of die van Jeffrey," vulde Loretta bedachtzaam aan. Ze grijnsde toen mijn lepel tussen de chocoladesaus en mijn mond bleef hangen. Maar ik trapte er niet in, dit keer hapte ik niet. Ik zwolg al in zelfmedelijden en daar hoorde Jeffrey niet bij.

„Weet hij wel dat je bestaat?" vroeg ze zich hardop af en ik knikte zo heftig dat het gewoon zielig was.

Loretta knikte. „Ach ja, dat is waar ook. Ik zag jullie in het archief." Daphne hikte van onderdrukt lachen.

„We werken al meer dan een jaar samen," zei ik met volle mond. „Om precies te zijn een jaar, drie maanden en vijf dagen."

„En hoever ben je tot nu toe gekomen?"

„Pardon?"

„Hebben jullie het al gedaan? Is dit een overblijfsel van een wilde nacht?"

„Nee! Hoe kom je daar nou bij?"

„Gezoend?"

„Nee."

„Een kus op de wang? Met je verjaardag of zo?"

„Nee," bracht ik zwakjes in. „Ik ben in de zomervakantie jarig en hij met kerst. De laatste keer was hij skiën en toen hij weer terug was, lag ik met griep in bed."

„Oud en nieuw?"

„Nee. Koortslip." (Hij, niet ik, maar dat vertelde ik maar niet. Sommige details zijn te smeuïg.)

„Een hand?" Vast wel, maar dat telde niet. Kaz gaf honderden mensen een hand. „Raakt hij je wel eens aan? Op je schouder of een vriendelijk tikje tegen je arm?"

Daphne begon te joelen. „Gets, ik dacht dat je zou gaan zeggen een vriendelijk tikje tegen je achterste." Ze schudde haar hoofd waarbij de kettingen om haar nek tegen elkaar tikten. „Dat vind ik nou zo denigrerend hè! Mag trouwens ook niet, ongewenste intimiteiten, weet je."

„Dat zei Loretta helemaal niet, en hou nou eens even je mond," riep ik terug. „Antwoord daarop, nee. Twee maal. Ongewenste intimiteiten van Kaz zijn trouwens niet ongewenst."

Loretta viel stil. Ze kreeg een diepe denkrimpel op haar gladde, diepbruine gezicht en tikte ondertussen ritmisch met haar vingers op tafel. Waar zat ze op te broeden? Na een halve minuut, waarin ik min of meer verwachtte een lampje boven haar hoofd aan te zien springen, draaide ze zich naar Daphne toe. „We zitten hier met een duidelijk geval van hopeloze liefde. Tijd voor een reddingsplan."

Daphne ging meteen rechter zitten. Ze klapte in haar handen.

„Watte?" Ik was niet zo snel meer van begrip door de Baileys die zich in mijn hoofd hadden genesteld. Die twee zaten met elkaar te praten alsof ik er niet eens bij was.

„Jaaa," zei Daphne enthousiast. „We gaan Rozanne en Kaz koppelen. Met jou binnen het bedrijf hebben we een belangrijke insider om dat voor elkaar te krijgen. Ik heb het al vaker geprobeerd, maar dat kan niet als je niet iemand hebt die precies alles weet." Ze knikte stralend naar Loretta, die een nieuwe gin-tonic bestelde en voor mij een Baileys neer liet zetten.

„Ik volg het niet zo," giebelde ik. De ijsklontjes in mijn glas tinkelden en genietend nam ik een slok van het koude, zoete, bruine goedje. Het leek wel room, een beetje dik en zacht als zijde op je tong. Lekker. Vooral als je door Orlando was afgedankt.

„Ik ga meneer Gaspard van de Berg, ook wel bekend als Kaz uit Rozannes dromen, de komende twee weken heel nauwkeurig volgen," zei Loretta, „en daarna maken we een plan de campagne. Om te beginnen," ze draaide zich weer om in haar stoel totdat ze mij recht aan kon kijken, „mag jij in deze periode niets, maar dan ook niets tegen Kaz zeggen. Je denkt maar aan hem zoveel je wilt, maar je laat hem tot en met volgende week vrijdag volkomen links liggen. Duidelijk?"

„Volkomen links liggen?"

„Yep. Helemaal. Je mag geen aandacht aan hem besteden, als hij met je wil kletsen, zeg je niets terug tenzij je echt niet anders kan en als Gloria je vraagt wie er naast je staat, doe je net of je gek bent als het Kaz is."

„Ja, nee hoor. Dat kan ik niet."

„Jawel, that's the deal. Doe wat ik zeg en ik drijf hem recht in je armen."

„Echt?"

„Echt." Het zal de Baileys wel geweest zijn, maar ik begreep er minder en minder van.

Daphne had lol. „Je bent tipsy, Rooz."

„Weet ik. Lekker spul." Toen ik meer wilde weten van het plan dat Loretta had bedacht, kreeg ik geen direct antwoord. Ze lachte alleen maar vaag en geheimzinnig en daar bleef het bij.

Hoe ik die avond thuiskwam, staat me niet meer zo heel helder voor de geest. Loretta had een bevriende taxichauffeur gebeld en die had me thuis afgezet, nadat we eerst bij Daphne langs waren gegaan, die Roy (met die leuke broer) nog hoopte te zien vanavond. Die leuke broer zag ik niet zo zitten, en ik begon een beetje misselijk te worden dus stuurde Loretta de chauffeur naar mijn flat en ik denk dat ze even meegelopen is naar boven. Ik plofte op de bank, schopte mijn schoenen uit en wenste heel erg dat de kamer minder bewoog. Ik hield er meer van als de dingen op hun plaats bleven staan, zoals ik het kende. De schilderijen aan de muur beleefden gevaarlijke momenten toen ik ertegenaan liep omdat ik mijn evenwicht zocht, aangezien de gang opeens vreemd deed. Een bak koffie zou wel uitkomst bieden, dus strompelde ik naar de keuken en probeerde een pad (nee, geen amfibie, maar zo'n rond koffiefiltertje dat iets wegheeft van een kabouterkussentje) in mijn gloednieuwe, prachtige, roestvrijstalen Senseo te duwen, maar dat gaat niet als er nog eentje inzit van de vorige ronde. Is niet lekker.

Zo probeerde ik in mijn lichtelijk onstabiele staat koffie te zetten. Raar hoor, al die padjes in die machine. Ik was er toch zeker van dat ik er maar eentje in mijn handen had gehad. De vuilniszak zat barstensvol en stonk en er vlogen van die rottige fruitvliegjes rond, dus propte ik de zak dicht zo goed en kwaad als het kon en slingerde ik me, met de vuilniszak in mijn vuist, van de trappen af naar de begane grond om het afval in de container te gooien. Waarom ik niet gewoon die volle zak op het

41

balkon zette bij de andere, is me nog steeds niet duidelijk, maar ja, er is wel meer niet duidelijk van die avond. Een vuilniszak beneden brengen, moet je ook niet doen als je niet helemaal recht meer kunt lopen. En de weg naar boven is dan ook niet meer zo eenvoudig.

Net toen ik me bedacht dat dit wel eens wat lastiger zou worden dan gedacht, hoorde ik een stem achter me. „Rozanne. Eindelijk! Ik zag licht aan gaan, ik heb een hele tijd op je zitten wachten."

Verbaasd en suffig draaide ik me om. Daar stond, tot mijn hele grote verbazing… Thijs! „Hé, Orlando," mompelde ik.

„Ik kwam om mijn verontschuldigingen aan te bieden, maar je was niet thuis. Je bent op school geweest, hè?" Toen pas merkte hij dat ik niet meer zo vast ter been was. Hij begon te lachen. „Volgens mij heb jij iets te veel op."

„Dat komd door jou," bracht ik met dikke tong uit. Orlando zag er leuk uit, met een wetlook in zijn haar. Het krulde.

„Door mij?"

„Ik heb waddeveel gedronken om jou te vergeden," lichtte ik hem in. „Wand je wazzer niet," voegde ik er tamelijk overbodig aan toe. Als ik niet zo teut was geweest, denk ik dat ik hem heel verontwaardigd had uit staan foeteren, maar nu lukte dat niet. Bovendien maakte het ook niet meer uit. Het nieuwe streepje op mijn turflijst mislukkingen zat er nou toch al een centimeter diep ingekerfd.

„Kom, ik breng je wel even naar boven," stelde hij voor en sloeg zijn arm om mijn taille. „Welk nummer?"

„Je ruikd lekker."

„Jij niet."

„Een man die eerlijk iz, vinik leuk," zei ik. Hij bracht me naar 24, waar ik gelukkig de deur nog van open had laten staan (de sleutels lagen binnen op het tafeltje in de hal) en zette me neer op de bank. Hij dook de keuken in en kwam terug met twee flinke koppen Senseo en twee boterhammen met worst.

„Brood? Ik luz nou geen brood."

„Dan heb je morgen minder last van je hoofd," zei hij. „Eet

nou maar, dat ontnuchtert ook. Als je eet, trekt het bloed naar je maag en dan wordt je hoofdpijn minder. Vooruit."

„En moeddik al die koffie opdrinken?"

„Nee, suffie. Eentje is voor mij. Jij krijgt dadelijk weer een verse."

Drie sterke bakken koffie en twee boterhammen met worst later voelde ik me wat minder lallerig. O, wat een gênante bedoening, zo'n dronken vrouw. Gelukkig was Thijs zich er wel van bewust dat hij de oorzaak was van alle ellende. Schuldbewust keek hij toe hoe ik de ene na de andere bak opslobberde.

„Ik kwam zeggen dat het mij spijt," zei hij toen ik eindelijk weer een beetje normaal kon doen. „Ik hoorde van Dora dat je was geweest. Ze dacht zeker dat je Sammie zocht, dat ouwe kereltje."

„Zei ze dat? Wat een trut. Ik heb heel duidelijk om jou gevraagd."

„Nee," schudde Thijs zijn hoofd, „dat zei ze niet, dat denk ik."

„Waarom was je er niet?" Het klonk beschuldigend.

„Een meisje uit de tweede was met gym gevallen. Ze had haar pols bezeerd en ik ben met haar naar het ziekenhuis gereden. We hebben er drie uur gezeten. Gebroken."

O. Dus mijn trots was niet het enige wat geknakt was.

„Ik had natuurlijk geen idee hoe lang het ging duren, en ze had veel pijn. Ik moet eerlijk zeggen dat ik onze afspraak helemaal vergeten ben." Waar hij hem vandaan haalde, weet ik niet, maar opeens had hij een lange rode roos in zijn hand. „Dit is mijn manier om het spijt me te zeggen."

Oeps. Normaal gesproken krijg ik spontane braakneigingen als ik zulke dingen lees, zie of hoor. Echte spijt kun je alleen maar uitdrukken met gemeende woorden en lichaamstaal, en een rode roos (toch het toppunt van banaliteit?) hoort daar niet bij. Maar als je zwabberig doet en je geest beneveld is, is zelfs het grootste cliché pure romantiek. En aangezien ik heel zweverig en nog steeds tamelijk beneveld was, smolt ik als was.

Hij kwam dichterbij zitten en boog zich naar me toe. Zijn donkere ogen waren heel dicht bij de mijne. Diepbruine, met een paar donkere spikkeltjes erin. Een lachje krulde in de hoek van zijn lippen. Volgens Will Smith in *Hitch* moet je voor de perfecte kus negentig procent gaan en de laatste tien procent aan de ander overlaten, dus bleef ik op centimeters van zijn mond hangen. Ik verschoof iets. Een ongemakkelijk gevoel speelde op, ergens onder aan mijn slokdarm. De bank hing opeens heel erg scheef en ik had nog nooit eerder gezien dat er een golfjespatroon in zat.

„Vergeef je me?" fluisterde hij. De laatste tien procent, die moesten van mij af komen.

Mijn maag protesteerde tegen de boterhammen en de sterke koffie in een romig bed van Baileys.

„Rozanne?" Zijn wijsvinger gleed langs mijn kaaklijn.

„Ik word niet goed," was het laatste wat ik uit kon brengen en ik was maar net op tijd in de badkamer, waar ik heel veel Baileys, drie Senseo's en twee lichtbruin volkoren boterhammen met boterhamworst teruggaf aan de natuur.

„Dat was het einde," besloot ik de volgende ochtend somber, „het valt niet mee elegant en waardig en sexy te doen als je net de boel ondergekotst hebt."

Joyce hing aan de andere kant van de lijn. De tweeling was bij oma en baby Lotje lag te slapen, dus hoorde ik haar genieten van koffie, een sigaretje en even tijd voor zichzelf. „Geeft niet," vond ze. „Je hebt toch niet over hem heen gespuugd? Zo kon die Thijs meteen zien in wat voor ellende hij jou heeft gestort."

„Het was niet eens zijn schuld," protesteerde ik. Mijn hoofd protesteerde trouwens ook. Toen ik wakker werd, had ik een flinke kater, en erg veel zin om iets te eten had ik niet. Wel veel dorst, maar alleen maar koffie viel niet goed. Gelukkig was Gloria weg en Kaz had een vrije dag, zodat mijn opdracht om niet meer met hem te praten al wat minder moeilijk was. Jeffrey keek me aan met een mengeling van eerbied en afschuw, en Loretta lachte smakelijk om het verhaal.

„Weet Daph het al?"

„Nee. Kreeg ik niet meer te pakken vanmorgen. Ze heeft vroege dienst, geloof ik." Met dat geklop achter mijn wenkbrauwen vroeg ik me af hoe zij in hemelsnaam zou kunnen werken. Ik kon hier in ieder geval nog rustig zitten en hoefde niet veel te bewegen. Of had ze het bij spa gehouden? Dat was al net zo wazig als veel andere details.

„Heb je iets met hem afgesproken? Wat gebeurde er nadat je de badkamer was ingevlucht?"

Thijs was erg lief en zorgzaam. Hij klopte na een paar minuten op de deur en vroeg: „Rozanne? Gaat het wel? Heb je hulp nodig?"

„Nee," antwoordde ik trillerig en schrobde met de tandenborstel de gore smaak zo goed als het kon weg. Met mijn mond vol Colgate zei ik: „Het gaat wel weer."

De deur ging een stukje open. In de spiegel zag ik zijn gezicht. „Weet je het zeker?"

Ik schaamde me dood. *I'll never drink again*, zong Alexander Curly jaren geleden al en ik begreep waar het vandaan kwam. Toen ik terugkwam in de huiskamer zag ik eruit als een lopend lijk: spierwit en gammel.

„Luister," zei Thijs, die voor de kast stond en mijn dvd-collectie bekeek, „morgen zorg ik ervoor dat die jongen in het kantoor van de conrector zit. Om 11 uur. Kom maar en dan handelen we het meteen af." Helaas, hij klonk alweer erg zakelijk.

„Het spijt me," zei ik kleintjes. „Dat ik moest overgeven, bedoel ik."

„Geeft niet." Luchtigjes haalde hij zijn schouders op. Het leek warempel wel of hij het grappig vond. „Je moet misschien ook nog aangifte doen bij het politiebureau, als het niet onderhands geregeld kan worden."

„Moet dat? Hè bah, nee."

„Doe het nou maar. Dat is sowieso slimmer."

„Maar jij kon het toch maken? Als die ouders de schade betalen is het toch goed? Ze kunnen het toch niet van de verzekering terug krijgen. Zoiets valt niet onder de WA." Argh, daar stond Orlando, erg lekker en erg beschikbaar, en ik had het over de WA-verzekering!

Hij haalde zijn schouders op en trok zijn jas aan. „Kijk maar wat je wilt doen. Kun je morgen om 11 uur op school zijn?"

„Dat moet wel lukken," zei ik en bedacht meteen dat ik dan weer een uur vrij moest vragen bij Gloria. Lak aan Gloria. Ik barstte van de overuren, ik kreeg ze niet eens op. „Hoe kom je eigenlijk aan mijn adres?" vroeg ik in een opvallend moment van helderheid.

„Toen ik hoorde dat je op school was geweest, heb ik meteen dat bedrijf gebeld waar jij werkt. Dat, en een beetje zoeken in het telefoonboek." Ik knikte stom. Knap en nog hersens ook. Waarom was zo iemand conciërge en niet een *Young Executive* bij een bedrijf als Ginrooij? „Ga eerst maar eens je roes uitslapen," zei Thijs en liep glimlachend naar de voordeur.

Mijn toch al tamelijk delicate wereldje viel met een klap in duigen. Je roes uitslapen. Dat is wel het laagste en ergste wat je als vrouw kunt of moet doen, of wat er tegen je gezegd kan worden. Een kater bij kerels? Bij mannen wordt er gewoonlijk alleen maar vrolijk geknikt en een beetje gelachen. Een vent met een kater is niks nieuws, is herkenbaar, is voetballen-kantine-veel-bier, ouwe-jongens-krentenbrood. Een vrouw die dronken is, wordt meteen beschouwd als een platvloerse, verlopen del.

„Ik ben nooit zo," begon ik me te verontschuldigen. Stom stom stom! Waarom moest ik me excuseren tegenover hem? Stamelend ging ik verder: „Ik bedoel, ik drink eigenlijk nooit veel en… ik ben heel matig… en… het was… ik was…"

Thijs lachte, met zijn hand op de deurknop. „Nee, dat is wel te zien, dat je gewoonlijk niet veel drinkt. Ik zie je morgen op school. Dag Rozanne. Slaap lekker."

Hij trok de deur achter zich dicht. Ik voelde me miserabel en ellendig. Hoe diep kon je zinken?

Joyce hing op en ik liet moe mijn hoofd in mijn handen zakken. Loretta zette een kopje thee en een broodje naast me neer. „Zo, eerst opeten. Je moet dadelijk weer op z'n best zijn."

Met tegenzin deed ik wat ze zei. In de uren dat ik hier nu was had ik nog niet veel voor elkaar gekregen. Een beetje klikken en turen naar mijn beeldscherm, maar de letters vlogen door mijn hoofd als een stel opgeschrikte eenden. „Ik drink nooit meer," zei ik somber.

„Jawel. Alleen niet meer vandaag."

De taxirit naar huis kwam in mijn herinnering bovendrijven. „Ik moet je nog betalen voor de taxi, trouwens. Wat krijg je van me?"

„Niks. On the house."

„Doe niet zo raar," zei ik meteen. „Daph en ik hebben een inkomen, jij krijgt als stagiaire vast niet zoveel. Dat hoef je toch niet alleen te betalen?"

„Het was een vriendendienst," wuifde Loretta mijn aanbod weg. „Dat was mijn broer Paulo, die reed. De taxi is van hem." O. Dat had ik niet meekregen. Loretta raadde mijn gedachten. „Dat heb ik ook niet verteld hoor. Maak je maar geen zorgen."

„Bedankt dan. En bedank hem ook maar."

„Dat is al lang goed." Loretta grijnsde. „Zolang je maar niet in zijn wagen hoeft over te geven, vindt hij het best."

Toen moest ik ook lachen. Gelukkig maar dat dat niet gebeurd was, ik geloof niet dat ik Loretta dan nog onder ogen had durven te komen.

Hoofdstuk 5

Een uurtje later zat ik, alweer een stuk beter én toonbaar dankzij Loretta, bij de conrector in de kamer. Het was een zuur ogende man, met zuinige lijnen en neergaande mondhoeken. Op de hoek van zijn bureau stond een ouderwetse zwart-wit-foto van een vrouw. Ze keek ook zuur, net als hij. Op de onderlegger lag een A4-tje waar hij snel overheen keek toen hij me ontvangen had.

„Ik begreep van de heer Van de Werf dat één van onze leerlingen schade aan uw auto heeft toegebracht," zei hij zonder om de hete brij heen te draaien. „De heer Van de Werf heeft de leerling kunnen aanwijzen. Wat wilt u doen? Dit soort zaken nemen wij als school heel hoog op. Voor de waarden en normen die wij de leerlingen bijbrengen, is dit onvergeeflijk."

Pfft wat een hoogdravend gebazel. Waarden en normen, ook van die modewoorden waar je te pas en te onpas mee om je oren werd geslagen. Geloof maar niet dat die man een voet aan de grond kreeg bij zijn leerlingen. Die knikten alleen maar, terwijl ze in gedachten zijn W&N ergens staken waar het zonlicht niet schijnt, als je begrijpt wat ik bedoel. Maar goed, ik was er niet om die man te vertellen dat scholieren zich geen moer aantrokken van zijn waarden en normen, en dat ze er zelf eigen regels op na hielden, die in hun ogen ofwel vet ofwel kansloos waren.

„Wilt u een aanklacht tegen deze jongen indienen?"

Waar was Thijs eigenlijk? „Ik wil hem eerst spreken," zei ik en probeerde de juiste toon te vinden. „En hij moet de schade aan mijn auto vergoeden."

„Juist. Een ogenblikje, alstublieft." In een snel telefoonge-sprek blafte hij een paar zinnen en legde daarna de hoorn weer neer. Het werd stil in het kantoor. Zo'n stilte die een beetje wringt, alsof je te veel lucht in een kamer wilt duwen.

„Heel onverkwikkelijke toestand," zei de conrector om het ongemak te doorbreken. Ik knikte alleen maar.

Het duurde even en toen werd er op de deur geklopt. Thijs

kwam binnen, met naast zich een jongen die op zijn zachtst gezegd niet al te blij keek. „Meneer Poppinga, hier is Bram Kruis." Hij knikte kort naar mij. „Goedemorgen, mevrouw."

Argh! Goedemorgen, mevrouw? Was dat alles? Had ik met mijn dronkenschap hem zo afgeschrikt dat er niet eens meer een knipoogje of een heimelijk lachje vanaf kon?

„Jongeheer Kruis. Kom binnen." Ik keek langs de jongen heen naar Thijs, maar die stond nog in de deuropening en maakte duidelijk geen aanstalten om binnen te komen. Integendeel, hij stond erbij of hij het liefst meteen weer wilde vertrekken.

„Meneer Van de Werf, dank u," zei de conrector met een kort knikje en mijn rots in de branding was meteen verdwenen. Daar zat ik dan in een kamer met de jongen die Thijs erbij wilde lappen, terwijl hij zelf foetsie was. Mijn humeur zakte sub zero. Ik had het helemaal gehad; na die blamage van gisteren was Thijs alweer snel vertrokken en ik wist niet goed wat er nu ging gebeuren. De conrector vroeg aan mij of ik deze jongen als de dader herkende, en ik knikte. Hij was het, geen twijfel mogelijk.

Zwijgend keek ik toe hoe de conrector daarna een kwartier tegen de jongen zat te zagen, terwijl de dader onderuitgezakt in een stoel alleen maar een beetje verveeld naar de grond staarde. Mijn gedachten dwaalden af. Hoe zou Thijs zijn als je hem niet op school trof? In normale omstandigheden, zonder de loerende ogen van docenten en leerlingen? Hij was – dat stond als een paal boven water – natuurlijk van het type ABS (Aantrekkelijke Beschermde Soort), en ik was er zeker van dat er heel wat meiden hier waren die zich warm voelden worden als hij voorbij kwam en zo'n lekker knipoogje gaf. Een knipoogje? Dat kon er voor mij zelfs niet eens meer af. Ik werd steeds opstandiger. In gedachten had ik een complete woordenwisseling met hem.

„Hoe kun je nou zo doen? Zo koel en afstandelijk?"

„Had je jezelf gisteravond eens moeten zien. Je zult er wel niet veel meer van weten, maar je hebt bijna over me heen gekotst."

„Dat is niet waar. Ik was op tijd bij het toilet. Trouwens, dat kwam omdat jij me had laten zitten, weet je nog? En nu doe je het weer."

„Je bent een grote meid, Rozanne. Je kunt prima op eigen benen staan."

„Maar moet je dan doen of ik niet besta? Ik dacht dat ik wat voor je betekende. Je wilde me nota bene zoenen!"

„Wat? Dat maak je jezelf wijs, hoor. Jij probeerde mij te versieren, weet je nog? Ik kwam alleen maar netjes mijn verontschuldigingen aanbieden."

„Vindt u ook niet, mevrouw Stam?"

„Ik jou versieren?" Het was eruit voor ik er erg in had. Opeens was ik weer terug in de kamer van de conrector en meteen brak het zweet me uit.

„Pardon?" Hij was zo van zijn stuk gebracht dat hij verbaasd knipperde met zijn fletsblauwe ogen. Bram gleed wat verder onderuit in zijn stoel en maakte een schamper geluid dat hij maskeerde achter een hoestje, maar ondertussen was de boodschap Luid & Duidelijk aangekomen. Wat ben jij een suftrut, riep hij woordeloos.

„Euh... ik..." O help, wat nu? Hoe kon ik me hieruit redden? Wat volgde was een staaltje van pure bluf. Ik wees snel naar Bram en zei: „Ik bedoel, het kan me niet schelen dat je met z'n vieren was, ik wil die spiegel vergoed hebben. En je verontschuldigingen." Nou, was dat vernuftig of niet? Versieren, vieren... De conrector zou denken dat hij me verkeerd had verstaan. Ik gaf mezelf een mentaal schouderklopje tot ik het gezicht van die kleine rotzak zag. Dat smalende lachje zou ik het liefst van zijn gezicht willen vegen!

„Euh, ja, natuurlijk. Maar was er sprake van vier personen dan?" vroeg de conrector verward.

„Dat zei u toch?" *(Foei, Rozanne, hoe durf je!)*

Ik hoopte dat ik er niet uitzag als een tomaat, want zo voelde ik me wel. Instant leugentjes om bestwil, daar was ik niet zo goed in. Jarenlange vriendschap met Joyce en Daphne had daar wel wat verbetering in gebracht, maar ik kreeg nog altijd een kleur.

Het liep met een sisser af. De conrector draaide zich naar Bram en zei streng: „Van jou verwacht ik een verontschuldiging. En er gaat een brief naar je ouders. Is dat duidelijk? Tot volgende week woensdag heb je strafles. Elke dag vroeg melden, lessen in andere klassen en tot vijf uur op school. Volledige huiswerkcontrole. Nou? Wat heb je te zeggen?"

„Sorry," bromde Bram onverstaanbaar.

„Ik kan je niet verstaan, en mevrouw Stam ook niet," zei de conrector bits. „Ga rechtop staan, haal je handen uit je zakken en kijk haar aan als je tegen haar praat."

Bram kwam overeind uit zijn rug-zit-hang-positie en ging staan. Ik ook. Hij moest naar mij omhoog kijken, want meer dan één meter zeventig was hij nog niet.

„Het spijt me," zei hij luid en duidelijk.

En toen... gaf hij me geamuseerd een hele vette, sexy knipoog. Aaaah! Dat snotjong dreef de spot met me, hier, openlijk, in het kantoor van de conrector. En het ontging die ouwe zeversok volledig!

„Hij deed wát?" Daphne had even pauze en ik belde haar net op het goeie moment.

„Echt waar! Hij flirtte gewoon met me! Het is toch niet te geloven? Staat er op mijn voorhoofd met grote letters: alleenstaand & wanhopig?"

„En hoe oud was ie?"

„Vijftien, zestien misschien."

„Waar was Thijs?"

O ja. Thijs. Die was ik in de commotie even vergeten. „Weet ik niet. Hij kwam die jongen alleen maar brengen en ging meteen daarna weer weg."

„Echt? Wat is dat toch voor een rare?" riep ze uit. „Vergeet hem maar! Dit is een teken aan de wand. Gisteren zei ik het ook al: laat hem toch in de shit zakken."

„Zei je dat?" Vervelend toch als de helft van je avond een vage mist is die je niet kunt reconstrueren.

„Zoiets ja. Luister eens, je trapt er niet meer in, hoor. Als hij

51

wat van je moet, dan doet hij dat maar per telefoon. Je gaat niet meer naar die gast toe, hoor je me? Er klopt iets niet in dat hele verhaal. Eerst komt hij je even checken bij Ginrooij, dan lokt hij je naar school, daar is hij niet, dan duikt hij ineens op bij je flat... Hoe kwam hij trouwens aan je adres?"

„Dat heb ik gevraagd. Hij zei dat hij het kantoor had gebeld. Dat en het telefoonboek."

„Vast. Hoeveel Stams zijn er in de gids? Weet je zeker dat hij je niet gevolgd is?"

„Daphne! Doe niet zo eng. Normaal zegt Joyce zulke dingen!"

„Je begint niks met hem hoor. Niet toegeven als hij weer komt. Hij laat je toch mooi zitten. Twee keer is genoeg." Ik gaf even geen antwoord. Daphne kon heel overtuigend zijn als ze wilde. „Hallo? Ennazor, ben je er nog?" Ennazor... zo noemde Daphne me alleen als ze het serieus meende. Dat was Rozanne, maar dan andersom.

„Ja, ik ben er nog. Je zult wel gelijk hebben," zei ik bedachtzaam.

„Bellen als er iets is, hoor."

„Dat kan toch niet, je hebt dienst."

„Stuur dan een sms. Ik hou het in de gaten. Is Loretta daar ergens?"

„Nee, maar die is op kantoor. Ik zit in mijn auto."

„Dus vergeet die Thijs, oké? Ik ga ophangen, ik moet aan de slag. Toedeloe!"

Thijs verboden terrein, Kaz verboden terrein... het deed me denken aan de titel van een film: *A dry, white season*. Dat was het hier ook. Erg droog zelfs. De enige waar ik sjans mee had, was een puber van zestien. Met een zucht startte ik mijn wagentje. Op kantoor was Kaz in ieder geval vandaag niet aanwezig.

Elk mens heeft zo zijn eigenaardigheden. Ik ook uiteraard. Een paar. (Pardon? Afgezien van mijn lengte, mijn daar niet bij passende gewicht, dat sisaltouw dat haar wordt genoemd en de ongelooflijke blunders die ik als vanzelf lijk aan te trekken?)

In willekeurige volgorde: mijn sport is softbal, ik geef kapitalen uit aan dvd's en ik kan niet zo best koken. Minder zwaar tellend, maar ook in de top tien: ik heb een oorbellentic, ik kan niet tegen angoratruien en over mijn kleding- en muzieksmaak is het laatste nog niet gezegd.

O, ik zou het bijna vergeten. Ik ben zo romantisch als een paardenbloem. Althans, dat maakt Daphne ervan. Zelf ben ik niet zo blij met die omschrijving. Een paardenbloem is onkruid en stinkt en laat zo'n viezig sap na als je het op je handen krijgt. Dat slaat toch niet op mij?

„Daar gaat het niet om," zei Daphne toen we 's avonds naar yoga gingen. Dat was het enige waar Joyce ook nog steeds, steevast iedere week, aan deelnam. Soms liet ze de boel de boel, maar dat ging alleen als haar man thuis was. Maar woensdagavond was voor de yoga en daar week ze niet vanaf.

„Morgen is Kaz weer op kantoor," begon Daphne, die op het matje ging zitten en zich uitrekte tot de kathouding. Ze zat daar met haar neus bijna op de grond en haar dikke derrière in de lucht, en terwijl ik haar imiteerde wachtte ik op meer. Krrrr, deden mijn stijve spieren. Ik was nog stram van gisteren, maar de alcohol was al een heel eind uit mijn lijf.

„Dat betekent dus dat morgen de echte eerste fase ingaat," nam Joyce het over. Ze hadden echt besproken wat ze gingen doen, want zij was ook al op de hoogte.

„Fase één: The world according to Loretta," zei ik en wachtte.

De dames negeerden mijn cynische opmerking. „Eerst zorg je dat hij merkt dat je totaal niet in hem geïnteresseerd bent."

„Dat weet ik onderhand wel."

„Luister nou eens. In dit weekend krijg je een make-over."

„Huh?"

„We gaan shoppen. Zaterdag gaan wij, Loretta, Joyce, jij en ik naar Amsterdam. We gaan shop til we drop, en dan hebben we de hele zondag om jou compleet te veranderen."

„En wat moet ik me daarbij voorstellen?"

„Rooz," riep Daphne uit, „doe nou eens niet zo nuchter! We gaan zwieren door Amsterdam, geld uitgeven, kleren kopen en daarna toveren we je om tot een enorme vamp!"

„Ik heb alleen vamp-haar," zei ik droogjes. „Daarom staat het ook zo uit."

Joyce liet een knallende lach horen.

„Dames! Een beetje rustiger, hoor," riep Michael, onze yoga-boy. Hij deed tijdens de les nogal zijig en zei hoor achter zo'n beetje elke zin, maar was verder wel oké.

„Ook daar is aan gedacht," ging Joyce onverstoorbaar verder. Ik rolde op mijn buik, pakte mijn enkels vast en krulde mezelf op tot een vogelnestje. Langzaam wiebelde ik heen en weer, net als de anderen. „Eerst krijg je andere kleren, dan gaan we je haar daarop aanpassen."

„En daarom valt Kaz over twee weken in mijn armen?" vroeg ik verbaasd en sceptisch.

„Nee. Als Kaz dan zegt dat je er zo leuk uitziet, negeer je hem. Loretta zal het gerucht verspreiden dat je een nieuwe vlam hebt."

„Jullie zijn hartstikke getikt," merkte ik op. „Dat werkt toch niet?"

„Wacht, we zijn nog niet klaar. Zaterdag, over twee weken, geef je een feestje. Stralend middelpunt ben jij, en Kaz zal er alles aan doen om ook te mogen komen."

Na alle plannen was dit wel het meest bizarre van allemaal. Ik keek haar aan. „Een feestje?" Het klonk alsof ik een kwal op een dienblad geserveerd kreeg.

Daphne liet kreunend haar enkels los en draaide op haar zij. „Liefje, hij zal voor je vallen als een baksteen. Verboden vrucht, weet je wel? Hij zal naar je smachten, simpelweg omdat hij je niet kan krijgen."

„Een feestje?" herhaalde ik.

„Ja, en dat is een daverend idee. Thuis, bij jou. Je hoeft je van niemand iets aan te trekken en Kaz zal erbij willen zijn."

„Feestje?"

„Rozanne, de plaat blijft hangen. Het is echt een goed plan.

We scheppen de ideale omstandigheden."

„Mijn feestjes zijn altijd rampen op miniformaat." Beelden van verbrande bitterballen, bedorven rode wijn en een haperende muziekinstallatie plopten omhoog als een kurk in een teil water.

„Welnee. Het is altijd gezellig bij jou. Zolang je maar niet te veel gekke dingen in elkaar probeert te zetten, is het prima."

„Dat gaat niet werken," zei ik weifelend. Hoe kwamen ze op zulke idiote plannen? Ik dacht aan Loretta, die in mij wel het toppunt van een vrouw in nood moest zien. Ik draaide me weer om en vouwde mezelf dubbel, zodat ik tussen mijn lange dunne bovenbenen doorkeek. „Kijk nou eens naar die staken," mopperde ik gesmoord. „Alle kleren en zelfs *Looking Good* kunnen zo'n lang dun lijf niet verdoezelen."

„Doe niet zo raar," zei Joyce vastberaden. „Je hebt een prachtig lijf. Ik ben jaloers op je lange benen en eerlijk gezegd: wie let daar nou op? Het gaat toch om je geest?"

„Ja ja. *I love you for your mind*, maar je lekkere lichaam is ook nooit weg, toch?"

„Even terug naar de les," ging Daphne door. Met les bedoelde zij de *Hoe Verover Ik De Man Van Mijn Dromen* instructies, niet de yoga. Michael trok een wenkbrauw op toen hij langskwam en tikte op Joyces schouders.

„Wat minder druk hier," zei hij op zijn gebruikelijke temerige manier. „Wat minder druk, Joyce." Ik wist niet of hij Joyces schouders bedoelde of ons onderdrukte, maar zeer aanwezige gefluister. „Hebben jullie iets gehoord van wat ik zojuist zei, mijn lievelingen?"

Wat hij zei? Had Michael dan wat gezegd? „Euh…"

Hij maakte een ongeduldig tut-tut-geluid. „Volgende week, dames, staat de zaal woensdag niet tot onze beschikking omdat hier een vijftig-jarige bruiloft wordt gevierd. Yoga wordt verzet naar dinsdag, hoor. Niet vergeten, ja?"

„Nee Michael, we zullen het niet vergeten. Dinsdag yoga, woensdag bejaardenbruiloft."

Hij trippelde overdreven zuchtend verder, achteloos zijn

hand op zijn heup leggend. Stanford (die lieverd uit *Sex in the City*) zou hem wel kunnen waarderen.

Daphne lag opgekruld op haar matje en haar neus raakte bijna de grond. Ondanks haar omvang was ze heel lenig. Ze ging verder alsof Michael hier niet eens gestaan had. „Let op. Je zult zien dat hij er helemaal voor gaat."

„Goed," gaf ik toe, „laten we voor de vorm ervan uitgaan dat het kan werken. Hoe pak ik dat feest aan?"

„Dat is van later zorg. Regelen wij."

O. Nou ja, dat was in ieder geval gemakkelijk. „Wat doe ik morgen als hij naast me komt zitten in de kantine?"

„Doet hij dat ooit dan?" vroeg Joyce verrast.

Ik probeerde mijn hoofd te schudden maar dat gaat niet zo makkelijk als je zo ligt. Ik keek naar mijn wiebelende tenen die ver boven me uitstaken. „Nou nee, maar het gaat om het idee. Wat moet ik dan doen?"

„Je staat op en loopt heel waardig weg. Gaat ergens anders zitten of je loopt terug naar je eigen plek."

„En als ik hem tegenkom bij het koffieapparaat?"

„Zelfde verhaal. Je draait je onmiddellijk om en loopt kalm weg."

Ik kreeg er de kriebels van en rolde terug naar de kleermakerszit. „Denken jullie echt dat het werkt? Straks zegt hij helemaal niks meer tegen me! Nu kan ik me nog vasthouden aan de incidentele keren dat hij me ziet staan."

„Het gaat lukken. Beloofd."

Eén voordeel van Power Yoga (vroeger heette het nog gewoon yoga) is dat ik er flinke honger van krijg. En vanavond had ik zin in een gekookt ei. Meestal eet ik een ei als omelet op een boterham, maar nu had ik eens een keer trek in een gekookt eitje met een beetje zout. Verder niks. Een ei koken, daarbij kan ik mezelf nog wel vertrouwen, daar kan toch weinig fout mee gaan. Een van de dingen in het leven die me dus niet zo goed afgaan, is koken. Soep uit een pakje en een gebakken ei, dat lukt me nog wel, maar voorbij dat punt wordt het al lastig.

Het is niet zo dat ik het niet leuk vind om te koken. Integendeel, met een *Allerhande* voor je neus proberen iets in elkaar te zetten, vind ik best leuk, maar om de een of andere reden lukt het nooit zo best. Gelatine verandert in taaie, glasachtige brokken velpon, cake en taart worden nooit goudgeel gaar vanbinnen, maar blijven zo'n vreemde beslagsmaak houden, en vlees krijg ik nooit sappig, maar bijna altijd taai of droog. Volgens Daphne heb ik dan een oude koe te pakken, maar ik denk eerder dat de koe onder mijn handen snel veroudert.

Enfin, dat terzijde. Mijn ouders koken gewoon op gas, ik kan maar niet wennen aan die keramische pitten. Het staat heel trendy (en ik ben Trendy Wendy, ook al liggen er allemaal papkleren in mijn kast) maar het is wel lastig hoor. Gas is makkelijk, dat draai je gewoon vol open en je ziet wat er gebeurt, en als je een klein vlammetje wilt, draai je de boel wat lager. Met keramisch zie je dat niet. Je voelt het wel (weet ik uit pijnlijke ervaring) dus ik zette het pannetje op met water en mijn ei; er lag er nog precies één in de koelkast. Het duurde een poosje voor het water begon te koken en ik draaide de pit lager. O jee. Het borrelen hield op. Dan moest het weer wat hoger. Ik bleef staan wachten tot ik de belletjes weer zag verschijnen en draaide, nadat het water haast over de rand klotste, de pit weer laag. Keramisch reageert niet zo snel en het begon natuurlijk als een gek te sissen omdat er water op de plaat spatte. „Verdikke," gromde ik kwaad. Maar nu was ik vastbesloten om dat ei te kraken. Figuurlijk dan. Het letterlijke deel zou later komen.

Na heel wat gedraai aan die stomme pit kreeg ik het voor elkaar. Het water bleef rustig koken en mijn eitje werd gaar. Terwijl ik wachtte, ging mijn telefoon. Ik dacht dat het Daphne was of Joyce, maar ik kreeg Loretta aan de lijn.

„Hoi. Bel ik gelegen?"

„Ja hoor." Ik zette de televisie aan en begon automatisch te zappen van de ene naar de andere zender. Ugh! Een preview van een of andere film met Orlando Bloom. Snel zette ik de tv uit. „Iets bijzonders? Of gewoon even kleppen?"

„Ik ben mijn sjaal kwijt. Sinds eergisteren. Heb jij…'

„Ho maar! Er lag een blauwe sjaal hier op de bank, met ver-schillende kleuren streepjes. Is dat hem?"

„Ja!" Ik wist niet waarom dat ding zo belangrijk was, maar er zat blijkbaar sentimentele waarde aan, want ze klonk opge-lucht.

„Ik zal 'm morgen meenemen," zei ik.

„Mijn broertje is bij je in de buurt, is het goed als hij even langs wipt om 'm op te halen?"

Heel veel sentimentele waarde. „Ja hoor. Ik ben toch thuis."

„Fijn!"

„Is er iets bijzonders met die sjaal? Zitten er diamantjes in of zo?"

Ik hoorde haar warm lachen. „Ik heb hem van mijn moeder gekregen," zei ze. „Ik ben eraan gehecht." Er klonk gerommel en gelach en lawaai op de achtergrond. Ze was zo te horen niet alleen. „Ik bel even naar Paulo, dan komt hij bij je langs, goed?"

„Ja hoor. Laat maar komen."

Euh… hoe lang stond m'n ei al op? Verdorie. Door al dat gedoe met die knoppen was ik totaal vergeten om de keuken-wekker te zetten. Ach, het was toch zeker al een minuut of acht of tien of zo. Zachtgekookte eieren vind ik erg vies, maar het was zeker al goed. Ik draaide het gas uit, goot voorzichtig het kokende water weg en liet het ei schrikken onder de oude straal. Ik tikte voorzichtig met een lepel op het topje. Uh-oh. Ik trok meer van de schaal weg. Gepeld zag het ei er afgrijse-lijk uit. Hoe het kwam wist ik niet, maar één kant van het ei was nog niet gaar, rijp, gekookt, hoe je dat ook moet noemen. Het trilde. Iek. Peinzend keek ik naar het drilei. *Gooi toch weg.*

Nee! Ik heb zin in een ei.

Dan pak je toch gewoon een nieuw?

Dat was de laatste. Hier valt toch wel wat van te maken?

Hoe had je dat gedacht?

Ha! Ik wist het. In de magnetron kon ik het restje dril wel in vaste vorm krijgen. Dat je eieren niet in de magnetron kunt koken, weet ik best. Je kunt geen boek openslaan of daar staat het. De schaal houdt de inhoud op z'n plek en het volume zet uit door de stralen, dus dan explodeert het ei. Niet doen dus. Ze zouden mij niet hebben. Dat wist ik al lang. Ik stond hier met een gepeld ei, en ik zou heel langzaam, in een heel lage stand de dril laten stollen. Per slot van rekening was de schaal en het omringende velletje al van het eitje af. Welbeschouwd was het een kat in het bakkie. Of beter gezegd: een ei in een dopje. (Soms ben ik heel erg grappig.) Ik legde het trillende ei op een schotel en dekte het af met een kopje.

Twintig voorzichtige seconden op de laagste stand hadden nog geen enkele verandering in mijn eitje gebracht, dus deed ik er nog eens twintig bovenop. Geen effect. Niets. De dril was nog drilleriger dan dat van de kikkertjes. Toch moest dit werken, dat wist ik zeker. Ik draaide de keuzeknop naar vierhonderdvijftig Watt, stelde de tijd in op dertig seconden.

Terwijl ik wachtte, hoorde ik het onmiskenbare geprutel van een diesel buiten en daarna een autoportier dat dichtviel. Door de luxaflex heen probeerde ik wat te zien van de straat. Was dat Loretta's broertje die de sjaal kwam opha...

Boem!

De klap van het ei dat uit elkaar spatte was werkelijk enorm. Ongelooflijk, dat er uit een klein kippeneitje zoveel lawaai kan komen. Ik schrok me werkelijk wezenloos, mijn hart bleef even stilstaan. De magnetron was trouwens ook gestopt.

Nee... Ik trok de deur open en alsof het popcorn was, kwamen de eivlokken uit de magnetron vallen. Het kopje was door de explosie omgevallen, het draaiende plateau stond scheef op het spilstuk en overal, maar dan ook overal zat ei.

Meteen ging de bel en met de geur van ei in mijn neus liep ik naar de voordeur.

„Hoi, ik ben Paulo, Loretta's broer," zei de jonge man die voor de deur stond en gaf me een hand. Hoewel dit de tweede keer was dat ik Paulo zag, kon ik me zijn gezicht van de eerste ronde niet herinneren. Een ongecontroleerde hoeveelheid Baileys was daar de oorzaak van. Hij was kleiner en jonger dan ik had gedacht, en afgezien van zijn donkere huid, leek hij niet echt veel op Loretta.

„Ik heb je nog niet eens kunnen bedanken voor de lift eerder deze week."

Paulo lachte. „Graag gedaan. Je was al flink in de olie." Een meur van ei kwam vanuit de keuken onze kant opgedreven, waarop hij een beetje verwonderd in de lucht snuffelde. „Kom ik op een ongelegen moment?" vroeg hij voorzichtigjes. „Ben je aan het, euh… koken of zo?"

Een beetje hulpeloos dwaalde mijn blik naar de keuken. „Zoiets ja."

„Ik dacht dat ik een knal hoorde. Kwam dat hiervandaan?"

Met een diepe zucht trok ik hem mee naar de keuken. „Experiment met een ei dat nog niet helemaal hard was."

Hij kon zijn lachen haast niet houden. „Operatie geslaagd, patiënt dood," mompelde hij met lichtelijk verstikte stem.

„Lach niet," zei ik en stak waarschuwend een vinger op, „je hebt de klap zelf gehoord. Het had wel eens heel anders kunnen aflopen."

Paulo liet zijn blik over de ravage in de keuken glijden. Hij veegde met zijn hand over zijn mond, om zijn lachen te verbergen. Een straal van een meter rond de magnetron was veranderd in een slagveld, met een berg witte en gele taaie vlokken als opvallend middelpunt. „Ik zal maar gaan," zei hij snel om mij nog erger te besparen.

De sjaal lag binnen op tafel klaar en ik drukte die in Paulo's handen. Mijn oren voelden weer erg warm (als mijn wangen niet kleuren, nemen mijn oren het spontaan over).

„Bedankt," zei hij vrolijk en liep met soepele passen terug naar de voordeur. „Wil je nog een goede raad?"

„Wat?" Het viel niet mee om me in te houden en hem niet af te snauwen. Goede raad kon ik missen als kiespijn want ik wist nu echt wel dat eieren en een magnetron niet samen gaan. Voorgoed. Dit zou ik nooit meer vergeten.

„Zet maar even een raam open," zei hij en liep luid lachend de trappen af.

Hoofdstuk 6

„Was er iets met eieren?" was het eerste wat Loretta vroeg toen ik op kantoor was. Ik had mijn haren strak naar achteren weggestoken en ze trok meteen een strengetje los dat nonchalant langs mijn gezicht viel.

Paulo. Bedankt, hoor. „Er ging iets niet helemaal goed," zei ik schouderophalend. Ik haakte de pluk achter mijn oor, en Loretta haalde hem weer terug.

„Je moet Kaz nieuwsgierig maken, niet afschrikken. Het staat veel te streng, al die haren uit je gezicht. En je hebt zo'n mooi gezicht."

Mooi? Een beetje verlegen keek ik weg.

Ze keek me keurend aan. „Er mist iets… hier. Laten we dit eens proberen." Uit haar tas haalde ze een grote sjaal waar de kleuren als vuurwerk van afsprongen. „Je hebt best mooie kleren, maar er zit een beetje weinig kleur in."

Mooie papkleren, dus.

Met vaardige hand drapeerde ze de sjaal via de revers van mijn colbertje om mijn schouders en trok me daarna mee naar het toilet. In de spiegel zag ik een heel andere Rozanne.

„Mooi. Je moet meer kleur dragen."

Ik knikte. Was ik dat? „Ik heb de kriebels."

„Maak je geen zorgen, het komt best goed." Loretta klopte me bemoedigend op mijn schouder.

Om de een of andere reden was ik nerveus. Hoe zou Kaz reageren als ik koel en afwijzend tegenover hem deed? „Nee, nee," zei Loretta hoofdschuddend, „je moet niet koel en afwijzend zijn, je moet gewoon jezelf blijven, maar doen of je hoofd totaal ergens anders zit. Hij is dus gewoonweg niet meer van belang voor jou."

Het duurde niet lang of ik zag Kaz verschijnen. Snel dook ik weg achter mijn Mac. „Niet zo opvallend," fluisterde Loretta. „Doe gewoon je werk."

Dat eerste half uur duurde heel lang. Per slot van rekening had ik vol zicht op het bureau van Zijne Aanbiddelijkheid en dat ontwijken was niet zo makkelijk. Vol zicht is niet de hele waarheid. Ik moest mijn nek in een hoek van negentig graden vouwen en vervaarlijk ver voorover gaan hangen, maar dat is toch bijna hetzelfde? Ik probeerde me in mijn werk te verdiepen en naarmate ik langer bezig was, ging het beter. Een piepje. Mijn mobiel. *Is ie al op kantoor?* Daphne. Nou ja zeg. Dat hielp.

Gloria riep me bij zich. „Ik moet straks naar Amsterdam voor een spoedbespreking met een klant. Ik heb jou ingepland om mee te gaan, want er waren vragen waar ik jou bij nodig heb." Ze tikte met haar scherpe roze acrylnagels op de rand van haar bureau. Ieder normaal mens zou vragen of het uitkwam, maar Gloria was niet normaal. Tja, aangezien ik voor haar hoorde bij de EO (Erg Ondergeschikten, o ja, én vervangbaar, weet je nog?) werd ik maar verwacht mijn agenda aan te passen. Maar het kwam goed uit. De rest van de dag de deur uit, weg bij Kaz. Eigenlijk was het een beetje zoals een dieet, had Daphne me verteld. Wat je niet mag eten, wordt het enige waar je aan denkt. Afleiding is bittere noodzaak. „Kun je over een kwartier klaarstaan?"

„Geen probleem," zei ik dus opgewekt, waarop Gloria met een enigszins verbaasde blik naar me opkeek. „Ik haal mijn laptop."

„Gered door de gong," jubelde ik tevreden tegen Loretta. „Ik ben de rest van de dag weg."

„Zie je? Het valt al meteen mee."

Jeffrey keek me uilig aan. Hij had natuurlijk geen idee waar het over ging. Maar ja, hij zat dan ook alleen maar in zijn knuffelstage. En die was overmorgenmiddag alweer voorbij. Om te zorgen dat zowel hij als Loretta niet alsnog veroordeeld werd tot wc-dienst, legde ik een paar leuke klusjes klaar. Een beetje programmeerwerk voor Loretta en wat photoshoppen voor Jeffrey, die twee waren ook weer gered. „Als Franco zegt dat er iemand de keuken moet opruimen zeg je maar dat dit voorgaat. Opdracht van de Quality Process Controller."

Ik liep al naar de balie toen mijn telefoon ging. Loretta. Nou al? Ze zat achter mijn Mac en stuurde me een sms. Om me succes met Gloria te wensen zeker. Ik las het bericht en viel bijna om: *Kaz gaat ook mee.*

„Roosje, jij ook?" Mijn maag zakte naar omlaag. Daar stond Kaz, very verrukkelijk, met een grote presentatiemap bij zich. Gekleed in een fraai antracietkleurig kostuum; met donker overhemd en dito stropdas zag hij er zo goed uit dat hij zonder meer als fotomodel gecast kon worden.

Piep, deed mijn telefoon. Sms, Loretta. *Kalmte kan je redden. Niet toegeven.* Knikken. O ja. Dat kon ik doen. En dat deed ik dus. Lang leve de handtas. Ik had het plots erg druk met mijn agenda en mijn handtas en alle rommel die erin zat, terwijl in de verte Loretta mij met argusogen in de gaten zat te houden. Dit ging niet lukken. Hoe moest ik in hemelsnaam een hele middag doen alsof ik hoegenaamd geen interesse voor hem had, als ik al begon te stuntelen als ik hem zag?

Kalmte kan me redden.

Kaz, verbaasd dat ik hem niet antwoordde, trok zijn schouders op en praatte met Marcia, tussen de telefoontjes door die zij aannam. Daar kwam Gloria aan, toppunt van trendy en zakelijk en vrouw van de wereld, en ik vroeg me in stilte af of ik Loretta's sjaal af moest doen, maar ze zei – let op, belangrijk moment in het leven – met opvallende oprechtheid dat ik een mooie sjaal om had. Een echte Donna Karan, vroeg ze? Weet ik veel. Dus knikte ik maar. Ik wist opeens hoe ik de heenreis zou doorkomen en slaakte een zucht van verlichting. Ach, natuurlijk, Kaz zou rijden, en Gloria nam naast hem plaats. Aangezien ik toch maar tot het noodzakelijk kwaad behoorde, kreeg ik de achterbank.

Maar ik vergiste me. Gloria reed en Kaz leek te twijfelen of hij naast mij zou komen zitten of dat de bazin hem voorin wilde hebben. Het gevolg was dat Kaz op de passagiersstoel zat en voortdurend half achterom hing. Driewerf hoera, ik had zodoende uitzicht op een fabelachtig profiel en regelmatig een driekwartje en dat was voldoende om erg verliefd te zijn.

Gloria hield de rit zakelijk, waardoor er weinig tijd bleek om afgeleid te raken. Soms was het wel eens handig als ze zo deed. Niet vaak, dat is waar, maar af en toe was zakelijk niet noodzakelijkerwijs akelig. „Rozanne, zoek eens even op wat we in de laatste meeting hebben besproken over kleuren? Wat voor voorstellen hebben we gedaan?" Toen ik vroeg waarom, zei ze dat de klant heel andere dingen wilde dan begroot was, en dat we moesten terugvinden in de notulen wat er besproken was. Ik herinnerde me dat dossier wel.

„Iets met duotoon," kon ik me herinneren en Kaz viel me bij. Hoe kon ik daar nou niks op zeggen? Op dat moment besloot ik dat zakelijke gesprekken wel mochten, wat Daph, Loretta en Joyce ook bekokstoofden. Ik trok de laptop uit de tas en klapte hem open. Het duurde even.

„De batterij is toch wel opgeladen, hè?" zei Gloria stekelig. *Huh*, dacht ik, *alsof je een sidderaal aanraakte*. Precies genoeg prikkel om je te laten voelen dat je nooit in kon sukkelen.

Maar ik ben nog altijd meester in het zoeken-en-vinden en dus scrollde ik door mappen en documenten en nam ze razendsnel door. Ha, hebbes. „Gevonden," zei ik en Kaz, die nu bijna achterstevoren zat, lachte me toe. *Niet naar kijken, niet reageren, niet aan denken.*

„Onze Roos kan alles vinden, hè," zei hij en er kwam een glimlach die me verblindde. Oeps. Daar was ik even de weg kwijt. Een enkeltje in een rozige achtbaan, door cherubijntjes persoonlijk aangelegd. Voor mij, alleen voor...

„Nou, waar wacht je op? Lees eens voor dan?"

Terug bij de les. Braaf las ik voor wat Gloria wilde weten, waarop ze grimmig knikte en een nummer ingaf op de telefoon aan haar dashboard. Ze belde handsfree met het kantoor en voerde een scherp gesprek met iemand van de administratie. Kaz zat nog steeds als een kleuter achterstevoren in zijn stoel, totdat Gloria hem vinnig aantikte en gebaarde dat hij haar zicht op de weg benam. Ik dook wat dieper op de laptop. Het was toch beter om maar niet te veel naar het profiel van Kaz de Heerlijke te kijken, want ik raakte tamelijk afgeleid en mijn goede voornemen begon al haarscheurtjes te vertonen. Via mijn draadloos internet (lang leve de techniek!) checkte ik mijn mail en logde ik in op msn. Nee, dat is niks illegaals, we gebruiken in het bedrijf veel de zakelijke msn, dat gaat veel sneller en efficiënter dan elkaar steeds mailtjes sturen. Je mailbox raakt er niet zo vol van en het netwerk wordt heel wat minder belast. En het was makkelijk om in één keer de hele troep te pakken te krijgen met een bericht als: VERGADERING VERZET NAAR HALF TWAALF.

Daphne zat online en msn-de me meteen. Hoe lukt het?

Ben onderweg naar Amsterdam. Zit in de auto met stuk van het jaar.

Je meent het. Lukt het een beetje?

Nee, helemaal niet. Ik ga steeds een beetje dood. Hij is zo heerlijk.

Volhouden. Weet je wie hier net was?

Chris Zegers? (Daphne is nogal verkikkerd op Chris Zegers.) *Waar is hier?*

I wish! Hier is ziekenhuis. Nee, nog steeds geen Chris. Er was een leerling van 't Mauritscollege.

?

In gezelschap van…

Ping. Tong. Tok. Er klonk een scala aan rare geluiden onder mijn schedeldak.

Nee. Echt? Toch niet, hè?

Yes beebie. Knul had glas in arm, consjerz reed.

Hoe weet je dat hij het was?

Heb het zelf gevraagd. Hoort u bij jongen? Nee, ben consjerz. Wat is uw naam? Van de Werf.

Wauw.

Wel een lekkerdje.

Onbetrouwbaar lekkerdje.

Lijkt op Orlando.

Weet ik al.

Heb je z'n nummer?

Hoef ik niet meer. Jouw advies, remember? (Dat was zo, ook al was Daphne dat voor het gemak maar even vergeten. Orlando maakte blijkbaar op haar ook nogal wat indruk.)

Doe niet dom. Is aardige vent.

Hm. Twee keer blauw is genoeg.

Was vast samenloop van…

„Rozanne, wat ben je in hemelsnaam aan het doen?!" Het telefoongesprek was ten einde en opeens was ik weer terug in de auto, ruw onderbroken door Gloria, die dat snelle gerammel op het toetsenbord niet vertrouwde. Vooral de tussenliggende pauzes, als ik wachtte op een antwoord, had ze opgemerkt.

„Ik ben aan het werk," probeerde ik zo waardig mogelijk te zeggen en keek niet op. Was dat overtuigend genoeg?

„O? Wat doe je dan voor werk?"

„Ik vergelijk onze kleurenlijst met de kleuren voor de Tweelingcollectie," verzon ik ter plekke en tikte naar Daphne:

SADK. (Stront aan de knikker.)

Oké.

Gloria had wel in de gaten dat er iets niet klopte, maar moest haar aandacht bij de weg houden en ging er niet verder op in. Omdat ik stug doorging, koos ze eieren voor haar geld (eieren? Zei ik dat?) en praatte met Kaz over wegwerkzaamheden en hoe ze wilde rijden om files te vermijden.

Ben ik weer.

Alles goed?

Yep. Barracuda wou meedoen.

Ik moet gaan. Mijn pauze zit erop.

Goed. Vanavond softballen?

Om 19.45 ben ik bij je. Dag! D out.

RS out.

Ik sloot zorgvuldig de schermpjes, klapte de deksel dicht en borg de laptop op. Toen ik opkeek, werd ik opeens een beetje draaierig. Lezen in de auto gaat toch niet zo goed.

„Rozanne, zoek eens op waar het dichtstbijzijnde pompstation is? Kaart zit achter mijn stoel in het vakje."

Liever wou ik nu niet lezen. Er protesteerde iets in mijn hoofd en mijn maag nam het over. „Euh…"

„Wat?"

„Niks." Ik pakte de kaart en vouwde het ding open. Meteen was ik ermee in staat van oorlog. Wat een ramp. De kaart boog naar achter als ik de bovenkant wilde bekijken en toen ik hem terug probeerde te klappen viel een andere flap als een neerstrijkende albatros op me neer. Opnieuw. Amsterdam lag aan de verkeerde kant van de kaart en ik geloof dat ik een zacht scheurend geluid hoorde toen ik de boel omdraaide. Weer krulde het papier naar me toe en knorrend duwde ik het weg waarop meteen de andere kant naar me toe begon te buigen. Ik hoorde iemand lachen. Kaz. Wat een heerlijk lachje. O. O nee.

„Je hoeft er niet mee te worstelen," zei het brok testosteron dat voorin zat.

„Stom formaat," klaagde ik met een rood hoofd. Uh-oh, ik mocht niet te veel zeggen. Ik bleef omlaag kijken, wat de misselijkheid bepaald geen goed deed.

„Laat mij maar," bood Kaz aan.

Euh… wat nu? Hoorde dat bij zakelijk of niet? Gloria redde me. „Rozanne, hou maar op! Je molt die kaart. Vouw hem voorzichtig op en geef hem dan aan Kaz."

Ja stiefmoeder.

Voorzichtig opvouwen, dat was makkelijker gezegd dan gedaan! Het leek wel of die kaart een eigen leven leidde. Gloria mopperde dat ze niets zag in de achteruitkijkspiegel en ik probeerde het gezwaai in mijn maag te negeren. Hè, hè, eindelijk! Ik kreeg de kaart onder controle en gaf het ietwat gekreukelde exemplaar aan mijn voorbuurman.

„Het hoeft al niet meer," zei Gloria bits en reed abrupt een uitrit op die ik niet aan had zien komen. Zij wel, wat dacht je dan? Om de twintig kilometer staan er borden met benzinestations aangegeven, dus waarom ze mij liet vechten met zo'n enorm vel papier, was me niet duidelijk. Waarschijnlijk om me nog stompzinniger te laten lijken?

O mijn maag. Mijn hoofd. Dat was mijn straf voor stiekem msn-nen. Ik stapte onmiddellijk uit toen we stilstonden. Eruit, eruit. Frisse lucht.

„Je ziet een beetje witjes," zei Kaz, die opeens naast me

opdook. Ik keek hem niet aan en leunde slapjes tegen de auto.

„Wat is er?" Gloria was ook uitgestapt en om de auto heen-gelopen.

„Rozanne is een beetje wagenziek, geloof ik," zei Kaz en vroeg aan mij: „Hé, gaat het wel? Je hoeft toch niet over te geven, hè?"

„Als het moet, doe je dat dan nu? Niet straks in mijn auto," knalde Gloria. Fijn, zo'n zorgzame collega. Alsof ik op commando hier even voor haar ging staan braken.

„Nee, ik moet alleen even frisse lucht hebben. Het is zo over." Ik keek haar niet aan. Stom mens. Als haar auto maar schoon bleef.

Kaz daarentegen was erg lief. „Zal ik even een flesje water gaan halen?" Hij legde zijn hand heel even op mijn onderarm en… ik was weer gesmolten. Weg goede voornemens, weg wilde plannen. Hoe kon ik zo'n ontzettende knapperd die zo lief deed, negeren? Ik knikte. Ja, doe maar, wilde ik zeggen, maar mijn tong was weer verlamd. Geen antwoord kunnen geven, gold dat ook als negeren? Kaz lachte me bemoedigend toe. Oh boy. Ik slikte. Donk, donk, donk, deed mijn hart.

„Even naar de wc," kreeg ik eruit en toen gebeurde het.

Kaz sloeg zijn arm beschermend om mijn schouder. „Maak je maar geen zorgen. Als je flauwvalt, vang ik je wel op."

Dat mijn knieën knikten, had niks te maken met wagenziek-te. Mijn hart maakte een sprongetje. Hier liep ik, heel dicht tegen Kaz aan, zijn gezicht vlak bij het mijne, zijn arm om me heen, helaas, meisjes van de koppelbrigade, hier kon geen plan tegen op.

Mijn dag kon niet meer stuk.

Hoofdstuk 7

Wedstrijd Ladiebugs – Harlem Wonders.

„Echt?" Daphne viel bijna van haar fiets. „Geen wonder dat je zo gelukzalig kijkt."

„Hij was zo lief, Daph, en zo verschrikkelijk sexy, van dichtbij helemaal." Ik praatte honderduit. Vertelde over het kopje koffie dat we gedronken hadden omdat Gloria toch even van het toilet gebruik moest maken. Dat ze de sfeer verpestte door er bij te komen staan en botweg op haar horloge te tikken, maakte me niets uit. Kaz keek me onderzoekend aan en toen hij besloten had dat ik er weer wat minder ongezond uitzag, vertrokken we, en niet eerder.

„O? En wat vond Gloria daarvan?" Daphne trok een wenkbrauw op.

Ik wuifde dat weg. Details. Daphne viel over de verkeerde dingen, zoals details. Natuurlijk had de Barracuda ongeduldig gevraagd of we weer konden vertrekken, maar Kaz gaf me een bijzonder lekker knipoogje (hij heeft patent op bijzonder lekkere knipoogjes!) en vroeg of het ging. „Misschien moet je wat eten," zei hij peinzend, „dat wil nog wel eens helpen."

„Ik weet niet of ik dat er wel bij kan hebben."

„Met jouw lijntje? Makkelijk!" Hij lachte om zijn eigen grapje en voor de allereerste keer in honderd jaar bedacht ik dat ik misschien toch in de smaak zou kunnen vallen met mijn schrale lijf. Als ik die wandelende gratenhuizen zag op modeshows verbaasde ik me er keer op keer over dat er mensen waren die dat mooi vonden. Misschien viel Kaz wel op dunne dingen. Ik hield dus mijn mond en koesterde me in de aandacht die hij aan me besteedde.

„Kaz heeft me de hele dag in de gaten gehouden. Hij vroeg van alles, hij was erg bezorgd," zei ik voor de tiende keer tegen Daphne. „Dat vind ik zo lief in een man."

„Mens, je zeurt. Toen ik zei dat Roy voor zijn moeder de vuilniszakken buiten zette, vond je hem een watje."

„Roy. Hoe is het daarmee?"

„Ach, dat is niks," barstte Daphne los, alsof ik een deksel had losgetrokken van iets dat meteen begon uit te zetten, „als meneer liever voetbal kijkt dan met mij op stap te gaan, dan weet je al weer genoeg, toch?" Ik grinnikte. Daphne was allergisch voor het woord voetbal. Ze ging meteen door op het volgende onderwerp. „Trouwens, die Thijs van jou mag er wel wezen, zeg!"

„Mijn Thijs?"

„Nou! Wat een leuke kop. Hij had meteen sjans met de hele afdeling. Zelfs van het hoofd chirurgie," lachte Daphne vergenoegd. „Hij lijkt inderdaad op Orlando Bloom."

„Heb je hem al verleid?"

„Verleid? Doe niet zo burgerlijk," schaterde ze. We hotsten de stoep op bij de sportvelden en zetten onze fietsen op slot. „Natuurlijk niet. Jij zit toch achter hem aan?" Quasi-plechtig voegde ze eraan toe: „Dan heb jij het alleenrecht."

„Doe niet zo raar!" riep ik en gaf haar een duwtje. Ik dacht aan Marcia's *Als jij hem niet wilt, mag ik hem dan?* en zei: „Er hangt toch geen kaartje aan?"

„Een oormerk," zei Daphne spottend. „Net als bij koeien."

„Die hebben er twee, liefje," zei ik fijntjes.

„In één oor Rooz, in het andere oor Anne. Of is het Ro en Zanne?"

„Jij met je koeien ook altijd."

Daphne grijnsde en knikte naar het clubgebouwtje waar een hoop mensen naar binnen dromde. „Wat een drukte al."

Kaz, Thijs, Roy en andere heren verdwenen naar de achtergrond. Ik zou vanavond mijn aandacht hier moeten houden. Op donderdagavond speelden we vaak competitiewedstrijden en onze tegenstanders (Harlem Wonders) waren al gearriveerd. Er zaten drie grote, breedgebouwde vrouwen tussen en de meiden van mijn team (Ladiebugs) keken elkaar bedenkelijk aan. Dat zou wel eens een lastig partijtje kunnen worden. We liepen naar de kleedkamers en kleedden ons om. Onze trainer, een oude, maar krasse Amerikaan, stond al klaar op het veld, compleet met petje en pruimtabak. „Hoi Joe," riepen we in koor en begonnen rondjes te rennen en ballen over te gooien.

„Hé, zie je die dikke daar?" schreeuwden de meiden van de Harlem Wonders. Daphne vertrok alleen maar een beetje haar ene mondhoek. Het moest pijn doen, maar ze zette het trots van zich af. Ik had er meer moeite mee. „En die daarnaast dan?" brulde een andere, „die is dun. Als ze hardloopt, krijgt ze vast een rooie kop, net een lucifer!"

„Laurel en Hardy," krijste nummer drie, waarop ze met z'n allen begonnen te gillen.

Ik hoefde niet eens hard te lopen om een rood hoofd te krijgen. Stomme rotgrieten met hun stomme opmerkingen! Mijn bloed begon te koken, wat zulke dingen betreft, heb ik een erg kort lontje. Kon ik maar net als Daphne het van me af laten glijden. Het grappige en tevens de zoete wraak was dat iedereen zich altijd zo verschrikkelijk op haar verkeek. Ze was klein en had haar gewicht niet mee, maar ze kon snoeihard en precies gooien. Mijn sterke kant waren mijn lange benen, waardoor ik harder kon rennen dan een hoop anderen en ik sloeg links, wat het voor een pitcher vaak lastiger maakte.

„Trek je er niks van aan," zei Daphne en we gingen een eindje verderop staan. „Ze proberen je gewoon van je stuk te brengen. We laten ze dadelijk een poepie ruiken."

Er zat ook wat publiek op de tribunes. Gewoonlijk kwam er alleen maar volk op wedstrijden van de heren af, maar vanavond was het redelijk gevuld, waarschijnlijk omdat de heren direct na ons een inhaalwedstrijd moesten spelen. Dat was in ons voordeel.

Ladiebugs was als eerste aan slag. Daphne begon met pitchen. De aanhang van HW (niet talrijk, wel veel lawaai) begon meteen luid te joelen en te blèren en natuurlijk waren de spotternijen niet van de lucht. „Kom maar op," zei Daphne kalm. Ze schommelde haar kleine, omvangrijke lichaam naar de werpplaat, ik wist dat ze met opzet zo waggelend liep om de tegenstanders te misleiden. Emmy, onze catcher, en zij voelden elkaar haarfijn aan. Een paar gebaartjes, bijna onmerkbare tekens en Daphne gooide. Zwoesjjj. De bal schoot als een kogel de slagvrouw voorbij.

„Slag!" riep de scheidsrechter.

Gejuich. Ik keek ingespannen naar Daphs gezicht en herkende wat ik in mezelf ook zag, verbetenheid om die trutten op hun nummer te zetten. „Go, Daph!" schreeuwde ik, en daar ging ze inderdaad. Ze was geweldig in vorm en gooide de ene bal na de andere, elke keer anders, hard, zacht, boogbal, rechte bal, en nauwelijks een foute ertussen. Aangestoken door haar vorm leek het bij mij ook als nooit tevoren te gaan. Ik vloog over het veld en ik sloeg twee keer een homerun. Zwetend zaten we na een wissel even naast elkaar op de bankjes.

„Gaat lekker, hè?"

„We staan mooi voor."

„Is dat een nieuwe, bij de heren?" Daphne knikte in de richting van het publiek waar de heren zich verzameld hadden om ons aan te moedigen. De Ladiebugs was officieel een aparte club, maar we deelden veld en clubhuis met de mannen van Kickerboxers, waardoor we een soort familie waren. Ik zag niet meteen wie ze bedoelde.

„Waar dan?"

„Daar, op de tweede rij. Linksachter Pim."

Ik tuurde, liet mijn blik over de tribune glijden en mijn hart sloeg een paar slagen over. Daar zat Kaz! „Daphne! Kaz zit op de tribune!"

„Wat?"

„Roze!" schreeuwde Joe. „You're up. Nog een homerun en je krijgt van mij een petje."

Kaz zit op de tribune!

Spontaan sloeg de bibberitus in mijn benen. Wat nu, wat nu, wat nu?! Hij kwam speciaal voor mij kijken, ik had hem vanmiddag verteld over softbal toen hij geamuseerd opmerkte dat ik een knuppeltje om mijn nek had hangen. Hoewel Kaz waarschijnlijk dacht dat hij heel origineel en grappig was (en ik lachte dan ook heel dommig en onintelligent en dweperig) kwam hij niet met iets nieuws. Het kleine gouden honkbal-

72

knuppeltje dat ik aan een kettinkje om mijn nek droeg, heb ik eens van Joe gekregen: slagvrouw 2003. Toch is dat hangertje altijd en voor iedereen stof tot gesprek. De grappen zijn niet van de lucht, ja, ook van wie je het niet verwacht!

Kaz zit op de tribune – Kaz zit op de tribune – Kaz zit op de tribune…

Ik was er helemaal af.

„Roze!" bulderde Joe, „waar zit je hoofd?" Na vijftien jaar Nederland kon hij onbedoeld nog steeds de leukste dingen zeggen.

Mijn hoofd zit bij mijn droomprins op de tribune, dacht ik en Joe brulde verder dat als ik deze slag miste, hij ik-weet-niet-wat voor me zou verzinnen. Een week lang met een tandenborstel de kleedkamer schrobben, vijftien rondjes rond de stad rennen, driehonderd sit-ups gevolgd door tweehonderd meter handenlopen, zijn auto uitmesten, voor tachtig man frikadellen bakken, enzovoorts. Zijn strafmaatregelen waren nogal fantasierijk. Op hoop van zegen dan. Ik keek naar de bal, voelde de donkere kijkers van Kaz in mijn dunne achterste prikken en gaf een dom tikje tegen de bal toen de pitcher gooide.

De bal ketste heel vreemd weg, stuiterde met effect door het veld en de veldploeg grabbelde naar het voort stuiterende ding als kinderen die over de grond kruipen om pepernoten op te rapen. Tot mijn eigen verbazing kwamen er drie man binnen! En toen was de overwinning binnen een paar slagen gepiept. „Mooie partij, ladies!" riep Joe en op de tribune werd luid geklapt en instemmend en tevreden geknikt. Ik holde nog net niet naar het publiek.

„Waar is-tie?" Daphne lachte breed en nam de felicitaties in ontvangst. De Harlem Wonders keken nogal zuur, maar de aanvoerster kwam ons een hand geven en deed sportief. „Je hebt een mooie slag," zei ze tegen me.

„Dank je! Ik was geïnspireerd," flapte ik eruit. Haar wenkbrauwen gingen omhoog. „Mijn vriend zit op de tribune." Luchtigjes wees ik naar Kaz. Ze knikte een beetje meewarig en draaide zich om. Kaz nam twee grote stappen over de bankjes heen en kwam mijn kant op. „Daar komt-ie aan," zei ik tegen haar.

Nu draaide ze zich weer om, verbazing op haar gezicht geschilderd. Onmiskenbaar haalde ze een schouder op en liep toen weg om Kaz... te omhelzen. Te zoenen.

Wat? Hè? Ik stond aan de grond genageld.

Ze zei iets tegen hem, hij boog zich wat opzij om langs haar heen te kijken en ik keek recht in het gezicht van een man die leek op Kaz. Erg veel. Ugh. De aanvoerster keek me aan, haar ogen vol spot en een blik waarmee ik per seconde tien centimeter langer werd zodat ik me nog slungeliger en stommer voelde.

Niks mijn vriend. De man die ik aangezien had voor Kaz, was haar vriendje.

Heel even was ik uit het veld geslagen, maar doordat ik patent heb op het aantrekken van rampsituaties word ik al handig in het ter plekke verzinnen van een oplossing. Ik zag Ribo, een jongen uit het herenteam waar ik wel eens wat mee dronk in de kantine, zwaaide en liep heel enthousiast op hem af. „Ribo!" riep ik. „Ik kom eraan!"

Hij keek op, zag me en lachte blij. Hij had al jaren een oogje op me, het was niet wederzijds – ik zag absoluut niks in hem – maar nu was ik voor één keer erg blij dat hij in de buurt was. Zonder ze nog een blik waardig te gunnen, stoof ik de Harlem Wondergirl en Kaz-lookalike voorbij.

Natuurlijk had ik het zo druk met mezelf proberen te redden uit deze toch al pijnlijke situatie, dat ik totaal niet oplette waar ik mijn voeten neerzette. Een sporttas, half onder het spelersbankje geschoven, benam me mijn soepele doorgang.

Klabats! Daar ging ik. Iedereen zag me, want ik moest met mijn grote snater ook hard roepen naar Ribo, die me met open mond aangaapte. Ik struikelde en viel voorover, waarbij ik over het gravel van de sintelbaan schuurde en de houten spelersbank nam ik ook maar meteen mee. En dat ding geeft niet mee als je ertegenaan klettert. Geweldig. Ronduit rampzaliger kon het gewoonweg niet eindigen. Dacht ik.

„Wat zie je eruit." Daphne keek me medelijdend aan. „Dat wordt een prachtexemplaar, dat oog van jou." Mijn teamgenoten knikten en zeiden oooh en aaah en wat zielig was ik toch. Het was lief, maar ik wilde dat ze weggingen.

„Het is mijn wenkbrauw, niet mijn oog." In de spiegel zag ik mezelf zitten met een theedoek vol ijs tegen mijn hoofd.

„Neem het maar aan van een verpleegkundige: dat zakt vanzelf naar omlaag."

„Echt?"

„Ja hoor. Doet het pijn?" vroeg ze voor de tiende keer.

„Valt wel mee," mompelde ik. „Mijn handen zijn geschaafd van dat gravel. Rotspul."

Joe trok een beetje ruw de theedoek bij mijn wenkbrauw weg. Warm bloed drupte omlaag en meteen ging de theedoek met ijs weer terug. „Moet dat? Ik krijg een koud hoofd."

„Even volhouden," zei Daphne. Joe kauwde op een sigaarstompje en eenmaal overtuigd van de goede zorgen van mijn beste maatje, verliet hij me om de heren te coachen. Na een paar minuten vertrokken ook de meeste meiden. De sensatie was er wel zo'n beetje af. Gelukkig maar, want ik voelde me toch al zo oerstom en het laatste wat ik nu nodig had, waren meelevende blikken en opmerkingen.

Er werd op de deur geklopt en de Harlem Wondergirl stak haar hoofd om het hoekje. Ik was blij dat ik achter de theedoek verstopt zat. „Zeg, we gaan ervandoor," kondigde ze aan, „maar ik moest toch even horen hoe het met de slagvrouw is."

Erkentelijk stak ik mijn hand op. „Bedankt. Het is niet zo erg als het lijkt."

„Doet het pijn?" vroeg ze. Toch sympathiek dat ze even kwam informeren.

„Alleen als ik lach," antwoordde ik niet helemaal naar waarheid. „Maar ik ben in goede handen."

„Goed zo." En opeens kwam er heel luid en duidelijk achteraan: „En anders wil je vriend er vast wel even naar kijken!" Schaterend liet ze deur dichtvallen, en het gillende gegier en gelach van de andere Harlem Wonders, die op de gang hadden

75

staan luisteren, begeleidde haar totdat ze buiten stonden.

Doodongelukkig boog ik me nog dieper achter mijn thee-doek, die langzaamaan doornat begon te worden en waaruit koude, rozerode druppels op mijn niet meer hagelwitte broek drupten. *Zucht. Kluns die je bent.* Ik legde het ijs weg en hield een droge handdoek tegen mijn wenkbrauw.

„Erg aardig," zei Daphne knarsetandend van woede, „Harlem Witches, dat zijn het." Ze kleedde zich om terwijl ze mij ondertussen argwanend in de gaten hield. Voor het geval ik tegen de grond zou gaan bij het zien van bloed (ik ben een bikkel en kan overal tegen) of besloot om andere rare dingen te doen, zoals in tranen uitbarsten (no way josé, ik ben onder alle omstandigheden een superbikkel). Wel eentje met hoofdpijn, trouwens.

„Wat ging je eigenlijk doen? Hoe kwam dat nou?"

„Ik was ervan overtuigd dat Kaz op de tribune zat," bekende ik. „Dus wat deed ik? Stom zwaaien en net doen of we een hot item zijn, en toen bleek het verdorie a: Kaz niet en b: haar vriendje wel!"

Daphne twijfelde zo te zien of ze moest lachen of hoofdschuddend moest preken dat ik wel erg dom had gedaan. Dat laatste deed ze trouwens nooit, dat was meer Joyce. „Arme sukkel," zei ze en begon te grinniken. „Het ziet er wel stoer uit."

„Stoer? Je bent niet wijs. Koppijn en een blauw oog, wat is daar nou stoer aan?" Na een pauze waarin het kwartje viel, vroeg ik voorzichtig: „Zou Kaz dat ook vinden?"

„Natuurlijk. Je haalt het beste in hem naar boven." Met zo'n plakkaat op mijn gezicht? Ik betwijfelde het maar zag de ochtend toch wat zonniger in. Ze trok voorzichtig de handdoek opzij. „Het is gestopt met bloeden. Zo'n beetje. Wat denk je, wil je nog even blijven zitten of gaan we naar huis? Kun je fietsen?"

Ze is een lieverd, maar een beetje te bezorgd. Ik kwam overeind, zocht mijn spullen bij elkaar en trok mijn jas aan. „Geen vuiltje aan de lucht."

„Hou je je sportschoenen aan?" wees Daphne. O nee. Die

moesten uit. Ik schopte ze uit en wrong mijn voeten in mijn schoenen. Ik boog voorover om mijn vinger achter de hiel te haken en voelde me een beetje raar worden toen mijn hoofd zo naar omlaag hing. Oeps. Niks laten merken. Al dat gehannes aan mijn lijf, ik had er al schoon genoeg van. Daphne, die even ging kijken bij de douches en de toilettafels of ze niets had laten liggen, had het niet gemerkt. Verpleegster is een mooi beroep, maar ik heb liever dat ze dat op anderen uitoefent. Dat gemoederkloek maakte me een *peu nerveux*.

De herenpartij was in volle gang, met een hoop geschreeuw en gejuich en het plopplopplopgeluid dat ik zo leuk vind om te horen. Normaal zou ik blijven zitten, maar ik had me alweer genoeg belachelijk gemaakt en bovendien was ik opgebrand, dus liepen we naar de fietsen en reden naar huis.

„Gaat het nog wel? Zul je me waarschuwen als je niet goed wordt?" Dat vroeg Daphne bijna iedere vijftig meter. Ik wilde net snauwen dat ik pas echt koppijn kreeg van haar aanhoudende gevraag, toen ik mijn fiets plotseling voelde wiebelen en trillen en… pssssssjjj.

„Nee, hè! Lekke band!" Van nature ben ik niet zo'n opgewonden standje, maar ik heb me een partij staan foeteren en vloeken waar een bootwerker een kleur van zou krijgen. Ik boog me voorover om de schade te bekijken en meteen sprong, door die onverwachte druk, de wond in mijn wenkbrauw weer open. En het begon me toch te bloeden, niet te bevatten. „Pak mijn handdoek," riep ik. „Die is toch al bedorven."

„Waar zit dat ding?" Daphne probeerde mijn tas vanonder mijn snelbinders vandaan te trekken, waardoor we bijna met z'n tweeën op de straat smakten. Het bloed liep in mijn oog, over mijn wang en drupte van mijn kin af, op mijn kleren en op de grond. Daphne rukte aan de snelbinders en aan de rits van mijn tas en ik stond daar onhandig te doen en te bloeden. Het was niet als een bloedneus, die je gewoon dichtknijpt. Met de palm van mijn hand probeerde ik het tegen te gaan, maar er liepen dunne straaltjes tussen mijn vingers door en het was warm en plakkerig.

Hatsjoe! Ik nieste. Bloed spatte rond en toen gebeurde waar ik steeds bang voor was. Op mijn handen zag ik rode en zwarte vlekken en mijn maag deed raar, mijn hoofd begon te protesteren en ik werd draaierig. En niet zo'n beetje ook. „Ooooo," kreunde ik zonder dat ik het zelf wist.

„Gauw, zitten!" riep Daphne en liet mijn fiets vallen, waarop meteen de trapper afbrak. Ach ja. Als je alles hebt gehad, verliest je paard ook nog zijn hoefijzer. Dat was op dat moment niet mijn ergste zorg. Mijn vriendin/verpleegster/oppasser drukte me neer op de stoeprand met mijn hoofd tussen mijn benen waarop het warme bloed nog warmer over mijn gezicht liep. Ze pakte mijn hand en drukte dat met een shirt uit mijn tas tegen mijn wenkbrauw. Het zag er allemaal vreselijk dramatisch uit. Ik voelde me heel warm en licht worden. Misschien kon ik beter even gaan liggen in plaats van het bloed te zien druppelen. Dat rood deed rare dingen met mijn hoofd.

„Ga jij eens gauw liggen," zei Daphne streng, pakte haar telefoon en toetste een nummer in.

„Ja, ze bloedt nogal heftig," hoorde ik haar stem van ver komen. „Flauwvallen? Scheelt niet veel. Hersenschudding?" Ze vroeg aan mij of ik wist hoe ik heette en welke dag het was en hoeveel vingers ze opstak. Er kwam een auto langzaam voorbij. Van die ramptoeristen. Wel kijken, maar helpen ho maar.

„Ik heb mijn hoofd gestoten, niet mijn hersens laten verwijderen," grauwde ik. „Wie heb je aan de lijn?"

Daphne grinnikte. „Nee, ze heeft geen hersenschudding. Ze kan niet zo goed tegen bloed, zo te zien."

Een bekende stem. „Wie kan er niet tegen bloed?" Vanaf mijn harde trottoirbed keek ik op, recht in het gezicht van… Paulo, Loretta's jongere broer. Hij zakte door zijn knieën, voelde aan mijn ijskoude handen en keek me onderzoekend aan. „Wat is hier gebeurd?"

Daphne begon in razendsnel tempo te vertellen en eindigde met: „Ik bel net naar Joris, van de ambulancedienst. Want zo kan ze niet naar huis."

„Het gaat wel," protesteerde ik vanaf mijn stoep. Paulo keek bezorgd en glimlachte me bemoedigend toe. Hoe kwam het toch dat ik steeds mannen ontmoette als er een trottoir bij betrokken was?

„Je ziet wel erg wit," zei hij met een frons. Dat was weer wat anders dan een rood hoofd gemengd met de geur van ontplofte eieren.

„Ik ben er eentje van extremen," mompelde ik en kwam overeind.

„Je moet toch even naar het ziekenhuis," zei Daphne. „Dat blijft te lang bloeden, dat moet gehecht worden."

„Ooooo." Daar ging ik weer. Het woord hechten past niet zo goed bij me. Hoe het kwam weet ik niet, maar daarna ging het echt mis. Ik kreeg bloed in mond of in mijn neus en ik werd echt hondsberoerd.

„Je ziet groen," zei Daphne bezorgd en rommelde in mijn tas om iets te pakken om onder mijn hoofd te leggen.

„Blijf jij maar even liggen." Paulo gaf een kneepje in mijn hand. „Ik zal je fiets inladen en mee naar huis nemen. Anders is-ie morgen weg."

Er stopte een tweede auto. Waar ze vandaan kwamen, wist niemand, maar opeens was er politie en tien tellen later stond het straatje op z'n kop. Agenten begonnen te schreeuwen tegen Paulo en Daphne, ik probeerde overeind te komen, maar werd door een stevige hand teruggeduwd. „Rustig blijven liggen, mevrouw. We zijn er om u te helpen. U hoeft niet bang te zijn."

„Maar ik... hé. Laat ze met rust..." Dat klonk heel slapjes. Ik proefde bloed en dat was voldoende om mijn laatste weerstand weg te nemen, ik gaf over, op de schoenen en het uniform van de agent die mij met zoveel overtuiging neerdrukte.

„Gatverdamme!" schreeuwde die en sprong als een kikker achteruit, pardoes tegen de achterkant van de benen van Paulo, die zijn evenwicht verloor en tegen de tweede agent aanviel. Binnen een paar tellen was het een onduidelijke knoop van ledematen en geschreeuw en gebrul en gevloek. Ondertussen lag ik daar ondamesachtig te kokhalzen. Wat moet het een gezicht zijn geweest. De *struggle* (gevecht is een te groot woord, en handgemeen klinkt ook niet naar wat het was, het waren vooral armen en benen) duurde maar even. Paulo en Daphne werden in de politiewagen geduwd, de ondergekotste agent bleef bij me staan (maar nu op gepaste afstand) en wacht- te op de ziekenwagen, die in de verte al met loeiend geweld aangescheurd kwam.

De ambulancebroeders gingen voortvarend te werk. Tien minuten later waren we in het ziekenhuis op de EHBO, de boel werd achtereenvolgens gefotografeerd, schoongemaakt, gedesinfecteerd en daarna bracht een vriendelijke verpleger na controle van de arts (met een slechte adem, voldoende om bijna weer over mijn nek te gaan) twee hechtingen en een keu- rig rijtje zwaluwstaartjes aan over mijn wenkbrauw. Om te zor- gen dat ik niet nog hondsdoller werd dan ik gewoonlijk al ben, kreeg ik een tetanusshotje, gevolgd door een pijnstiller.

„Waar zijn Daphne van der Meer en Paulo Berkholt naar toe gebracht?" vroeg ik een paar keer, maar de mensen in het zie- kenhuis wisten dat natuurlijk ook niet. „Ze hielpen me en ze werden meegesleurd alsof ze misdadigers waren," vertelde ik iedereen die wilde luisteren. „Daphne is mijn beste vriendin! Paulo kwam helpen!" Het antwoord moesten ze me schuldig blijven.

„Kan iemand u op komen halen?" vroeg de verpleger toen hij klaar was. „Het is beter als u vandaag geen auto rijdt." Hij gaf me een telefoontoestel met een lang verlengsnoer (niks draad- loze samenleving) en liet me alleen. Ik belde Joyce, maar die was niet thuis. Een meisje met een jonge stem zei dat ze de oppas was en meneer en mevrouw waren weg, ze zouden pas laat thuis zijn.

Wie nu? Kaz? Zelfs denken aan hem deed pijn. Die look- a-like had mijn avond behoorlijk in de war gestuurd. Nee, Kaz was geen optie. Ik aarzelde en twijfelde of ik Loretta zou bel- len. Die zou vast niet blij zijn met mij, ik voelde me indirect verantwoordelijk voor wat er met haar broertje was gebeurd.

Toch belde ik haar. Ik zei ook dat de politie Paulo en Daphne had meegenomen.

„Ik kom er meteen aan," zei ze zonder aarzelen. „Blijf zitten waar je zit. Moet ik iets meenemen? Andere kleren, schoenen, wat dan ook?" Wat een schat was het toch. Geen enkel verwijt.

Twintig minuten later was ik thuis, Loretta stopte me in bed en kwam me een kop thee en twee pijnstillers brengen. „En nou slapen," zei ze.

„Ik vind het zo rot. Het spijt me echt vreselijk van Paulo," mompelde ik.

„Jij kunt er niks aan doen. Lekker slapen, oké?"

„Maar…"

„Rozanne… ga nou slapen."

„Maar morgen…"

„Morgen blijf jij mooi thuis. Ik zal je wel ziekmelden."

Binnen twee minuten was ik vertrokken, met als laatste gedachten beelden van Daph en Paulo die geboeid en geketend in de cel werden gegooid.

Toen ik wakker werd, had ik een gat in de dag geslapen. Pafferig en met een smaak van duizend dooie vogels in mijn mond strompelde ik naar de badkamer.

Mijn hemel. Wat een gezicht keek me aan. Onder de wenkbrauw met de witte vlindertjes liep een korsterige, bloederige lijn en Daphne had niet gelogen: de zwelling was naar beneden gezakt. Mijn rechteroog zat bijna helemaal dicht en was min of meer zwartpaars. Het beetje oogwit dat nog te zien was, had een zorgelijke rode kleur. Mijn hele wang was wat opgezet, maar vooral dat oog boezemde ontzag in. *Dat heb je weer piekfijn voor elkaar, stumper.*

Voorzichtig bewoog ik mijn kaken en probeerde wat gekke gezichten te trekken. Het viel mee met de pijn. Als ik er niet aankwam, ging het wel, en ik was ook niet meer misselijk, hoewel ik geen zin had in koffie. Opeens kwam het hele gedoe van gisteren in mijn herinnering naar boven. Daphne! Paulo! Een paar tellen later zat ik met de telefoon in mijn hand op de bank en wachtte gespannen of er opgenomen werd.

Het duurde even voor Daphne opnam. „Met mij," zei ik ademloos. „Waar ben je?"

„Thuis," klonk het lodderig, „je belt me wakker. Ik had nachtdienst."

„O. O! Sorry! Ik was bang dat… nou ja…"

„Dat ik in de bak zat," vulde ze aan. „Daar mag je geen mobieltje mee naar binnen nemen, denk ik."

„Nee. Dat zal wel niet." Ik wilde vragen wat er allemaal was gebeurd vanaf het moment dat ze de wagen in geduwd werden, maar zij was me voor.

„Hoe gaat het met jou?" Ik hoorde dat ze zich omdraaide en er wat beter voor ging liggen. „Hoe voel je je?"

„Best."

„Niet liegen. Je zag er niet best uit gisteravond."

„Het gaat goed, echt. Gisteren was ik heel misselijk, maar nu niet meer. Ik zie er wel verschrikkelijk uit. Net het monster van Frankenstein."

Ze lachte. „Dat wil ik wel eens zien."

„Doe maar niet. Ik kom vandaag de deur niet uit, anders pakken ze me nog op voor openbare rustverstoring. Gillende moeders die in paniek hun kroost optillen en zo."

„Ik moet een paar uur slapen, maar daarna kom ik naar je toe. Het is niet iedere dag dat je een levensecht monster kunt zien."

„Grapjas. Hoe is het eigenlijk gisteravond verder gegaan? Waar is Paulo?"

„Ook thuis. Loretta kwam binnenstormen, legde alles uit, we legden onze verklaring af en daarna was de kous af."

„Loretta? Maar die was bij mij," zei ik. „Ik heb haar gebeld, want ik wist niet hoe ik naar huis moest komen. Joyce was niet thuis."

„Dat weet ik, je belde toen we aan de balie stonden te bakkeleien. Paulo was nogal hardhandig aangepakt en ze heeft ze hun vet gegeven!"

„Loretta is geweldig."

Daphne lachte zachtjes. „Nou en of. Je had haar eens moeten zien. Door het vuur voor ons! Geweldig."

„Ik zal ophangen, dan kun je weer gaan slapen."

„Oké. Doe je geen gekke dingen?"

Nog gekker? „Ik doe niks. Alleen maar zitten dvd-tje kijken. Luieren."

Zo gezegd, zo gedaan. Hoewel ik me niet zo beroerd voelde als mijn gezicht deed vermoeden, was ik blij dat ik thuis was. Joyce belde, die had het hele verhaal in geuren en kleuren van Daphne gehoord, een telefonische verkoper probeerde me (hoe ironisch) een ongevallenverzekering aan te smeren en daarna kreeg ik Loretta aan de lijn, die me uithoorde en vertelde van het werk.

„Gloria was pissig," zei ze op een geïrriteerd toontje. „Wat is dat een ongelooflijke trut, zeg! Jeetje. In plaats van belangstelling voor jou te heben, begon ze te klagen en te miauwen over een presentatie van maandag die jij moet leiden en wie het moet doen als jij er niet bent."

„Verhip. Die presentatie. Daar heb ik nog niet aan gedacht."

„Daar moet je ook niet aan denken! Eerst moet je zorgen dat je opknapt."

„Mmm, dat is het probleem niet. Ik voel me best, heus. Alleen word ik niet vrolijk van mijn eigen gezicht als ik in de spiegel kijk."

„Doe dat dan niet," zei ze laconiek. „Pas tegen de tijd dat je weer gaat werken."

„O, maar ik ben er maandag gewoon weer."

„Dat zullen we nog wel eens zien. Kaz was trouwens één en al oor."

Echt? „Echt waar?"

„Jazeker. Hij was erg geïnteresseerd. Wilde alles weten."

Opeens zag ik iets voor me. Een beeld van Kaz die dubbel lag van het lachen omdat ik viel over iemand die op hem leek. „Je hebt toch niet verteld van die lookalike, hè?"

Loretta lachte. „Nee, doos! Dat denk je toch niet echt?" Ze pauzeerde een paar tellen en vervolgde: „Ik heb een mooi heldinnenverhaal opgehangen. Dat jij het winnende punt maakte door een bal met gevaar voor eigen leven op te vangen. Helaas smakte je daarbij tegen de boarding van het veld en nu moet je een dag bijkomen. Hechtingen in je wenkbrauw maken het plaatje van de heldin compleet."

Ik was met stomheid geslagen? „Echt? Heb je dat echt gezegd?"

„Jazeker. Er is niemand die tegen je opkijkt als je zegt dat je over een sporttas bent gekukeld omdat je dacht dat je Kaz zag staan."

Kaz zag staan. *Dat klinkt als Kazachstan,* dacht ik afwezig, want ik moest het filmpje in mijn geest een beetje bijstellen. „Aha. En was jij er ook bij toen ik in Kazachstan was, ik bedoel toen ik die winnaarsduik nam?"

„Nee, maar ik heb het hele verhaal uit de eerste hand natuurlijk."

„Loretta Berkholt, je bent ongelooflijk."

Opgewekt gegniffel aan de andere kant. „Gewoon een beetje berekenend. Je moet het geluk soms een handje helpen. De liefde een zetje geven."

„Ah. Is dat wat het is."

„Ik moet weer ophangen, mijn pauze zit erop. Jeffrey in de gaten houden, voordat-ie zich in de nesten werkt."

„Jeffrey? O, die heeft vandaag zijn laatste dag, hè?"

„Ja. Hij krijgt steeds een kop als een boei als Kaz voorbij komt. Erg grappig."

Ik lachte zachtjes. Mijn gezicht trok. „Nog één vraag, Loretta. Heb je Paulo's telefoonnummer voor mij? Ik wil hem nog even bedanken. Hij kwam me helpen, en als stank voor dank kreeg hij de politie op zijn nek."

Loretta gaf me zijn nummer. „Bel hem vanavond maar," zei ze, „want hij is vandaag het grootste deel van de dag weg en slecht bereikbaar."

„Doe ik. Bedankt voor je belletje en tot maandag."

Ze herhaalde alleen maar wat ze eerder ook al had gezegd: „Dat zullen we nog wel eens zien."

Hoofstuk 8

's Middags stapte ik, na een ochtend lui zijn, onder de douche en spoelde de laatste sporen weg, waarbij ik zorgde dat ik met mijn gezicht niet onder de straal kwam, want dat was pijnlijk. Heel zorgvuldig waste ik mijn haren, vermeed bruuske bewegingen met afdrogen en aankleden en na een kopje thee en twee sneetjes brood voelde ik me heel wat beter. Als ik niet in de spiegel keek, viel het reuze mee.

De voordeurbel ging, dat was Daphne. „Tadaaaa," zei ik met mijn armen breeduit, „zie hier de heldin." Mijn zin stierf in mijn keel. Voor de deur stond niet Daphne, maar Orlando Bloom alias de conciërge alias Thijs van de Werf. „Wat... wat doe jij hier?" stotterde ik en mijn oog vloekte natuurlijk vreselijk bij mijn rode hoofd.

„Wat is er met jou gebeurd?" Thijs keek me met open mond aan. „Wów!" Ongemakkelijk probeerde ik wat van mijn haar voor mijn blauwe oog te trekken. „Komt het gelegen? Hoor jij niet in bed te liggen?" Er kwam een waakzaam trekje rond zijn ogen. „Moet je overgeven?"

Ondanks mezelf moest ik lachen. „Nee," zei ik, „dat heb ik gisteravond al gedaan." Opgelucht haalde hij adem. Zou ik ook doen als ik hem was. De laatste keer dat we zo dicht bij elkaar hadden gestaan was het niet goed afgelopen en nu waren de omstandigheden niet veel beter, in zijn ogen. In zijn mooie ogen.

Je moet je niet zo gauw gewonnen geven, dacht ik, *de vorige keer heeft hij je niet eens zien staan.* Maar wat rationele Rozanne zegt, komt niet altijd over bij romantische Rozanne en dus keek ik hem (met mijn ene oog) zo sexy mogelijk aan. Hij was bloednieuwsgierig. Ik zag het aan zijn gezicht. „Gisteren gevallen met softballen," legde ik uit en dacht aan Loretta's versie, die ik voor het gemak maar meteen adopteerde. „Laatste bal, winnende punt... tja, de boarding stond in de weg."

„Zo!" Bewonderend knikte hij. Raar hoor, je loopt een kolossaal blauw oog op en mensen vinden je geweldig als dat gebeurt omdat je een punt scoort tijdens een wedstrijd. „Doe je aan softbal?"

Ik knikte. „De vrouwelijke variant van honkbal," voegde ik er aan toe.

„En je neemt het nogal serieus, zo te zien." Hij kon zijn ogen niet van mijn gezicht afhouden.

„Oogverblindend, hè?"

Tot mijn verbazing begon hij te lachen, luid en vrolijk. „Ha! Wat een leuke woordspeling. Ik wist wel dat jij gevoel voor humor hebt. Dat vind ik zo leuk aan je!"

Hij vindt je leuk, zong een koortje in mijn bovenkamer. Het drong tot me door dat we nog steeds in de deuropening stonden en ik zette een stapje opzij. „Wil je even binnenkomen?"

„Als dat kan, graag. Ik kom je autospiegel repareren," zei hij.

„Echt?"

„Ja, ik zei toch al dat ik best handig ben. Vrijdagmiddag ben ik altijd vrij en dus dacht ik: Meteen naar Rozanne en doen wat je beloofd hebt."

Wauw. Niet alleen Orlando-achtig maar ook nog trouw. Ach, wat zijn mannen toch heerlijk verrassend, soms. Dat had ik niet verwacht. Ik trok een koffiepadje voor de Senseo uit het pak en maakte een bakje koffie voor hem. „Ik dacht," zei ik en zette voorzichtig de mok op tafel, „dat je niks van me moest hebben."

Nu was het de beurt van Thijs om verbaasd te kijken. „Hoe kom je daar nou bij?"

„Nou... op school..." Ik kreeg weer een kop als een tros tomaten. „Bij die directeur..."

„Ach! Directeur? Mocht hij willen. Conrector is hij, en meer zit er niet in." Thijs keek een beetje verbolgen. „Die man kan mijn bloed wel drinken en wil me van school af hebben. Daar heeft hij geen bevoegdheid toe, maar ik geef hem geen enkele reden om me uit de tent te lokken." Zijn wenkbrauwen kwamen iets naar elkaar toe. „Heb ik iets gezegd wat ik niet meer weet? Waardoor jij dat dacht?"

Ik schudde mijn hoofd. Au. Dat moest ik niet doen. „Nee. Je

zei niets, daarom dacht ik... nou ja... je weet wel... dat je..."

Hij knikte langzaam. „Aaaah," zei hij traag en uitgerekt. „Ik begrijp het. Jij dacht dat ik geen interesse voor je had omdat ik niets zei."

Zucht... wat was het toch een stuk. Die ogen waren poelen waar je zo in verdronk. Een lach met heel veel mooie tanden brak door op zijn gezicht. „Euh... ja... nou... eum..." Ik stond daar weer op z'n Rozannes te schutteren.

Hij zette de mok neer en kwam naast me zitten. Teder duwde hij een krul weg bij mijn regenboog-oog. „Rare meid," zei hij zachtjes. „Hoe kom je daar nou bij?"

Negentig procent. Dat waren we al voorbij. En de laatste tien procent? Die kwam van ons beiden.

Vanwege mijn kwetsuur leek het de meiden niet verstandig om vandaag al uitgebreid te gaan winkelen in Amsterdam zoals afgesproken, daarom hadden we het verzet naar morgen. Maar ik zat al bijna twee dagen binnen, moest er even uit, ik ben geen binnenzitter. Het was een zonnige voorjaarsdag, zo eentje waar je stralen van koestert, en Joyce had gevraagd of ik fit genoeg was en zin had om even mee te gaan naar de stad. Dat de kleine meeging, wist ik niet, maar het was niet erg, want het is een lief baby'tje dat nieuwsgierig de wereld inkijkt en vanzelf in slaap valt in de buggy.

„En hij zoent... zalig," mijmerde ik tegen Joyce, die tegenover me op het terras zat met Lotje op schoot. Richard, Joyces echtgenoot, zou haar komen ophalen en totdat het zover was, zaten we hier van koffie met een dikke moorkop te genieten.

Ik geloof niet dat ooit zoveel mensen me aangestaard hebben. De zwelling en het rooddoorlopen oogwit (dat zou nog wel een tijdje duren, had de arts me verteld) kon ik niet wegmoffelen en trokken heel wat bekijks. Maar ik droeg een kek petje en trok de klep een beetje over mijn blauwe oog heen, en gecombineerd met een zorgvuldig aangebrachte laag camouflagecrème kon ik er wel mee door.

„Waarom heb je geen zonnebril opgezet?" vroeg Joyce.

„Omdat het dan nog veel meer opvalt. Nooit gezien op tv? Brad Pitt in Amsterdam voor de opnames van *Ocean's Twelve*, en wat doet hij? Een zonnebril zo groot als een skimasker opzetten. Nee, dan val je niet op, zeg!"

„Het zou best kunnen," zei Joyce, „maar niemand kijkt raar op van een zonnebril met zulk mooi weer."

„Het doet pijn aan mijn gezicht," gaf ik toen maar toe. „Ik kan niks hebben wat mijn gezicht raakt. Vanmorgen geprobeerd hoor, maar als er iets op mijn neus drukt, doet het al zeer." Ik dacht aan Thijs. „Behalve een kus van Thijs natuurlijk."

„Natuurlijk. Loop je niet te hard van stapel?"

„Nee ma. Thijsje… lekker als een ijsje… en mooie ogen… en hij ruikt zo lekker…"

Joyce lachte en ik vroeg me stiekem af of ik haar niet verveelde. „Dat heb je al een keer of… even denken… veertien gezegd."

„Sorry. Ik voel me ook zo… hmmm… Hij ziet me wel zitten! Hij ziet me écht zitten!"

Lotje sabbelde op Joyces ketting. „En Kaz dan? Is dat over?"

„Kaz gaat nooit over," zei ik verontwaardigd. „Hij is mijn enige echte, onbereikbare liefde. Daarom blijf ik hem eeuwig trouw."

„Hm. Goed. Betekent dit dat de koppelclub de plannen moet aanpassen? Moet ik Daph en Loretta op de hoogte stellen van deze nieuwe ontwikkelingen?"

„Dat weten ze natuurlijk allang!" riep ik. Uiteraard had ik uitgebreid met beide dames gesproken nadat Thijs weg was. Loretta riep: *go for it, girl* en Daphne juichte en raadde me aan dat ik maar moest vergeten dat ze had gezegd dat hij gedumpt moest worden. Het scheelde dat ze hem al eens gezien had, nu begreep ze waarom ik weke knietjes kreeg als ik hem in zijn ogen, zijn donkere, mysterieuze, sexy *(stop! Daar ga ik weer)…* als ik hem dus in zijn ogen keek.

„Serieus, heb je daar al over nagedacht?" Joyce kon knarsetandend serieus zijn. Alsof ik nu dacht aan Kaz. Ze wist toch dat ik altijd verliefd zou blijven op Kaz? Maar dat wilde toch niet zeggen dat ik niet mocht jagen op al het andere wild dat los liep?

„Joyce, we hebben gezoend. Dat is alles."

„Ik ken jou," zei ze en maakte voorzichtig de ketting los die Lotje langzaam steeds strakker om haar mama's hals wist te trekken. „Je gaat er helemaal voor. Voor Kaz is geen plek meer."

„Wel waar. Maar morgen gaat gewoon door. Ik kan Thijs toch niet met papkleren onder ogen blijven komen?"

„Hebben jullie iets afgesproken?"

„Vanavond gaan we uit eten en daarna gezellig ergens wat drinken. Hij zei dat hij me zou verrassen."

„Neem je telefoon mee," drukte Joyce me overbodig op het hart. „Als het fout gaat, bellen hoor."

Ik gooide mijn handen in de lucht. „Joyce, doe niet zo raar! Wat kan er nou fout gaan? We gaan niet bungeejumpen of zo!"

„Dat weet ik wel, maar... urgh! Lotje, niet doen." Lotje trok vol goede moed aan een rode kraal die er eetbaar uitzag en begon Joyce zo'n beetje te smoren. Moeders trok zonder pardon de kralen los en slingerde de ketting over haar schouder naar achteren. Zonder balletjes om aan te sabbelen begon het kleine meisje te jengelen. „Jaja, je krijgt een flesje," zei Joyce moederlijk en viste met één hand een fles uit de tas die aan de buggy hing.

„En doe je rustig aan? Je gezicht ziet er nog helemaal niet goed uit, hoor."

„Ja ma."

„Wil jij Lotje even vasthouden? Dan ga ik binnen de fles even laten opwarmen."

Het moet gezegd worden: Joyces kinderen zijn niet eenkennig. Ze kruipen op je schoot (ook als je het niet wilt) en babbelen en brabbelen en doen alles wat kleine kinderen doen, tot het volpoepen van hun luier aan toe, als je ze net op je arm hebt. Lotje keek me met een snoetje vol stralende verwachting aan. Ze was erg geïnteresseerd in mijn oorbellen, van die lange, die zo langs je gezicht bungelen. Ik had ze expres ingedaan, op aanraden van Daphne en Loretta. „Je moet iets dragen om de aandacht van dat blauwe oog af te leiden," zeiden ze en stelden achtereenvolgens een burka, een zonnebril à la Jackie Onassis en een paar lange wiebeloorbellen voor. Oorbellen heb ik massa's, ik ben er lichtelijk aan verslaafd, dus koos ik een stel opvallende bling-bling-dingen en mijn zeer gekoesterde authentieke New York Yankees-petje. Beetje rare combinatie, maar het stond wel grappig. Niet papkleurachtig. Het was meer vrouw-van-de-wereld-achtig.

Bling-bling, daar hield Lotje ook wel van. Haar kleine handje schoot uit en greep stevig de oorbel beet, waarna ze er flink aan begon te trekken. „Au! Lotje, niet doen. Au! Laat los, liefje!" Ze kirde van plezier. „Aaaaaah, Lotje! Dat kan niet, laat los. Niet doen! Laat los!" Ze bleef kraaien en trekken. Ik had haar met één hand vast, om te voorkomen dat ze van mijn schoot zou vallen, en wist met veel moeite mijn oorbel en mijn oorlel te redden. Snel haakte ik ze los en stak ze in mijn zak. Mijn ene oor voelde aan alsof ik er zware zonnebrand aan had opgelopen: rood en heel warm. Ik wreef er korzelig over. Fijn. Alsof mijn aangezicht nog niet genoeg geschonden was! Snel pakte ik een grappige, harde plastic bijtring met een geel beertje erop. Het rammelde en Lotje sloot haar kleine handje eromheen. Maar ze had nog iets anders ontdekt, te weten mijn haren. Eerst probeerde ze mijn pet te pakken te krijgen, maar daar kon ze net niet bij en dus begroef ze haar handje in mijn haren. Om er meteen helemaal verstrengeld in te raken.

„Lotje. Niet doen. Dat doen pijn... Au! Aie aie au! Lotje!"

En hard trekken dat ze deed, met die kleine knuistjes van d'r! Ik probeerde haar los te werken, maar die garnalenvingertjes kwamen steeds verder vast te zitten. Ze had zelf wel in de gaten dat het niet zo plezierig was, maar hoe ze zich moest ontwurmen aan dat bruinrode touw, dat hadden haar hersentjes nog niet weten uit te vogelen. Ze deed het enige wat ze begreep: harder trekken.

Ik gaf een kreet. „Au! Au! Lotje! Laat los! Joyce! Help! Au! Lótje!"

Lotje schrok en zette het op een huilen. Alsof je een emmer leeggooide. Ze huilde met langgerekte, gierende uithalen, wangen vol tranen en een paarsrood koppie. Dat er zoveel lawaai uit zo'n klein lijfje kon komen! Zoals in zulke gevallen altijd gebeurt, keken de mensen erg verstoord, maar niemand hielp. Integendeel, een dame die zelf vast oma was, keek afkeurend en zuur naar mijn geworstel.

„Het heeft geen zin om tegen dat arme ding te schreeuwen," zei ze tegen haar tafelgenoot, net hard genoeg voor mij om te horen over het gekrijs van Lotje heen, alsof ik dat ook niet wist. Moet je vertellen tegen iemand wiens hoofdhuid bijna afscheurt.

„Au! Lotje! Laat me los!" Ik probeerde haar handje los te trekken en in een paniekerige, ongecontroleerde zwaai sloeg ze met de bijtring in haar andere handje tegen mijn beurse oog. „Au!" gilde ik en even zag ik niks. Ik trappelde van de pijnscheut die door mijn gezicht schoot.

„Wat ben jij in vredesnaam aan het doen?!" bulderde een stem naast me. Door mijn tranende oog zag ik een vagelijk bekende gestalte.

„Richard! Au... help... ze zit vast... auwauauhauuuw..."

„Rozanne, hoe heb je dat nou weer voor elkaar gekregen?" riep een andere stem. Dat was Joyce, die met de fles terug was komen rennen. „Richard! Och, help even. Stil maar, Lotje, mama is er. En papa."

Richard lichtte de krijsende Lotje op terwijl Joyce snel en vakkundig de vingers van het kleine kind uit mijn haren bevrijdde. Een dikke pluk haar zat vast in haar handje. Heel mijn hoofd deed zeer, maar de plaats waar ze per ongeluk met de bikkelharde kunststof beer tegen mijn gezicht had geslagen, deed echt pijn. Tot overmaat van ramp begon Richard tegen me te tieren. „Hoe kun je zo lelijk tegen haar doen?! Het is verdorie een klein kind!"

„Dat weet ik ook wel," schreeuwde ik woedend terug. Wat

91

moest ik nog meer zeggen? Dat ik het niet expres deed? Dat deed dat kleintje toch ook niet? Dat het niet mijn schuld was? Nee, natuurlijk niet, en ook niet van Lotje, die op Joyces arm langzaam een beetje bijkwam van de schrik. Ze snikte trillerig na en ik voelde me heel schuldig. Mijn oog traande stevig waarbij de zorgvuldig aangebrachte make-up begon te vervagen.

„Hoe kún je zo onverantwoordelijk doen!" preekte Richard op een toon en met een volume waar heel het terras van mee mocht genieten. „Kun je wel, tegen zo'n hummeltje?"

Van alle dingen die Joyce in haar leven heeft gedaan, is trouwen met Richard wel het meest verbazingwekkende. Goed, ze was vooral op zoek naar een stabiele relatie, en Richard was wel het type dat dat kon leveren. Maar verder vond ik hem een arrogante bal gehakt. En nu vooral. In het verleden heb ik wel eens vaker een aanvaring met hem gehad. Toen ik een keer een fles frisdrank probeerde open te maken, explodeerde de hals en vloog het glas in het rond. De dop knalde tegen Richards voorhoofd, die vlak bij me stond. Het stelde niks voor, maar hij maakte er toch een scène over, niet te geloven. Alsof ik er iets aan kon doen dat die fles knapte. Sindsdien had hij nooit het gevoel van afkeuring kunnen verbergen. Voor hem was ik heel duidelijk een minkukel. Daarom belde ik nooit op hun vaste telefoon, altijd naar Joyces mobieltje. Richard aan de telefoon krijgen was het laatste waar ik behoefte aan had. En terecht, bleek nu wel.

„Je ziet toch dat ze bang is? Hoe harder je tegen haar schreeuwt, hoe harder ze gaat huilen."

„Schat…" begon Joyce, maar ik viel haar in de rede.

„Richard, ze zat vast in mijn haar! Het deed pijn!"

Hij zette een stap dichter bij. „Ik snap niks van jou," zei hij laag. „Ik begrijp niet waarom Joyce met jou bevriend is. Ik kan er gewoon niet bij, weet je dat?"

„Richard, hou op," zei Joyce en trok aan zijn mouw, maar hij schudde haar van zich af als een natte hond die in de regen loopt en het overtollige water kwijt moet.

„Nee, Joycie. Het wordt tijd dat het gezegd wordt. Je moet

maar eens een punt zetten achter die rare vriendschap." Hij draaide zich wat naar me toe en wees naar me met zijn wijsvinger. „De oppas vertelde eergisteren dat je gebeld had omdat je vervoer nodig had. Dan hoor ik dat je weer in het ziekenhuis bent beland en nu molesteer je mijn kind!"

„Ik molesteer helemaal niks!" Van verontwaardiging produceerde mijn stem een schor gepiep. Joyce stond met ogen vol afschuw naar me te staren. Richard trok zijn dure Van Gils-colbertje recht, bewoog met bestudeerde nonchalance de knoop van zijn roze, zijden stropdas en rechtte zijn rug. Klaar om de laatste, allesvernietigende klap uit te delen.

„Joyce, ik wil niet meer dat je met haar omgaat. Zij trekt ellende aan als een magneet. Rozanne is net een modderstroom: ze sleept alles en iedereen mee naar haar ondergang." Hij keek me hooghartig aan. „Ik geloof dat er nog een naam wordt gezocht voor de volgende tropische storm die op komst is. Dat gaat op alfabetische volgorde. Als ze bij de R zijn, zal ik ze persoonlijk mijn voorkeur doorgeven."

Dat ging me te ver. Ik greep mijn schoudertas en mijn jas en beende weg, tranend en wel. Stomme zak van een Richard. Ongelooflijke enorme zak!

Je trekt ellende aan als een magneet. Die mag je in je zak steken, Rozanne.

Tegen de tijd dat ik thuis was, traande ik nog steeds, van pijn aan mijn oog en van pijn in mijn hart. Ik was echt uit het veld geslagen. Normaliter zou ik meteen Daphne hebben gebeld, maar zelfs dat wilde ik niet. Mijn hoofd bonkte, het zweet stond op mijn rug en ik voelde me ronduit ellendig. Veel miserabeler dan ik me de afgelopen twee dagen had gevoeld.

Het lampje van het antwoordapparaat knipperde. Dat was zeker Joyce, die al had gebeld toen ik onderweg naar huis was. Ik wist niet eens zeker of ik haar wel wilde horen, maar we kenden elkaar al zo lang dat het er bij mij niet in wilde dat zij het eens was met wat haar (rotzak) Richard had gezegd. Niettemin trilden mijn vingers toen ik het terugspoelknopje indrukte en daarna op play. Een paar tellen was ik teleurgesteld toen ik hoorde dat het Joyce niet was.

Hallo Rozanne. Met Paulo. Ik hoorde je bericht op mijn voicemail. Dank je dat je belde om te horen of alles goed is. Ja hoor, toen de politie eenmaal hoorde wat er was gebeurd, draaide ze wel bij. Dat was me het avondje wel. Euhm… heb je zin om een keer wat te gaan drinken of zo? Laat maar weten. Tot kijk dan.

Paulo klonk zo vriendelijk en oprecht, dat ik de waterlanders niet meer binnen kon houden en ik zat te janken als een klein kind toen er gebeld werd. Wat nu weer? Het leek wel of mijn leven zich afspeelde tussen de voordeurbel en de telefoon. Joyce? Was zij het? Stond ze daar te hippen van het ene op het andere been, zoals ze vaak deed als ze nerveus was (en dat komt met de regelmaat van de klok voor) en stond te repeteren wat ze zou gaan zeggen? Het hele gedoe vrat aan mijn zelfvertrouwen. Misschien had Richard wel gelijk. Was ik gewoon een ramp op benen, en zou ik alles en iedereen in mijn omgeving meesleuren in mijn ondergang.

Somberder dan somber trok ik de deur open. Alhoewel er een benedenbel is, en gasten gewoonlijk geacht worden zich te melden voordat ze naar boven komen, is de haldeur vaak niet op slot (meestal is hij eenvoudigweg kapot) en lopen ze door. Joyce loopt door. Daphne ook. De postbode en de pizzaboy lopen door.

En daar stond ik oog in oog met… Jeffrey!

Hij schrok bij het zien van mijn betraande, smerige gezicht. Ik zag eruit als een albinozebra: strepen in verschillende huidskleuren en een rood oog en in mijn hand hield ik een keukenrol waarmee ik mijn tranen weg depte. Om nog maar niet te spreken van het enorme blauwe oog dat met het uur paarser leek te worden.

„Euh…" zeiden we in koor en keken elkaar verward aan. Jeffrey was wel de laatste die ik hier verwacht had. Vlug duwde hij me een grote bos bloemen in mijn handen.

„Ik euh… ik ga wel weer," stotterde hij met een kleur als vuur. „Het komt niet goed uit."

Dat trok me terug naar de aarde. Wat deed die jongen hier?

„Kom maar binnen," nodigde ik hem uit, terwijl ik probeerde om mijn stem onder controle te krijgen. Snel een smoes verzinnen. „Wat zie ik eruit, hè? Ik begrijp dat je schrikt. Ik kreeg een... de punt van een kledinghanger tegen mijn oog. En omdat dat nog erg gevoelig is, begon het natuurlijk als een gek te tranen." Zo. Dat kwam er snel en makkelijk en overtuigend uit. „Het is niet zo erg als het eruitziet."

Jeffrey slikte een keer. Ik deed een stapje opzij en aarzelend stapte hij naar binnen. Dit was erg vreemd. Op het werk had ik hem maar een paar dagen meegemaakt, nauwelijks echt gesproken en nu stond hij in mijn halletje? Ik haalde wat te drinken. Hij ging verlegen zitten en durfde me bijna niet aan te kijken. „Hoe gaat het met u?" vroeg hij na een poosje.

„Goed. Alleen ziet het er niet zo mooi uit. Ik ben geen u, trouwens. Gewoon Rozanne en jij."

„Goed. Oké." Hij frunnikte aan het trekkertje van zijn rits. Mensenlief, was die even nerveus.

Een voorzetje geven dan. „Je had gisteren je laatste dag, hè? Jammer dat ik er niet was. Is je stage voorbij?" vroeg ik en deed mijn best om mijn ongeduld te verbergen, *wat wil je, Jeffrey?* „Hoe vond je het bij Ginrooij?"

Hij slikte weer. Het was een leuke jongen om te zien. Zijn donkerblonde haar was wat te lang naar mijn smaak, maar hij hield het goed bij en het zag er verzorgd uit. Blauwgrijze ogen achter een trendy bril met een dun metalen frame keken de wereld in. Jeffrey had mooi gevormde lippen en een behoorlijke hoekige kinlijn. Als hij wat ouder zou zijn, en de mannelijkheid wat meer zou doorzetten, werd hij vast erg aantrekkelijk. Maar hij leek jonger dan zijn negentien jaar. Het zou me niet verbazen als hij zich nog niet eens hoefde te scheren.

„Denkt u... denk je dat het mogelijk is dat ik mag blijven werken?" vroeg hij onverwacht. Er begon een stem in mijn achterhoofd te lachen. Loretta. *Die knul is verkikkerd op Kaz,* hoorde ik haar zeggen en ik moest moeite doen om mijn gezicht in de plooi (nou ja, in de kreukels) te houden.

„Zo, wat een vraag! Heb je het zo goed naar je zin?"

„Ja, echt wel. U was... ik bedoel, jij bent erg aardig. Ik heb veel geleerd de afgelopen week." Met een knikje voegde hij eraan toe: „Veel meer dan in twee jaar op school."

„Wil je niet terug?"

Hij schudde zijn hoofd, eerst aarzelend, toen heftiger. „Nee. Ik vind het een rotschool. De week bij Ginrooij was hartstikke leuk en ik heb tegen mijn ouders gezegd dat ik ga vragen of ik mag blijven. Ik wil het vak leren in het bedrijf, niet op school."

„Maar je hebt toch een diploma nodig?"

„Waarom? Harde werkers, die zijn nodig. Ik ben precies en netjes en ik weet dat ik het allemaal veel vlugger onder de knie heb als ik werk bij Ginrooij dan dat ik ooit op een school kan leren."

Wat 'het' was dat hij onder de knie wilde krijgen, was me niet duidelijk en er knaagde ook iets aan het Kaz-gevoel. Opeens zat ik hier te zitten en wist ik niet wat ik met hem aan moest. „Waarom kom je naar mij?" vroeg ik toen maar.

„Omdat u, – ik bedoel jij, mijn stagebegeleider bent. En naar jou wordt geluisterd." Geluisterd? Gloria zou schuimbekken als ze Jeffrey hoorde.

„Geloof het maar niet, hoor," zei ik. „Ik heb niet veel in te brengen. Ik doe het werk wat ik doe, en daarmee is het met mijn invloed wel gedaan."

„Dat denkt u maar. Meneer Gaspard heeft heel veel bewondering voor u, en mevrouw Gloria en Loretta ook." Ting ting, deden de belletjes en de violen kwamen tevoorschijn. „Ik had gehoopt dat u mij kon helpen met vast werk."

Ik schudde mijn hoofd. „Daar heb ik helemaal niks over te zeggen. En ik kan je toch niet voordragen voor een baantje als ik denk dat het berust op een vergissing?"

Hij keek me aan, nog steeds met een kleur. „Vergissing?"

„Jeffrey, je snapt best wat ik bedoel. Weet je zeker dat je niet om andere redenen wilt blijven?"

„Wat bedoelt u?"

Ik schraapte mijn keel. „Misschien vanwege een persoon

binnen het bedrijf? Je moet je opleiding niet vergooien omdat er iemand rondloopt die je aardig vindt." Hij wrong zijn slanke handen tussen zijn knieën en keek naar beneden, zodat ik zijn gezichtsuitdrukking niet kon zien. „Jeffrey?"

„Ik... nou ja... er is..." hij verviel in gestamel en toen in stilte.

„Denk er eerst eens heel goed over na, voordat je zo'n beslissing neemt."

„Nee. Ik hoef niet na te denken."

„Jeffrey..."

„Ik wil graag blijven," fluisterde hij, „want ik vind ú zo lief."

Ik stond werkelijk he-le-maal paf. Loretta ook met haar *hij valt op mannen*. Dat ventje was verliefd op mij! Wat was er toch met mij aan de hand? Eerder deze week probeerde autospiegelvandaal Bram mij nog te versieren en nu stond Jeffrey mij zijn liefde te verklaren. „Jeffrey, ik... ik voel me heel gevleid." Het valt niet mee om én serieus te zijn én je lachen te houden én niet te gaan gillen. Per slot van rekening was het wel een aardige jongen. Hij kon er ook niets aan doen dat hij voor mij gevallen was. Ik kon het niet over mijn hart verkrijgen om hem wakker te schudden, zoals hij daar zat, als een halfdood vogeltje. „Maar..."

„Ik weet wel dat ik niets kan verwachten," barstte hij plotseling uit en zijn woorden kwamen haastig en schoksgewijs uit zijn mond, „maar ik vind u geweldig en ik wil niks anders en het is genoeg als ik gewoon in uw buurt kan zijn en het is hartstikke serieus en ik meen het en ik heb nog nooit zo iemand als u ontmoet en..." Abrupt hield hij op. Ogen vol vuur schitterden achter het brillenglas. Hij sprong op en rende de kamer door, weg, naar buiten.

Perplex stond ik midden in de kamer, de bos bloemen in mijn handen.

Ik sms'te naar Loretta. *Geloof het of niet. Jeffrey verliefd op mij. Verkeer in staat van shock.*

Hoewel ik hoopte op een snel antwoord, kwam er niets. Zelfs Daphne antwoordde niet toen ik haar vertwijfeld belde en de voicemail insprak, dat ze me moest terugbellen. Ik sms'te haar. *Ruzie gehad met Joyce en die zakkenwasser van haar. Drama. Kan er ook nog wel bij.* Mijn leven stond op zijn kop. In de keuken pakte ik een pijnstiller om het gedreun in mijn hoofd tegen te gaan en ik probeerde op een rijtje te zetten wat er gebeurd was. Het leek wel of er een gevecht werd geleverd onder mijn schedeldak! Namen tolden als een maalstroom rond en Richards nijdige gezicht kwam steeds in beeld, telkens opnieuw en opnieuw. Slapjes liep ik naar de huiskamer en ging op de bank liggen, met de hoorn van de telefoon in mijn hand. Ik kreeg het maar niet uit mijn hoofd. Hoe hard het ook was, Richard had gelijk! Ik trok alles aan wat verkeerd was: mensen, omstandigheden, gebeurtenissen en wat al niet meer zij. In mijn hart woedde een kille storm, aangewakkerd door diep verdriet. Ik verloor alles en iedereen omdat ik de ellende als vanzelf naar me toe trok. Zoute tranen rolden stil over mijn wangen.

Een uur later schrok ik wakker van het gerinkel. Ik was van uitputting in slaap gevallen. „Daph?"

Een verbaasde stilte aan de andere kant. „Euh…" Wie was dat ook weer? Er zat een kwantumverpakking wattenbollen in mijn hoofd. Even denken. Die stem?

„Met Paulo."

„Met wie?" Jee, ik kon echt niet meer nadenken. Paulo? *Paulo!* Met de telefoon in mijn hand schoot ik overeind. Achterlijk! Hij kon me toch niet zien?

„Met wie spreek ik?" vroeg hij beleefd.

„Met mij. Rozanne bedoel ik. Sorry. Ik lag te slapen, ik begreep even niet waar ik was."

„Laat staan dat je wist wie ik was." Hij lachte zachtjes. „Sorry dat ik je wakker belde. Hoe gaat het met jou? Hoe is het met je hoofd?"

„Het gaat… het gaat wel."

„Echt? Je klinkt niet erg levendig."

„Valt wel mee. Ik zie er verschrikkelijk uit." *En mijn leven staat ook verschrikkelijk op zijn kop,* dacht ik bitter.

„Dat geloof ik graag. Het zag er op straat al niet best uit."

„Bedankt nog voor je hulp," zei ik meteen. „Belachelijk zoals de politie deed."

„Tja. Best wel. Loretta vindt dat ik een aanklacht in moet dienen. Maar ik weet niet eens waar ik moet beginnen," zei hij. Zijn stem leek wel wat op die van Loretta. Zo warm en rond, fluwelig, zoals alleen creolen kunnen hebben. „De taxicentrale wil me wel helpen als ik erom vraag, maar eerlijk gezegd…"

„Heb je geen zin in die rompslomp?" gokte ik.

Ik wist zeker dat hij knikte aan de andere kant van de lijn. „Precies. Dus laat maar zitten, wat mij betreft. Zeg, hou je van muziek?"

„Altijd. Ik ben zo muzikaal als een blok beton, maar ik vind het altijd leuk om ernaar te luisteren en ik hou van de sfeer in kroegen waar livemuziek is."

„Vanavond speelt Loretta in een prima bandje in de stad, bij Juanita."

„O, dat is een leuke tent," wist ik en toen pas drong het tot me door dat hij me zou gaan vragen voor een avondje uit. „Loretta?"

„Ze zingt," zei Paulo trots, „en goed ook."

„Dat wist ik niet. Heeft ze niet verteld."

„Hé, waarom ga je niet mee? Dat vindt Loretta vast heel leuk."

Net op tijd schoot me mijn afspraak met Thijs te binnen en dus moest ik het helaas afslaan, wat ik met pijn in mijn hart deed. We kletsten nog een tijdje en toen ik opgehangen had, voelde ik me wat beter. Paulo was een leuke man. Echt een heel gewone, heel aardige gast, die een paar keer toevallig op de verkeerde plek was onder de verkeerde omstandigheden. En nóg nam hij me niks kwalijk.

Verkeerde plek, verkeerde omstandigheden? Dat moest wel, want hij was bij mij in de buurt. Rozanne, de onheilsgodin. De calamiteitenmagneet.

Hoofdstuk 9

Thijs had zich uitgesloofd. Aanvankelijk was het plan om uit eten te gaan, maar ik voelde me nog niet erg jofel en dus belde ik en vroeg of we het anders konden doen. Hij begreep de hint meteen. „Dan kom je bij mij," zei hij direct, „en dan maken we het ons hier gezellig. Heb je nog een vette dvd? Neem mee dan."

Een vette dvd? Wat was dat voor een begin van een romantische avond? Ik stelde me meer iets voor in de trant van een zwoel muziekje en babbelen over intelligente dingen, aangevuld met een smakelijk wijntje. De wijn zou overigens niet goed vallen, in combinatie met de pijnstillers die ik had genomen. Enfin, ik zou wel iets meenemen waar ik zelf ook van hield. Niet spannend, maar wel heel vermakelijk: Bridget Jones. Als hij hield van Bridget Jones, hield hij ook van mij. Zij was een heerlijke stuntel, ik was een gigantische kluns. Haar avonturen brachten geld in het laatje, mij brachten ze alleen maar hoofdpijn.

En ruzie met één van mijn beste vriendinnen.

En een liefdesverklaring van een negentienjarig studentje op snuffelstage.

Wat een dag, wat een dag. Ik vertelde Thijs over Jeffrey, die er hartelijk om moest lachen. Vooral toen ik eraan toevoegde dat Loretta en ik ervan overtuigd waren dat hij gevoelens koesterde voor een mannelijk teamlid. Over Joyce hield ik mijn mond. Jeffreys onverwachte verschijning had dat hele gedoe even naar de achtergrond gedrukt, maar ik stond steeds opnieuw in gedachten op dat terras met een woedende Richard voor me. Het had me een hele middag gekost om een beetje bij zinnen te komen. Joyce belde niet. Omdat ik vond dat die ruzie tussen haar, Richard en mij was, bracht ik Thijs niet op de hoogte. Trouwens, ik kende Thijs natuurlijk ook nog maar net. Om al meteen mijn hele hebben en houwen op tafel te smijten, was wat te veel van het goede.

Maar hij merkte wel iets aan me. „Je bent een beetje stilletjes," zei hij en schonk me wat spa bij.

„Ik heb nogal wat voor mijn kiezen gekregen," zei ik een beetje fatalistisch.

Thijs lachte weer. Hij had een heerlijk lachje, met kuiltjes in zijn wangen en zo'n diepe bas waar ik kippenvel van kreeg. „Dat valt wel mee, toch? We hebben elkaar ontmoet, en dat kan niet iedereen zeggen." Dat was waar. Dat, en alle andere dingen, zoals het aantrekken van maximale ellende.

„Je treft me niet op mijn beste dag," zei ik.

„Nee, zo'n mooie *shiner* heeft niet iedereen. En dat is maar goed ook." Hij gebaarde naar de gedekte tafel en serveerde een lekker basilicumtomatensoepje.

Voor mijn gevoel stak ik nogal schril af bij de hele entourage. Ondanks mijn pogingen om een beetje leuk voor de dag te komen, hadden de gebeurtenissen en mijn gezwollen oog niet bijgedragen aan een fraaie verschijning. Eerst probeerde ik stemmig zwart, maar ik zag zo bleek dat ik dat vlug weer uittrok. Uiteindelijk had ik me maar weer in de papkleren gestoken. Zelfs de leuke sjaal van Loretta kon het geheel niet rechttrekken. Ik besloot niet te veel rommel op mijn gezicht te smeren – uitgelopen make-up ziet er altijd zo lelijk uit en ik was met die paarszwarte plakker al afschrikwekkend genoeg – en pakte de bus naar het adres dat Thijs had opgegeven. Een kindje keek mij aan in de bus. „Is vies," zei ze en wees naar mijn gezicht.

De vader lachte onbeschaamd. „Nee schat. Dat is nou een blauw oog." Welja. Nog harder alstublieft. Achter in de bus hebben ze u niet gehoord, meneer.

Zwierig had Thijs de deur voor me opengedaan. In een strakke zwarte jeans en een grijs shirt was hij reuze echt en erg knap. „Je ziet er leuk uit."

Welnee, dacht ik, maar vond het lief dat hij probeerde om me op te vrolijken. „We aim to please," mompelde ik. Ik dacht niet dat hij me gehoord had, maar hij grinnikte.

„Popeye en Olijfje, 1934," zei hij. Verrassend. Orlando had kennis van films. Haha. Wat een leukerd ben ik toch. „Hou je van eten?"

„Heel erg," zei ik meteen. „Ik eet me te pletter."

Sceptisch trok hij een wenkbrauw op. „Dat zal wel, met zo'n lijntje."

Ai. Die lijn ook. Gegeneerd sloeg ik onbewust mijn armen om mijn middel. „Ik kan eten wat ik wil, ik word maar niet dikker," bekende ik. „Het is om horendol van te worden."

„Ik dacht eigenlijk dat je misschien wel anorexia had."

„Ik? Ben jij nou gek. Ik eet en eet. Misschien heb ik wel een lintworm."

„Echt?"

„Dat van die lintworm weet ik niet zeker, maar ik heb geen anorexia, geloof me. Kom maar op met het diner, ik sla er wel een bres in." Anorexia. Dan wist je wel hoe het ervoor stond. Morgen weer extra veel eten. Misschien moest ik er maar eens mee naar de dokter.

Thijs lachte tevreden. „Dan heb ik in ieder geval niet voor niks gekookt." Hij stak de kaarsen aan. Hij had de tafel smaakvol gedekt. Voor een conciërge had hij een dure smaak: handgeschilderde reproducties van Chagall aan de muren, belicht met dure halogeenlampjes, een leren Leolux bankstel, een gloednieuwe Bang & Olufsen homecinemaset en een peperdure flatscreen televisie aan de muur.

„Je boert niet slecht als conciërge," zei ik en knikte naar de spullen. „Ik wist niet dat dat zo goed betaalde."

„Ik zal je een geheim verklappen." Hij boog zich een stukje naar voren, zodat ik zijn donkere ogen van heel dichtbij zag. „Conciërge-zijn is mijn dekmantel. Eigenlijk ben ik heler."

Een ogenblikje keek ik hem sprakeloos aan. Hè? Op zijn gezicht verscheen een brede grijns en hij kon zijn lachen niet houden. Ik hield mijn hoofd een beetje scheef en begon ook te lachen. „O ja. Natuurlijk!"

„Wat dacht jij dan? Dat ik dit met mijn loontje van conciërge kan bekostigen? Ik koop en verkoop gestolen goed," zei hij en wees met zijn lepel naar de televisie. „Lucratief, hè?"

Ik lachte. Hè hè, een man met gevoel voor humor. Wat een

verademing na alles wat ik over me heen had gehad. „Ah. En je andere auto is een Ferrari?"

„Nee, dat is te opvallend. Een BMW Z4. Cabrio."

„Maar daar ga je niet je boodschappen mee doen. Dus pak je die oude Peugeot."

„Die oude Peugeot 403 is toevallig wel precies zo'n auto als waar inspecteur Columbo in rond reed, hoor!" Ik knikte lachend. Thijs nam een hap van zijn eten en vervolgde, serieus nu: „Mijn ouders hadden een eigen zaak. Die hebben ze op een gegeven moment verkocht en dat bracht veel geld op. Na hun dood was er nog een heleboel voor mij over." Hij maakte een gebaar naar de spullen in de kamer. „Dit zou ik echt normaal gesproken niet kunnen betalen hoor." Iets in zijn stem trof me. Hoewel ik nieuwsgierig was naar zijn ouders en eventuele broers of zussen, besloot ik niet verder te vragen. Dat kwam vanzelf wel. En dus vroeg ik om nog wat drinken in plaats van details over zijn verleden.

De avond verliep genoeglijk. Na het eten en de koffie lagen we ontspannen op de bank onderuitgezakt, keken Bridget Jones en Thijs juichte toen Hugh en Colin op de vuist gingen. Het was nog leuker dan ik me had voorgesteld. De eerste kus kwam vanzelf.

Een muisje rende rondjes over mijn ingewanden. Het kriebelde. Heerlijk. Thijs legde een hand op mijn wang en in een reflex trok ik mijn gezicht terug. Elke aanraking was een aanraking te veel, het deed echt nog verdraaid zeer. „We zullen rustig aan doen," zei hij en kuste me nog een keer. „Jij bent nog niet toe aan een duik in bed. Eerst moet dat mooie snoetje van je weer in orde zijn." Hij keek me doordringend aan. Oegh. Mijn maag werd een balletje aan een stuk elastiek. Smelt smelt, kwijl kwijl. „Zeg het maar als ik het mis heb, maar ik denk dat jij niet zo *hop* in bed springt op een eerste afspraakje, wel?"

Ik schudde mijn hoofd. „Nee."

„Dan volg ik jou," zei hij en streelde mijn haar. „Wat heb je leuk haar. Ik hou van die kleur. Niet rood, niet bruin, net ertussenin." Wauw. Gevoel voor humor, lekker koken, én hij hield rekening met mijn gevoelens. Dit was heel bijzonder. De donkere wolken van die dag begonnen langzaam te vervagen.

Ik kuste hem. Dacht aan Kaz. Dacht aan Jeffrey. Aan Daphne. Aan Richard. Aan Loretta. Aan Joyce. En weer aan Kaz.

Nergens stond toch dat je niet op loslopend wild mocht jagen, toch?

Thijs zette me af bij mijn flat. „Ik vond het erg leuk," zei hij en raakte mijn wang aan. „Jij ook? Af en toe was je zo afwezig.'

In het donker zag ik zijn ogen glanzen. „Sorry." Wat moest ik zeggen? Ik wilde niet uitweiden over Joyce en wat haar man had gezegd, maar onwillekeurig hield het me toch bezig. Mijn telefoon was nog niet gegaan en ik had ook geen sms'jes ontvangen. Dit was, denk ik, de eerste keer in het bestaan van de mobiele telefoons dat Daphne niet meteen reageerde.

„Je bent gewoon moe, ik begrijp het," zei hij en gaf me een heel zachte, tedere kus. „Doe je rustig aan? Wanneer zie ik je weer?"

Morgen! „Overmorgen," zei ik in plaats daarvan. Hij kwam heel dicht bij. Ik rook zijn lekkere luchtje en haalde diep adem alsof ik het kon opdrinken.

„Ik kan niet zo lang wachten," fluisterde hij met zijn warme adem bij mijn oor. „Ik vind je heel erg…"

Heel erg wat? Lang? Dun?

„Lief. Je ziet er zo mooi uit."

Mooi? Met dit super-schilderspalet op mijn smoel?

„Je hebt prachtig haar. En je hals?"

Dat dunne giraffennekkie?

„Heerlijk." Hij begroef zijn neus erin. Zijn adem kietelde onder mijn haren. En op dat moment gebeurde het. Ter plekke ging ik door de knieën. Ik was verliefd. Die zachte stem, die ogen, dat vreselijk sexy lachje en die sterke handen. O boy. Daar ging ik. Ik kreeg rubberen benen, mijn hoofd begon te suizen en mijn maag buitelde als een dronken vlinder.

„Morgen k-k-k-kan ik niet."

„Niet?" Klonk hij teleurgesteld? Ja. Echt wel.

„N-n-nee."

„Waarom niet?"

„Ik ben morgen in Amsterdam," wist ik eruit te krijgen, „maar ik ben morgenavond terug." Een dag winkelen met Daphne liep altijd uit tot in de kleine uurtjes, maar daar moest nu maar een uitzondering op gemaakt worden. Ik zat in de armen van een heerlijke man en Daph zou er wel begrip voor hebben.

Hij glimlachte tevreden en liet zich achterover tegen de leuning van de autostoel zakken. „Ik zal je bellen. Goed?" Ik knikte. Er kwam geen zinnig woord meer uit, dus gaf ik Thijs een lange afscheidskus en toen ik eindelijk losliet, tolde de wereld. Van genot, mag ik wel toevoegen. „Ik begin ernstig last van jou te krijgen," zei hij in mijn oor, „heel ernstig, mag ik wel zeggen."

Vlug stapte ik uit. „Tot morgen," zei ik schor en ik keek hem na totdat hij met zijn Inspecteur Columbo-Peugeot 403 de hoek om sloeg en uit mijn zicht verdween.

De deur was nog niet achter me dichtgevallen toen mijn mobiel begon te schetteren. Daphne! Eindelijk! Voordat ze iets kon zeggen, riep ik al: „O Daph! Ik ben verliefd! Ik ben verliefd! Thijs en ik, we zijn een stelletje! Ik ben zoóó ontzettend verliefd. Mijn handen trillen en ik kan alleen maar aan hem denken!"

Daphne had maar een half woord nodig, hoewel ik in een paar zinnen de hele avond al had weergegeven en ze vroeg of ik nu thuis was. „Zal ik komen?" stelde ze voor, „want jij kunt voorlopig toch nog niet slapen. En anders bel je me weer om de haverklap en kan ik ook niet slapen."

Tien minuten later was ze er. Dat deden we vaker. Zij bij mij of ik bij haar. We zaten in de huiskamer, keken naar flauwe films, kletsten en lachten en dronken wijn totdat we allebei teut waren en op de bank in slaap vielen. Erg gezellig, typisch VVG: Vrijgezelle Vrouwen Gedrag. Klein, pietepeuterig detail: ik was geen (joepie!) vrijgezel meer!

„Ik wil alles weten," zei ze meteen toen ze binnenkwam en

zich met een fleece deken op de bank installeerde. „Begin bij het begin. Hoe zoent hij?" Wat je maar begin noemt. Maar goed, ze wilde alles weten, dus kreeg ze alles te horen. Ze luisterde en lachte en genoot mee. „En Kaz dan?" vroeg ze.

„Kaz? Wie is dat? Ken ik die? Hoe zeg je? Kaz?"

Daphne grijnsde en stak haar handen omhoog. „Halleluja. Ze is genezen!" Op het moment dat ik voor de derde keer wilde vertellen dat Thijs erg lief en erg schattig was, veranderde haar uitdrukking. „Goed. Thijs is duidelijk. Nou de rest. Wat voor bericht was dat? Joyce en jij ruzie? Ik heb haar gebeld, maar Richard was kortaf en ik kreeg haar niet aan de lijn." O nee, Joyce! Dat moest ook nog opgelost worden. Door het overheersende gevoel dat bezit van me genomen had, was ik haar vergeten. „Vertellen," zei Daphne streng, „en niets overslaan."

Het duurde een kwartier voor ik alles verteld had, waarbij ik probeerde om geen details te vergeten. Ondanks mijn poging om rustig en zo objectief mogelijk te blijven, noemde ik Richard aan het eind toch een paar keer een mega-zak. Dat was niet objectief en zeker niet netjes, maar ja, dat was hij ook niet. Daphne luisterde zonder me te onderbreken en schudde aan het eind van het relaas haar hoofd. „En Joyce zei niks?" vroeg ze ten langen leste.

„Niks. Ik verwachtte dat ze zou bellen, maar *rien du tout*. Helemaal niks. Nada, noppes, zilch." Ik keek mijn beste en trouwste vriendin aan. „Wat denk jij? Moet ik haar bellen? Deed ik het nou echt zo verkeerd met Lotje? Was het mijn schuld?"

„Ennazor," begon ze en vouwde haar benen onder zich zodat ze op een oosters beeld leek, „het gaat helemaal niet om Lotje. Richard wil dat Joyce thuiszit en voor zijn nageslacht zorgt. Dat ze huishoudelijk werk doet en met een plumeau iedere dag de plintjes schoonmaakt en dat ze vooral niet meer zelf nadenkt. Een soort *Stepford Wife*. Wij, jonge, onafhankelijke, zelfstandige slimme vrouwen, zijn een plaag voor hem. In één avondje stappen met Joyce brengen wij om zeep wat hij heel subtiel aan het opbouwen is: een huisvrouwtje."

„Er is niks mis met huisvrouw-zijn," zei ik.

„Dat vind ik ook niet, als je daar zelf voor kiest. Het wordt iets anders als het je opgedrongen wordt door je partner. Want er is iets mis met chicks zoals jij en ik… in zijn ogen. Hij is bang dat Joyce op een dag ook zegt: Riesj, ik heb tabak van het huishouden. Ik wil een baan, zorg jij maar voor de kinderen."

„Denk je dat echt?"

„Tuurlijk!" Daphne raakte op dreef. „Richard is zo van de traditionele rollen! Vrouwtje en kindertjes thuis, hijzelf doordeweeks op kantoor en 's avonds nog even met de boys een borrel gaan pakken, vaak zijn kop laten zien op liefdadigheidsgala's, zodat iedereen denkt dat hij een toffe peer is, en over een poosje is de afdelingssecretaresse zijn maîtresse. Joyce ziet er verzorgd uit, is representatief voor een directeursvrouw-in-spé en veel te bang om door Richard verlaten te worden. Natuurlijk doet hij dat niet, want ze is heel volgzaam, én erg afhankelijk van zijn geld, omdat hij haar zo gevormd en gekneed heeft! Rozanne, hij wachtte gewoon op de gelegenheid om jou buitenspel te zetten! Zie je het niet? Straks heeft Joyce alleen nog maar van die truttige vriendinnen die niks anders doen dan elkaar in de gaten houden en van verveling alleen maar kunnen roddelen en hun acrylnagels twee keer per dag van een nieuw kleurtje voorzien."

Ik moest er even over nadenken. Het klonk zo ongeloofwaardig, dat het wel eens waar zou kunnen zijn. „Wat vind jij dat ik moet doen? Advies is van harte welkom."

„Voorlopig even niks. Laat het maar even betijen daar, in huize Stienen-Kleijn. Volgende week, als Richard aan het werk is, gaan we naar Joyce toe. Dan zullen we haar weer eens even laten zien dat we door dik en dun gaan, dat we haar uit de klauwen van die bekrompen rijkeluiszoon zullen redden."

„Wé?"

„Jij en ik. Wij samen."

„Ga je mee?"

„Ja joh! Als die zak denkt dat ie ons zo makkelijk kan afschepen, dan heeft hij het mis." *Wat ben je toch een geweldig mens,* dacht ik en keek gloedvol naar het boeddhaatje op de bank, dat strijdlustig een bus Pringles Hot & Spicy aanviel.

„Wat doen we morgen?"

„Morgen? Morgen doen we aan de lijn." Monter stak ze een chipje in haar mond. „O ja. Amsterdam. Dat gaat gewoon door, maar zonder Joyce. Tenzij ze zelf belt natuurlijk."

„Goed." Ik zuchtte opgelucht. Soms was het zo fijn om even iemand te horen die van een afstandje de dingen bekeek. Er zat weer wat perspectief in.

„Die Loretta," zei Daphne met volle mond, „dat is toch een fantastische meid. Het is ongelooflijk dat we haar niet eerder ontmoet hebben. Dit kan niet anders dan lotsbestemming zijn. Ze moest en zou op den duur bij ons terechtkomen."

Ik lachte verheugd. Mijn gezicht trok. „Ja, leuk is ze, hè! We konden het meteen goed met elkaar vinden. Vanaf het eerste moment al." Ik was erg blij dat Daphne haar ook leuk vond. Als je al zo lang bevriend bent met iemand, is een nieuwe vriendin niet altijd even welkom.

„We zijn zo net de drie musketiers. Loretta is d'Artagnan, de vierde van het stel. En Joyce is even Aramis, die was de weg af en toe een beetje kwijt. Of was dat Athos? Doet er ook niet toe. Wist je," ging Daphne door, „dat ze in een bandje speelt?"

Trrrring. Er liep een wekker af in mijn achterhoofd (af en toe is het net een klokkenwinkel, of een alarmcentrale). „Euh… ja. Nou ja, niet echt. Paulo vertelde het me. Hoe weet jij dat nou?"

Daphne grijnsde geheimzinnig. „Hij belde me om te vragen of ik zin had om mee te gaan."

Raar maar waar, ik voelde een onduidelijke vlaag van teleurstelling. Had hij Daphne ook gebeld? Ik dacht dat hij mij speciaal had benaderd, dat hij me leuk vond en dat ik daarom was gevraagd om mee te gaan. Dus niet. Ach ja. Ik had Thijs! Daphne, die niet merkte dat ik even met mijn gedachten elders zat, babbelde verder. Het maakte ook eigenlijk niets uit, ik gunde het haar van harte, hoor. Maar… stiekem had ik gehoopt op iets speciaals. Paulo was erg aardig en het idee dat die uitnodiging alleen voor mij was, had mijn ego gestreeld. Niks exclusieve uitnodiging. Zucht. Weer een illusie armer.

„Ze proberen *Black & White*, het bandje waar ze in speelt, bekender te maken. Dus, meer publiek aantrekken en in grotere zalen optreden en zo. Ik heb een hele tijd met Paulo zitten praten en daarna kwam Loretta erbij zitten. Het was ontzettend gezellig!"

„Vandaar dat ik geen berichtje terugkreeg," zei ik. „Ik heb je gebeld en ge-sms't."

Daphne keek een beetje schuldbewust. „Ik heb heel die telefoon niet eens gehoord. *Black & White* maakte nogal wat herrie, en daar komt een mobieltje niet overheen. Het zaaltje was erg lawaaierig."

„Had je 'm niet op trillen staan?"

„Hij zat in mijn tas," zei ze, „en ik had het druk met kletsen. Ik heb hem echt niet gehoord en ik heb er ook niet meer aan gedacht. Veel te leuke drummer daar. Heb je nog meer van die wijn?"

En daarmee was de kous af.

De volgende ochtend, terwijl we op de trein wachtten, bestudeerde Loretta mijn gehavende gezicht en knikte goedkeurend. „Het ziet er... niet slecht uit."

„Hm. Lief dat je me probeert te ontzien, maar ik denk er anders over." We stapten in de intercity die ons naar het bruisende hart van Amsterdam zou brengen. „Het heeft ook zo zijn voordelen," zei ik luchtig. „Ik ben zo afschrikwekkend dat niemand het in zijn hoofd haalt om iets raars te ondernemen. Kerels met vreemde ideeën laten ons wel met rust." Want wat ze ook zei, ik zag er verschrikkelijk uit. De zwelling was wel heel wat minder, maar daardoor was het nog steeds erg rode oogwit heel goed te zien. Bovendien waren de zwaluwstaartjes niet meer zo wit als in het begin en vanuit mijn paarszwarte oogkas begon zich een gelige gloed naar mijn neus te verspreiden, waardoor ik steeds meer op een ongewassen Frankenstein ging lijken.

„We werken het dadelijk een beetje bij," zei Daphne. „Ik heb speciaal een camouflagestick meegenomen, want ik wist wel dat je er niet veel aan zou doen. Zo loopt iedereen naar je te staren, en dat is ook niet fijn."

Daphne liep voorop tussen de banken door en plofte neer in een vierzitshoekje. We installeerden ons en ik vertelde Loretta alles over Joyce. Het was rustig in de trein en het duurde niet lang of hij zette zich in beweging en terwijl we reden en het landschap voorbijgleed, luisterde ze ademloos, om aan het eind van het relaas te reageren met: „Wat een enorme klojo. Heb je een beetje kunnen slapen?" waarop ik knikte. Ondanks alle emoties (of misschien wel juist daarom) was ik als een blok in slaap gevallen. Dat Daphne en ik samen een flinke borrel hadden gepakt, had daar ook aan bijgedragen.

We hadden het er een hele tijd over toen mijn telefoon rinkelde. Was dat Joyce? *Thijs belt*, stond er in mijn display en ik herhaalde dat luidkeels tegenover de twee anderen. „Ja, zien jullie: mijn vriend belt. Dat komt omdat hij zo bijzonder is. En zo lief. En zo ongelooflijk, ontzettend aantrekkelijk. En sexy."

„Neem je niet op?"

O ja! „Met mij," zei ik. Daar heb ik zo'n hekel aan, als mensen zeggen met mij. Wie is nou mij? Maar als je door je vriend wordt gebeld, zeg je natuurlijk niet: met Rozanne Stam.

„Dag schoonheid," kriebelde het in mijn oor. Wat moest ik nu zeggen? Loretta en Daphne keken me vol verwachting en met smiles van oor tot oor aan. Ga eens ergens anders zitten, gebaarde ik, maar die twee lieten zich dit niet door de neus boren en sloegen verwachtingsvol hun armen over elkaar. „Waar ben je?" vroeg Thijs.

„In de trein. Naar Amsterdam."

„Alleen?"

„Nee, met twee vriendinnen."

„Je had met mij moeten gaan."

„Mm. Vind ik ook."

„Romantisch in Amsterdam rondslenteren. Hou je van rondvaartboten?"

„Ja hoor." Ben drie keer van mijn leven in een rondvaartboot geweest en werd er drie keer kotsmisselijk van. „Maar vandaag niet. Zonder jou begin ik daar niet aan."

Loretta greep Daphnes hand en verklaarde die op zeer dramatische wijze de liefde. Ik gebaarde dat ze moesten ophouden, maar Daphne schudde haar hoofd.

„Heb je lekker geslapen? Ik moest de hele tijd aan je denken," zei Thijs.

„En ik ook aan jou."

Braakgeluiden van de overkant.

„Ik kan vandaag de dag niet doorkomen zonder jou, hoor. Hoe moet dat lukken?"

„Vaak aan me denken, me veel bellen en sms'en," stelde ik voor. Ik ging steeds zachter praten en wenste dat die twee mafkezen me niet zo afleidden.

„Weet je wat ik het mooiste aan je vind?" vroeg hij.

„Nou?"

„Je haar. Nee, toch niet. Je ogen. Maar je lippen zijn zo heerlijk dat ik misschien toch daarvoor moet kiezen. En je voorgevel… prachtig."

Mijn voorgevel? „Watte… wat zei je nou?"

„Dat je prachtige tieten hebt," zei hij zonder eromheen te draaien. Het klonk zo stom dat ik er gewoon om moest lachen. Het leek me beter om dat maar niet hardop te herhalen, de meiden zouden een verder gesprek onmogelijk maken. „Wat vind je mooi aan mij?" vroeg hij en legde een dosis verleidelijkheid in zijn stem waar ik het meteen erg warm van kreeg. Ik kreeg een kleur. Niet om de vraag, maar omdat Daphne ondertussen een beetje paarsig begon aan te lopen toen Loretta steeds dichter tegen haar aan kwam zitten en aan haar haren begon te frunniken, met een weke blik vol zogenaamde hartstocht. Hou op met me te plagen, wilde ik roepen.

„Rozy?"

„Je ogen," antwoordde ik snel en hoopte dat de andere twee niet iets geks zouden doen. Loretta greep Daphnes hoofd tussen haar handen en drukte haar neus bijna tegen die van Daph.

Ze imiteerde diep in de ogen kijken. Daphne kreunde van het onderdrukte lachen. „Je hebt prachtige ogen. Erg sexy."

„Erg sexy," echoden ze tegelijk en proestten het uit.

„Is er iets?" Thijs rook nattigheid. „Je kunt natuurlijk niet vrijuit praten, hè?"

„Nee. Er zitten hier twee potjes met hele grote oren die niet zo subtiel zijn."

„Ik bel je later. Of bel jij mij maar als je even van die twee verlost bent. Wel sms'en, hè?"

„Wat ga je doen?" vroeg ik, plotseling bezorgd dat ik hem niet meer zou horen.

„Ik moet vanmiddag voetballen," antwoordde hij opeens een beetje zakelijk. „Uit, bij WWVV. Dat is bijna een uur rijden. Dus ik ben de hele middag onder de pannen."

„Wel winnen, hè?"

„Ik vlieg vandaag. Speel in de spits, dus dat wordt een topper." Hij lachte. „Hang jij eerst op?"

„Tegelijk?"

„Goed. Op drie?"

„Ja. Tel jij?"

„Een, twee…"

„Wacht! Op drie, of na drie?"

„Ik tel 1, 2, 3 en dan drukken we tegelijk op neerleggen."

„Oké."

Er werd luidruchtig gegeeuwd op de bank van de dames.

„Een, twee…"

„Thijs! Wacht. Je bent lief! Ik heb het nog niet gezegd!"

„Nee, jij bent lief. Ik tel hoor. Een, twee…"

„Ik wil tellen," riep ik. „Anders komt de schok zo hard aan. Een, twee…"

„Wacht! Zul je je telefoon bij je dragen?"

„Ja, natuurlijk!"

„En als ik sms?"

„Dan krijg je meteen een bericht terug."

„Zet 'm op trillen, goed?"

„Ja, natuurlijk. Ik draag je op mijn hart!"

„Tel jij of tel ik?"

„Een, twee..."

„Wacht, Rozy. Ik wil je stem nog horen. Bel je me straks?"

„Tuurlijk."

Ongeduldig getrommel van vingers op het tafeltje.

„Echt doen, hè?"

„Ja, beloofd."

„Tel jij dan? Of samen?"

„Samen dan. Een, twee..."

„DRIE! OPHANGEN!" brulden Daphne en Loretta en ik schrok er zo van dat ik de telefoon uit mijn hand liet vallen. Snel raapte Daph hem op en drukte op het knopje om de verbinding te verbreken.

„Hè hè. Dat was een zware bevalling," zei Loretta.

En toen moesten we alle drie erg lachen.

Hoofdstuk 10

Amsterdam was al wakker. Het was heerlijk weer en overal werden terrassen klaargemaakt voor bezoekers. Toeristen die maximaal gebruik wilden maken van de hun gegunde tijd struinden al door de winkelstraten en stonden in de rij voor rondvaartbootjes, *guided tours* en Madame Tussaud.

„Doordat je nu met Thijs bent," zei Loretta en hield zichzelf een shirtje met knalgele zonnebloemen voor, „hoeven we ons natuurlijk niet meer in te spannen om Kaz binnen te halen."

„Kaz? Ken ik niet."

„Precies." Loretta knikte en hing het shirt terug.

„Maar," zei Daphne, „het wordt wel tijd dat je kleurloze uitrusting aangepakt wordt."

„Aangepast wordt," verbeterde ik haar. „Het is een beetje duur om alles in één keer te vervangen."

„Voor de liefde is geen prijs te hoog," declameerde Daphne theatraal, „en als je Thijs wilt behouden, moet er gewoonweg iets aan je outfit gebeuren." Dat had ze me al vaker gezegd, waarschijnlijk omdat ik geregeld klaagde dat ik zo weinig leuks had om aan te trekken. „Je wilt hem toch niet wegjagen omdat je lijkt op mijn oma in die kleren?"

„Zo erg is het niet," onderbrak Loretta haar. „Rozanne heeft best mooie kleren, allemaal mooie spullen. Maar gewoon een beetje saai. Een paar leuke shirtjes en flitsende accessoires en je kunt weer een tijd vooruit." Om de daad bij het woord te voegen, hield ze mij een vlammend rood shirt voor. „Rood en oranje, dat staat je heel mooi. Vind je dit wat?"

„'t Is wel erg fel," zei ik.

Opeens moest ik aan Kaz denken. Wat een vreemd gevoel was dat. Het was alsof iemand mij bij de hand had gepakt en een eindje van mezelf had weggetrokken om op een afstandje eens goed te kijken. Wat was ik toch een ongelooflijke sukkel. Wie loopt nou anderhalf jaar over iemand te fantaseren als hij geen enkele respons krijgt? Ik geloof niet dat ik Kaz ooit zou vergeten of helemaal uit mijn systeem zou kunnen krijgen, maar opeens lagen de kaarten heel anders. Kaz was niet meer de spil waar alles om draaide.

„Waar houdt Thijs van?" informeerde Loretta.

„Weet ik niet. Hij vond dat ik er mooi uitzag, ondanks mijn blauwe oog."

„Hahaha, dan houdt hij van pimpelpaars," grapte Daphne. Ze trok twee shirts uit een rek en liet me ze zien. O, die waren leuk, totdat ik zag wat ze kostten. Ik schudde mijn hoofd bij het bekijken van de prijskaartjes. Doe dat maar niet, zei mijn verstandige, financieel goed ingestelde ik. In euro's viel het mee, in guldens schrok je je te pletter. Ondanks het feit dat de euro toch al ingeburgerd was, bleef ik omrekenen. Het ging automatisch. En altijd dacht ik... *dat is duur...*

„Ik weet winkeltjes waar je heel leuk kunt shoppen, voor niet zoveel geld," zei Loretta. Hoewel ik regelmatig in Amsterdam kwam vanwege mijn werk, kende ik de weg niet half zo goed als zij. Ze struinde door smalle straatjes en achterafsteegjes en we kwamen bij de leukste tentjes en hele vette winkeltjes. „Ik heb hier twee jaar gewoond," verklaarde ze. „En ik heb hier altijd heel veel rondgelopen. Kom mee, hier is een leuk zaakje. Ik ken de eigenaresse heel goed, ze kan wonderen doen. Zelfs met de meest kleurloze typjes."

„Kleurloos typje? Heb je mijn gezicht al eens goed bekeken?" vroeg ik verontwaardigd, maar tegelijkertijd moest ik er wel om lachen. Ik kreeg een scheve grijns terug en Daphne sloeg Loretta schaterend op haar schouder.

We stapten binnen in een piepklein winkeltje waar een vrouw met een bijna zwarte huid meteen opstond van een krukje en Loretta met een blijde kreet omhelsde. „Dit is mijn achternicht Sandra," stelde Loretta haar aan ons voor, „en zij is de tovenares in deze buurt. Sandra, dat is Daphne, dit is Rozanne. Zij wil graag mooi zijn voor haar nieuwe vriendje." Met veel nadruk op nieuw. Ze lachte smakelijk en gaf me een knipoog. Ik stond een beetje dom te grijnzen. „We zoeken iets om haar bescheiden kleren op te fleuren."

Sandra vond dat zo te zien erg vermakelijk en gaf me een stevige hand. „Hallo. Foei, wat een lelijk blauw oog. Doet het nog pijn? Voorzichtig zijn met passen hoor. Je moet geen knoopjes of spelden daartegenaan krijgen. Als je hulp nodig hebt, geef je maar een gil." Voor ik kon antwoorden, vervolgde ze: „Wat heb je mooi haar. Het moet alleen een beetje geknipt worden, want er zit weinig model in. Kijk maar eens rond. Maak het jezelf gemakkelijk, dan ga ik koffie en thee halen. Ik heb ook nog een zalfje dat uitstekend helpt tegen zwellingen, dat zal ik meenemen. Daarna zoeken we wat leuks."

Ze verdween naar achter en Loretta spreidde haar armen. „Nou? Wat vind je ervan?"

Daphne snuffelde al tussen de rekjes en op de planken. „Tof winkeltje!"

Ik voelde me, zoals altijd eigenlijk, een beetje verloren. Dat had ik bij kappers (daarom kwam ik er niet vaak, ik kreeg altijd de zenuwen van die mensen die precies zagen wat ze met mijn haar wilden doen, terwijl ikzelf alleen maar een stukje eraf wilde) en in winkeltjes waar ik de enige klant was. Ik was natuurlijk niet alleen, en Daphne kwam al met een stapel kleren in haar handen terug, op zoek naar een pashokje, maar toch bekroop me hetzelfde gevoel. Net als bij de kapper. Ik ging er weg met zo'n neutelig gevoel van had ik maar duidelijk gezegd wat ik wilde, en hier zou het ook zo gaan: ik stond straks buiten met spullen die ik nooit van mijn leven meer aan zou trekken. Die kapper was een jeugdtrauma van toen ik een keertje met een heel lelijk kapsel thuiskwam en mijn broer, die tegenwoordig in Frankrijk woont, vlak bij mijn moeder, mij vierkant uitlachte. Een truttenkapsel, had hij geschreeuwd en het erge was: hij had gelijk. Helemaal. Ik heb maanden met mijn haren onder een petje verstopt rondgelopen.

„Wat sta je te staan? Kom op," zei Daphne uitgelaten. „Het hok in en passen!"

„Hè?" Ze duwde de kleren in mijn handen. Blauw, rood, oranje, geel, haar kleuren, niet de mijne.

„Hup, daar in."

„Maar dit is toch…"

116

We sprongen allebei op toen met een luide knal schetterend trompetgetoeter door een luidspreker schalde, maar even abrupt verdween de muziek, om gevolgd te worden door de stem van Sandra. „Sorry! Het volume stond nog op veertig." De muziek die volgde, was heel zonnig en opgewekt, Caribische latin waar je vanzelf vrolijk van werd. Het paste perfect bij de winkel en Sandra. Die liep rond tussen de kleren en trok dingen tevoorschijn.

De kleren die Daphne voor me had uitzocht, waren een beetje te veel van het goede. „Je voelt je daar niet fijn in, hè?" Sandra had haar armen over elkaar geslagen en stond met Loretta en Daphne te overleggen toen ik het hokje uitstapte in een kobaltblauwe minirok met een oranje bloes en geel-rood gestreepte over-de-knie kousen.

„Ik zie eruit als Pipi Langkous."

„Ik had het niet treffender kunnen zeggen!" Loretta klapte in haar handen. „Trek eens gauw uit. Dat lijkt nergens op. Daphne, laat Sandra maar zoeken." Daphne haalde haar schouders op en verdween tussen de spulletjes. Ze vermaakte zich prima en maakte er een sport van om met de meest extravagante kleren bij me te komen.

Ik geloof niet dat ik ooit zoveel kleren in zo'n korte tijd gepast heb. Sandra was werkelijk onvermoeibaar. Loretta nestelde zich in een zitzak, terwijl haar achternicht af en aan liep met de meest uiteenlopende kleren.

„O," zei ik toen ze met een beige pak voor me stond, „dat vind ik mooi."

„Niet doen," riep Loretta.

„Dat heb je al," riep Daphne. „Al tien keer of zo. Kies nou eens iets kleurigs, wat erbij past!"

Sandra begon het door te krijgen, en kwam terug met een donkergroen, glanzend topje. „Pas dit eens," zei ze. „En dan deze erbij." Ze hield me een wikkelbloesje voor. Het was heel fijntjes geweven, met beige, groen en rood en ik vond het meteen mooi. Ik trok het aan, en… voilà! Dat was het. De drie keurmeesters waren het roerend met elkaar eens, hoewel

117

Sandra nog wat trok en verschoof aan hoe ik het had omge-knoopt, maar ze knikte daarna tevreden. „Heel goed! Nu nog een bijpassende ketting… eens even zoeken." Ze wees naar me. „Kijk niet zo angstig, ik vreet je niet op, hoor. Je ziet er heel leuk uit, hip en trendy en ook heel vrouwelijk en sexy."

Ik? Vrouwelijk en sexy? In de spiegel zag ik mezelf staan. Haren als een vogelverschrikker (steeds aan- en uitkleden heeft dat effect op mijn haar), maar wel heel mooi gekleed. Ik leek niet zo dun en mijn boezem was opeens onderdeel van me, niet een soort voorhang die ik het liefst negeerde.

De deurbel klingelde. Een kleine Aziatische man stapte naar binnen, begroette ons en riep iets naar Sandra. Die kwam opgetogen met nog meer kleren naar me toe. „Pak maar even een koppie thee, Chong, want we zijn nog niet helemaal klaar."

„Maar…"

„Rozanne, je bent een schattebout, maar op één been kun je niet lopen. Nog minstens één set, maar liever twee, erbij." Dat was Loretta. Daphne had de grootste lol. Haar uitdrukking zei voldoende: je moest je gezicht eens zien.

Sandra gaf me twee setjes, eentje kon ik meteen teruggeven want ik ben overgevoelig voor angorawol en ik nieste al toen ik ernaar keek. Maar wat overbleef, vond ik ook mooi. Toen ik het aangetrokken had, stapte ik naar buiten, turkoois-blauw op een zwarte broek dit keer, met één blote schouder.

„Wauw. Spectaculair!"

„Jee, Rozan, mooi! Het staat geweldig."

„Ik vind het mooi, maar dit kan ik toch niet zo aan?" zei ik aarzelend, hoewel Daphne en Loretta klapten en Chong waarderend knikte. „Met zo'n bloot stuk?"

„Waarom niet? Je steekt iedereen de ogen uit, beter kun je het niet hebben. En dan heel subtiel, zo'n mooi glitterbandje op je beha…"

Daphne zag dat ik twijfelde. „Thijs gaat mega door de knie-ën als hij je zo ziet," beloofde ze me. „En niet dat het er meer toe doet, maar Kaz smelt ook, en dat is toch mooi meegeno-men? Hem laten zien wat hij altijd heeft gemist?"

Of het Thijs was die tegen de vlakte zou gaan of Kaz die in een plasje zou veranderen, wist ik niet, maar beide beelden waren precies wat ik nodig had. „Oké dan!"

„Ben je tevreden? Wil je nog meer? Of ben je klaar voor de kapper?"

Kapper? Dat klonk niet als iets wat ik gepland had. Chong grijnsde, zijn smalle ogen verdwenen haast helemaal in de oogplooi en hij maakte een buiging. Als een slager haalde hij zijn knipgerei tevoorschijn en in zijn ogen kwam een maniakale glans. Althans, dat zag ik erin. Hij ging een paar centimeter van mijn haren afknippen en ik kwam met een afgrijselijk kapsel thuis! *Help!*

„Ik weet niet…" begon ik aarzelend, maar ik werd meteen in de rede gevallen.

„Ennazor, je moet nodig geknipt worden. Je begint verdacht veel op een vogelverschrikker te lijken en zo jaag je Thijs weg."

„Ja maar…" Zo erg was het toch niet? Meestal stak ik mijn haar met een klem uit mijn gezicht, of legde ik er een vlecht in. Zag ik eruit als iets dat de boeren gebruiken om de kraaien op afstand te houden?

„Maak je nou eens niet zo'n zorgen," zei Loretta warm en duwde me neer op een stoel. „Zijn de kleren mooi?"

„Jawel ze zijn prachtig, maar…"

„Heb ik iets te veel gezegd? Sandra kan toveren. En Chong ook. Geloof me nou maar, straks voel je je een ander mens."

Ik wilde nog protesteren. Maar waarom eigenlijk? Waarom zou ik me niet eens overgeven aan de handen van anderen? Ik vind *Looking Good* heel leuk: mensen die met een nieuwe outfit en een flinke knipbeurt als herboren over de catwalk lopen. Soms dacht ik wel eens dat ik ook zo iets zou willen. Niet *Extreme Makeover*, want echt verbouwen, daar zat ik niet op te wachten. Maar gewoon, een ander kapsel, andere kleren…

„Vooruit dan maar," zuchtte ik.

Terwijl Chong met vaardige hand zijn knip- en kapspullen hanteerde, besloot ik dat het tijd was om de dames eens te vertellen over Jeffrey. Ze luisterden allebei met open mond en vielen toen bijna van hun stoelen van het lachen.

„Wat? Jeffrey viel op jou?"

„Maar hij was toch homo? Hij had toch een oogje op Kaz?"

„Dat zei jij, hoor." Ik knikte quasi beschuldigend naar Loretta, die haar mok neer moest zetten omdat de inhoud bijna over de rand ging.

„En toen? Hij wilde blijven werken? Wat heb je gezegd?"

„Dat ik vond dat hij niet zo snel een verkeerde beslissing moest nemen. En dat ik niet kon bepalen of hij mocht blijven werken."

„Het zou me niks verbazen als hij van de week opeens weer op kantoor staat," zei Loretta. „Het is echt zo'n stille wateren, diepe gronden type."

„Nee! Dat denk je toch niet echt, hè?" Ik keek haar geschrokken aan. „Wat mij betreft hoeft het niet, hoor."

„Ach, waarom niet? Hij is toch hartstikke aardig?"

„Loretta! Hij is negentien, ik ben achtentwintig! Ik heb behoefte aan een volwassen relatie, niet aan een jongen die nog met antipuistjescrème in de badkamer aan het klungelen is!"

Daphne proestte. „Bwoeha. Volwassen relatie! Zegt de vrouw die anderhalf jaar smachtend van een afstand heeft gedweept met de man van haar dromen."

Chong verfde onverstoorbaar door. Vanuit een ooghoek zag ik hem in de weer met een vreemd gekleurde pasta die hij op mijn haar aanbracht. Als je geen spiegel hebt om in te kijken terwijl je geknipt wordt, moet je maar een beetje gokken wat er gebeurt.

„Ik héb een volwassen relatie," zei ik waardig. Het effect van die waardigheid was te betwijfelen, want met stukken aluminiumfolie in het haar ziet zelfs Gloria er niet waardig uit.

„Een volwassen relatie van wát… twee dagen oud?"

„Drie. Als je die eerste keer op kantoor meetelt," hielp Loretta.

„Lach maar. Ik heb een vriend, dames. Dat kan ik van jullie niet zeggen." Ik keek naar Loretta. „Of jij wel?"

Ze schudde haar hoofd. „Nee hoor. Ik heb net een relatie

achter de rug, we woonden al drie jaar samen. Maar het werkte niet. Ik ben single, en tot nu toe bevalt me dat best."

„Drie jaar? Wauw." Ik had het nog niet eens drie maanden met iemand vol kunnen houden (of eigenlijk had nog niemand het drie maanden met mij weten uit te houden) dus ik was best onder de indruk. „Zie je hem nog wel eens?"

„No. Hoeft ook niet meer. Hij ging ervandoor met mijn beste vriendin. Einde verhaal."

„Mannen zijn rotzakken," zei Daphne filosofisch. Fijn dat ze dat zei terwijl Chong me aan het bewerken was.

Loretta lachte zonder een spoor van wrok. „Het ligt achter me. Ik was blij dat er nog geen kinderen in het verhaal voorkwamen. Dan kom je niet van zo'n etter af."

„Goed gesproken!"

„En jij Daphne?" vroeg ze. „Geen vaste relatie voor jou?"

„Ik ben de ware nog niet tegengekomen," antwoordde Daphne. „Er zwemmen veel vissen in de zee, toch? Al heel veel vriendjes gehad, sommigen serieuzer dan anderen, maar de juiste zat er niet tussen. Ik weet niet eens of ik dat wel wil. Zoals het nu gaat, bevalt het me best. Weinig vastigheid, maar ook weinig gezanik. Ik hou van mijn zelfstandigheid. Geen mannenondergoed in mijn wasmand." Voor mij was dit niks nieuws. Jaren geleden had Daphe al eens tegen me gezegd dat ze waarschijnlijk vrijwillig vrijgezel zou blijven, simpelweg omdat ze behoefte had aan de vrijheid die haar *single life* haar bood. Misschien scheelde het ook dat ze haar drie oudere zussen als slecht voorbeeld had, die allemaal worstelden met slechte keuzes en in pijnlijke scheidingen lagen.

„Heb jij familie?" vroeg Loretta aan me.

Ik knikte en kreeg een waarschuwend duwtje van Chong. „Een broer, Philip. Hij woont en werkt in een soort commune in de haven van Marseille. Ik heb weinig contact met hem. Hij is een paar jaar geleden toegetreden tot een of andere rare religieuze groep en sindsdien komt er geen zinnig woord meer uit."

„Vind je dat niet eng?"

„Nee, hij is gewoon een rare. We hebben nooit een echte band gehad," zei ik schouderophalend. Vroeger was het al een etterbak. Ik dacht terug aan de talloze keren dat Sophie en ik hadden geprobeerd om hem te bewerken, maar hij had zelf een punt gezet achter de familierelatie. Ach, met Sophie als voorbeeld was het niet eens verwonderlijk. Mijn moeder is een vrolijke, alternatieve vijftiger die erg in de zeventiger jaren van de vorige eeuw is blijven hangen. Philip en ik zijn niet van dezelfde vader en mijn moeder wist zelf niet eens wie de respectievelijke papa's waren. Mijn moeder stond erop dat ik haar Sophie noemde en toen ik oud genoeg was om op mezelf te wonen, verhuisde ze naar Frankrijk, kocht een vervallen villaatje in het zuiden van de Camargue en knapte dat eigenhandig op. Haar leven is een bonte mengelmoes van wisselende contacten en alternatieve leefwijzen. Ze is een lief, raar mens. Philip is egocentrisch en vervelend, tegenwoordig totaal in beslag genomen door zijn bamisjwami-sekte.

Loretta vond het bijzonder. „Voor mij is familie heel belangrijk," zei ze. „Paulo en ik zijn allebei geboren in Den Bosch, maar mijn moeder is Surinaamse en ze is acht jaar geleden teruggegaan naar Suriname. Ze heeft erg veel last van reuma en het Nederlandse klimaat deed dat geen goed. Sinds ze in de warmte van Suriname leeft, gaat het veel beter."

Vandaar de sjaal, dacht ik, die koestert ze natuurlijk. „En je vader?"

„Woont in Leeuwarden. Ze zijn al jaren geleden gescheiden, maar ik heb veel en goed contact met hem. Paulo en ik gaan er vaak heen. Omdat we allebei in Den Bosch werken, hebben we samen een flat gehuurd."

„Nou ik." Daphne vertelde over haar familie. „Mijn ouders zijn al bejaard. Ik ben een nakomer. Ik heb drie zussen, neurotisch tot en met, alledrie lopende psychiatrische studieobjecten. Het is een wonder dat ik zo normaal ben."

Daar moesten we allemaal erg om lachen.

Opeens, uit het niks, schoot Joyce terug in mijn gedachten. Zij had hier bij moeten zijn, ze zou ervan genoten hebben.

Lekker lachen om andermans én je eigen rare eigenschappen en de spot drijven met al die hebbelijkheden. Met die uitbarsting van Richard gisteren was er definitief een einde gekomen aan iets wat we jaren hadden gedeeld. En terwijl Chong knipte en kapte, Loretta en Daphne kletsten en ik van mijn koffie dronk, werd ik overvallen door een gevoel van triestheid. Daar konden nieuwe kleren en een ander kapsel niets tegen beginnen. *Bonjour, tristesse.*

„Ze kijken naar je, zie je dat?" fluisterde Daphne en porde trots in mijn ribben.

„Ze kijken naar me omdat ik een blauw oog heb."

„Welnee. Je bent een stuk, met je haren zo! En dat blauwe oog valt niet echt op. We hebben dat toch prachtig weggewerkt?"

Helemaal in het nieuw (kapsel, kleren, schoenen, tas, oorbellen, de hele rataplan, ik moest alles aanhouden van Sandra) stapte ik met de anderen restaurant Chin-How binnen. Dat had Chong ons aangeraden. Het zag er vanbuiten een beetje smoezelig uit, maar het was binnen brandschoon en er hing een leuke sfeer, vooral toen we een briefje van Chong afgaven aan de ober. Hij boog diep, grijnsde toen naar ons en kwam met de lekkerste dingetjes aangesneld.

Ik betrapte mezelf erop dat ik erg vaak op de klok keek. Hoewel het heel gezellig was, dacht ik steeds meer aan Thijs en aan het moment waarop we weer naar huis konden. *Thijs, Thijs, Thijs...* zong een engeltje in mij. „Ik moet even naar het toilet," excuseerde ik me en zocht het damestoilet op. In de spiegel zag ik mezelf en ik kreeg een idee. Met mijn mobieltje maakte ik een foto van mezelf en stuurde die naar Thijs. Ik had al de hele dag geen enkel sms'je ontvangen. Hij was me toch niet nu al vergeten? Daarna belde ik hem. Hij nam niet op. Ik kreeg een standaardvoicemail-bericht en sprak in. „Hoi. Ik mis je. Waar ben je? Je zult je ogen niet kunnen geloven als je ziet waarmee ik straks thuiskom. Kus. Nog eentje. Ik mis je. O, dat heb ik al gezegd. Dag!"

Ik werd helemaal warm toen ik terugliep. Thijs. Oooh, wat zou hij ervan vinden? Zelf was ik dik tevreden, hoewel het wel een beetje vreemd was om mezelf te zien. Lichte strepen waren in mijn haar aangebracht en het was flitsend geknipt, er was een heel stuk af. De krullen waren opeens niet langer meer uitgeplozen touw, maar vielen soepel en natuurlijk langs mijn wangen. Chong had zijn best gedaan en eerlijk is eerlijk: ik was een ander mens. Loretta had niet gelogen, Sandra en Chong hadden me een heel nieuw uiterlijk gegeven. Als Kaz me nu niet zag staan, wist ik het ook niet meer.

Kaz?! Thijs, bedoelde ik natuurlijk!

Huh? Waarom dacht ik nou aan Kaz? Snel schudde ik die gedachte van me af. Wat raar. Nou ja, dat zouden nog wel naweeën zijn van anderhalf jaar idolaat zijn van meneer Van den Berg. Dat kreeg je natuurlijk niet zomaar uit je systeem.

Het eten verliep heel gezellig en daarna sjokten we op ons gemak naar het station. Nog anderhalf uur… dan was ik bij Thijs. Ik dacht aan de nieuwe lingerie die ik had gekocht en voelde het tintelen in mijn buik.

„Wat loop jij te grijnzen?" Betrapt door Loretta.

„Nog even," zei Daphne, „en dan is onze Rozanne verenigd met haar grote liefde!"

„Ach ja, zo werkt dat, hè? C'est l'amour," lachte ik. Totdat mijn mobieltje begon te piepen. Thijs! „Met mij," zei ik trillend en grijnsde stompzinnig naar de twee anderen. Hij is het, gebaarde ik. Ze rolden met hun ogen. Alsof ze dat zelf nog niet begrepen hadden.

„Wat heb je in hemelsnaam met je haar gedaan?"

Teleurstelling golfde als de branding over me heen. „Vind je het niet mooi?"

„Ik krijg een heel rare foto! Heb je het paars geverfd? En het is zo kort!"

„Nee joh! Dat zal wel aan het licht liggen. Het is heel mooi en…"

„Luister eens, Rozy, ik heb geen tijd om te praten. Mijn batterij is bijna leeg en we hebben autopech. We zijn verkeerd gereden en staan hier ergens in een of ander gehucht en we moeten wachten op de wegenwacht. Het gaat nog uren duren." Ik hoorde lawaai en geroep op de achtergrond. „Vanavond gaat niet meer lukken," zei hij. „Ik bel je morgen, goed?"

„Maar…"

„Tot morgen!" En weg was hij.

„Wat is er?" vroeg Loretta die mijn gezicht zag.

„Thijs… hij… hij kan vanavond niet," biechtte ik verslagen op. „Hij heeft autopech."

„Wat?! Hij zit natuurlijk met zijn maten in de kroeg," riep Daphne uit. Grrrr… soms was ze haast onhebbelijk realistisch. Mijn zelfvertrouwen kreeg al heel snel deuken, en zulke opmerkingen hielpen niet.

„Doe niet zo gek," zei Loretta bestraffend en sloeg haar arm om mijn schouders. „Wat jammer voor je. Wat was er? Weet je dat?"

„Nee," zei ik sip, „de batterij was bijna leeg dus hij hield het kort. Hij zei dat ze ergens vaststonden en het zou lang gaan duren."

„Kop op. De avond is nog jong. We gaan naar huis en pakken bij mij een borrel."

Loretta had een leuke flat in het hart van Den Bosch. Aan de muur hingen ingelijste posters van muzikanten en er stond een set bongo's in de hoek van de gang. In de huiskamer hingen gitaren aan de muren en op een standaard in de hoek stonden een trompet en een trombone. Daarnaast een keyboard op een tafel. Paulo zat op de bank te lezen toen we binnenkwamen.

„Ha, broertje. Moet je niet werken?" vroeg Loretta meteen en gooide haar tassen (ze had zelf uiteraard ook de nodige inkopen gedaan) in de hoek van de kamer.

„Jawel, maar het is rustig vanavond. Ik heb oproepdienst," zei hij. „Hallo, Daphne. Hoi, Rozanne. Wat zie je er leuk uit. Nieuw kapsel? Mooie trui heb je aan."

Daphne gaf me een knipoog. Dat was in ieder geval eentje die het zag.

„Hoe is het met je oog?" informeerde Paulo. Hij stond op om wat te drinken voor ons te halen, terwijl Loretta met de glazen in de weer was.

„Goed. Het ziet er niet zo mooi uit, maar het doet geen pijn meer." Hij was erg aardig, vond ik. Daphne keek bewonderend naar hem. Nee, niet bewonderend, ze flirtte openlijk met hem. Ik moest erom lachen. Rare Daphne. Liet nooit een kans voorbij gaan om het te proberen. Paulo lachte haar toe. Net als Loretta vond ik hem supersympathiek. Paulo was heel anders dan mijn eigen broer. Het moest leuk zijn als broer en zus zo hecht met elkaar konden omgaan.

„Wat gebeurde er met jullie in het politiebureau?" vroeg ik opeens. Ik realiseerde me dat ik dat niet eens precies wist, omdat ik veel te veel in beslag was genomen door mijn eigen belevenissen.

„Die agenten trokken een beetje vlug conclusies," zei Paulo bescheiden.

„Wát? Ze waren ongelooflijk onbeschoft tegen jou!" riep Daphne verontwaardigd uit. „En je wilt niet weten waar ze hem voor uitscholden. Ze dachten dat jij door ons was overvallen. Echt hoor, Rooz, ze hebben hem geslagen!"

Wat?!

„Geslagen is een groot woord," wimpelde Paulo het rustig af. „'t Was meer duwen en trekken, de gemoederen raakten een beetje oververhit."

„Hebben ze jou echt zo te grazen genomen?" Ik stond paf. „Noem je dat een beetje oververhit?" Mijn hersens begonnen op topsnelheid te draaien. „Hoe ging dat verder? Vertel eens precies?"

Daphne deed haar mond al open, maar Paulo maakte er met een handgebaar een einde aan. „Het is voorbij, goed? Mensen die zo doen, zijn dom. Niet de moeite waard om je druk over te maken."

Ik greep zijn hand. „Paulo, dit mag niet. Het is strafbaar. Je kunt ze daarvoor aanklagen."

Hij keek me aan, zijn donkere ogen warm en fluwelig als van

126

een hert. Hij glimlachte. „Ik vind het lief dat je het voor me opneemt, maar dat hoeft niet. Zolang mensen reageren als jij, is het in orde."

„Maar dat is het niet!" riep ik uit. „Hoe kun je zoiets zeggen? Ze intimideren je, ze schelden je uit, ze zijn handtastelijk, alleen maar omdat jouw velletje een andere kleur heeft dan het mijne. Dat mag toch niet zomaar?!"

Paulo verraste me. „De agent die mij vastgreep was zelf een Arubaan. Het was gewoon frustratie en naderhand heeft de dienstdoende commandant zijn verontschuldigingen aangeboden. Dat was voor mij genoeg." Hij drukte mijn hand. „Echt. Laat het nou maar, oké?"

Alleen omdat hij het vroeg, schoof ik de woede die ik voelde oplaaien naar de achtergrond. Hoe was het mogelijk! Hij was me te hulp geschoten, wat niet gezegd kon worden van de paar automobilisten die voorbij waren gekomen en alleen maar meewarig naar me hadden gestaard voordat ze vlug verder reden. Allemaal bang voor hun eigen hachje, terwijl er nota bene niet eens sprake was van een knokpartij. Het was een ongeluk en de enige die me te hulp was geschoten, had er klappen door opgelopen.

Toen deed ik iets wat ik niet zo vlug doe. Ik gaf hem spontaan een kus en kreeg meteen een kop als een boei. „Dankjewel," zei ik niettemin oprecht. „Ik vind het erg lief dat je me hielp."

Loretta had het heel druk met de kurk van de wijnfles en Daphne bladerde zeer geconcentreerd in de Cosmopolitan.

Paulo, die niet mocht drinken omdat hij oproepdienst had, bracht me naar huis. Ik wilde hem betalen, maar hij sloeg het vriendelijk, maar beslist af. „Nee, dat hoeft niet. Ik moet toch die kant op."

„Maar de benzine dan?"

„Dat zit wel goed. Heus, het is een ritje van het huis."

„Fijn." Ik knikte erkentelijk. Net als bij zijn zus voelde ik me bij Paulo op mijn gemak. Het gesprek was ongedwongen. „Zeg

Paulo, dat bandje waar je het laatst over had? Dat *Black &* *White*? Mag ik een keertje mee als dat weer moet optreden?"

„Natuurlijk. Je bent van harte welkom."

„Wat doet Loretta ook al weer? Zingen?'"

„Ja. Heel goed, ook nog. En ze speelt piano of keyboard."

„En de andere instrumenten die bij jullie thuis staan? Wie speelt die?"

„Ik," zei hij en keek over zijn schouder of hij kon invoegen. „Ik ben een blazer, ik speel trompet en trombone. Al heel lang, meer dan vijftien jaar."

Ik dacht aan de instrumenten in hun huiskamer. „Mogen jullie thuis spelen? Ik geloof dat ze in mijn flat een hartaanval zouden krijgen als ik daar muziek ging zitten maken."

Paulo lachte en sloeg een straat in. „We spelen niet in de huiskamer. Behalve op het keyboard, daar zit een koptelefoon bij. En die sluit Loretta aan op de computer, om wat te proberen. Eén van de slaapkamers hebben we geïsoleerd, het valt erg mee met het lawaai. Zo, je bent er."

„Ik zou je wel een slaapmutsje willen aanbieden," begon ik, „maar dat is natuurlijk heel raar om te zeggen tegen een taxi-chauffeur die nu moet beginnen."

Glimlachend schudde hij zijn hoofd. „Ik hou het wel van je tegoed. Maar nu moet ik je er echt uitgooien, anders heb ik straks een AC."

„AC?"

„Angry Client. Zo wordt dat bij ons genoemd, een boze klant. BK kan ook, maar dat deed te veel denken aan een pannenset." Hij trok een gek gezicht, we lachten en ik stapte uit.

„Bedankt, Paulo! Alweer!"

„Niks te danken," riep hij door het open raampje en ik keek de achterlichten van de verdwijnende auto na.

Binnen knipperde in het duister van mijn onverlichte flatje het lampje van mijn antwoordapparaat als een rood baken in de nacht. Thijs? Joyce? „Met euh…" Er klonk een korte klik en daarna volgde het bekende tuut-tuut-tuut. Ik plofte neer op de bank. Geen Thijs. Geen berichtje van Joyce. Alleen maar een vergissing van een of andere mafkees die zo schrok dat hij meteen maar opgooide. Voor de vierhonderdtweeënvijftigste keer die dag controleerde ik mijn mobieltje, op gemiste oproepen of sms'jes.

Niets.

Hoofdstuk 11

„Zo," riep Marcia bewonderend toen ik maandagochtend binnen kwam lopen en ik strekte trots mijn rug. Jawel, de nieuwe coupe en outfit wierpen meteen vruchten af. „Wat een blauw oog!"

Wel verd… Stomme leeghoofdige trut. „Moet jij niet een paar nagels vijlen?" vroeg ik bits en stiefelde langs haar heen naar mijn werkplek, die gelukkig een etage hoger lag.

Ze keek me na en riep: „Leuk haar. Wanneer maken ze het af?" Ik dacht aan Paulo. *Sommige mensen zijn het niet waard,* zei hij gisteren en ik hield mezelf voor dat dat een heel goeie benadering was van alle Marcia's in de wereld.

Van Loretta kreeg ik een kneepje in mijn arm. Ze had, net als ik, haar nieuwe kleren aan, maar omdat ze altijd van die fleurige dingen droeg, was dat niet zo opvallend als bij mij. Franco kwam langs (hij liep echt met zijn mond open en wreef over zijn kin alsof zijn speekselklieren overproduceerden, de viespeuk) en zei op zijn gluiperige manier dat ik er opvallend uitzag. Zijn ogen gleden werkelijk over mijn lichaam, bleven zo'n beetje ter hoogte van mijn decolleté even hangen en gingen daarna weer verder. Dat ik een blauw oog had, viel blijkbaar minder op dan de fraaie hanger die ik om had, en waardoor hij een excuus had om omlaag te kijken. Ik gromde iets onduidelijks en boog me verder over mijn werk.

„Psst, Rozanne, heb je nog iets van Thijs gehoord?" Loretta kwam vlug even langs voordat ze aan de slag moest.

„Ik had hem vanmorgen aan de lijn," zei ik en probeerde niet al te gelukzalig te kijken. Het gesprek van vanochtend was het lekkerste van het hele ontbijt. Thijs was zelfs nog heel even langsgekomen om een kusje te stelen. Het was kort en heftig, hij was nog geen vijf minuten binnen, maar die zoen deed een heleboel goed. Wat een heerlijk begin van de dag. „Hij was pas vannacht thuis en wilde me niet meer bellen omdat ik al zou slapen."

„Goed zo. Wat zei hij van je haren en je kleren?"

„Nog niks. Hij heeft het nog niet gezien, want ik had een handdoek om mijn hoofd en een badjas aan omdat ik net uit de douche kwam. Straks ga ik mezelf in een kastanjebruine vamp veranderen en dan ziet hij het vanzelf." Ik zei maar niet dat hij gisteren nogal vreemd reageerde toen hij mijn zelfgemaakte foto via mijn mobieltje zag. Trouwens, dat kwam alleen omdat de foto niet zo goed was en hij dacht dat mijn haar paars was. Dat was de schuld van het slechte licht. Stom licht in toiletten: of het was zo fel dat je veel te veel blusher opdeed en met clownswangen uit het toilet stapte, of het was zo povertjes verlicht dat de eyeliner in je oog kwam, in plaats van erboven.

„Wat heb je afgesproken?"

„*Tonight, tonight*," zong ik uit West Side Story. Loretta lachte. „Sorry, ik kan niet zo goed zingen als jij."

„Waarom heb je je blauwe oog niet wat meer weggewerkt?"

„Omdat, als het niet zo duidelijk is als nu, ik anders te horen krijg van Gloria dat ik te ziek was om te komen werken, maar wel naar de kapper kon. Koren op haar molen!"

Ze knikte met een lachje. „Heel goed. Dat is het betere denkwerk."

Al vlug was ik verzonken in mijn werk en de tijd vloog zoals gewoonlijk voorbij, totdat de telefoon me deed opschrikken. Het was Marcia, de nagelspecialist. „Er is een bestelling voor je," zei ze en ik hoorde aan haar stem dat het niet een proefpakket papier of een spindel cd'tjes was. „Kom je het even halen?" Dus liep ik naar beneden, merkte onderweg tot mijn verbazing dat het al half twaalf was en zag toen een werkelijk prachtig boeket rode rozen klaarliggen op de balie. Ach! Die Thijs! Wat een schat was het toch. Bij verstek liet hij toch van zich spreken door deze bloemen. Bloemen houden van mensen. Rozanne houdt van Thijs. Jippie!

„Voor mij?" deed ik heel onschuldig.

„Ja, voor jou. Anders zou ik jou toch niet bellen?" Ze klonk net iets minder snibbig en iets nieuwsgieriger dan gebruikelijk. Er zat een kaartje in een envelopje, dat netjes was dichtgeplakt, ik zou er iets om durven verwedden dat ze anders snel even had gekeken waar het vandaan kwam. De bezorger van de bloemen vroeg of ik een krabbeltje wilde zetten. Zwierig voldeed ik aan zijn verzoek en met het boeket in mijn armen liep ik de trap op naar boven.

„Zozo!" riepen mensen op de afdeling en: „Daar komt de aap uit de mouw. Blauw oog, maar nieuwe kleren én mooi gekapt, er is liefde in het spel!"

Om te zeggen dat ik nog kon lopen, zou de waarheid geweld aandoen. Ik zweefde haast naar mijn plaats en trok haastig en nieuwsgierig het kaartje uit de kleine envelop. Het scheelde niks of ik had het in twee stukken gescheurd.

Nee hè! Nee hè! De bloemen waren niet van Thijs. Op het kaartje stond: Het is echte liefde. J. Het handschrift, die typische staart aan de J... Jeffrey. Ik sloeg mijn hand voor mijn mond. Wat moest ik hier nou mee? Echte liefde? Die jongen wist niet eens wat echte liefde was.

Ik belde Loretta, die meehielp op de administratie en niet had gezien dat ik naar beneden was geweest. „Help," fluisterde ik en hoopte dat Martin of Franco het niet zou horen, „ik heb een bos rozen en een liefdesverklaring van Jeffrey gekregen."

„Wacht even. Ik moet net iets komen afgeven," zei ze meteen en stond een halve minuut later met een arm vol dossiers bij mijn bureau. „Wat is er? Zo, wat een boeket! Van Jeffrey?"

„Wat moet ik daar nou mee?" vroeg ik een beetje wanhopig.

„Gewoon in een vaas zetten. Stop het kaartje in je tas, en als iemand vraagt van wie ze zijn, zeg je gewoon dat ze van Jeffrey komen, en als ze dan nog doorvragen, zeg je dat je ze hebt gekregen als bedankje voor je hulp van de afgelopen week. Dan kun je ze hier laten staan en krijg je geen rare blikken van Thijs."

Leve vrouwenlogica. Daar was geen speld tussen te krijgen.

Dus haalde ik een vaas met water, schikte de bloemen en zette ze op de kast naast mijn bureau. Ik probeerde weer de draad van mijn werk op te pakken, hoewel dat niet meeviel met het beeld van Jeffrey & Echte Liefde voor ogen, maar na een tijd vergat ik de bloemen en de ex-stagiaire en verdiepte ik me in een set ondoorgrondelijke specificaties voor een advertentie.

„Wel wel. Wat een mooie bos bloemen. En een nieuw kap... wow. Je oog. Wat is er met jou gebeurd?"

Thijs of geen Thijs: ik kreeg iedere keer weer steevast een droge mond als ik Kaz zag. Vanochtend zag de bedrijfsknapperd er weer zeer aantrekkelijk uit, met een sportief bloesje en een nonchalante spijkerbroek aangenaam strak om zijn fraaie billen. Hij was ook naar de kapper geweest, zijn haar viel soepel en zag er gezond uit en ik moest me bedwingen om het niet even aan te raken.

„Softbalongelukje. In het heetst van de strijd," maakte ik ervan. De waarheid was ondertussen al zoveel geweld aan gedaan dat ik me niet meer druk maakte om een leugentje meer of minder. Een leugentje om bestwil, wel te verstaan.

„Wauw, een oorlogswond?"

„Zoiets."

„Heb je gewonnen?"

„Yep. Het winnende punt, dankzij dit oog." Had hij niet gemerkt dat ik er vrijdag niet was?

„Wanneer is dat gebeurd?"

„Donderdag. Heb je me niet gemist dan?" voegde ik luchtigjes toe. Hij hapte meteen.

„Ik was vrijdag vrij. Doet het pijn?"

„Niet meer." Hoor je hoe cool ik klonk? Alsof ik regelmatig een oorlogswond opliep en er zelf niet zoveel waarde aan hechtte.

„Hoe lang moet dat nog blijven zitten? Zitten er hechtingen in?"

„Twee. En die riedel zwaluwstaartjes. Die mogen er morgen af, de hechtingen donderdag."

Hij kneep zijn ogen een beetje dicht, alsof hij me probeerde te doorgronden. „Ik zie nog iets aan je. Je haar? Of lijkt dat maar zo vanwege dat oog?"

Hoe fijnbesnaard zijn mannen soms toch. Heb je een ander kapsel of lijkt dat alleen maar zo omdat je oog pimpelpaars is? Terwijl er nota bene twintig centimeter af was? En krullen in plaats van pluizen, én lichte lokken? Maar ik antwoordde braaf: „Nee, je ziet het goed. Gisteren geknipt."

Hij stond nog steeds peinzend naar me te kijken. „Er is iets met je aan de hand. Heb je..."

Telefoon. „Ogenblikje," zei ik.

„Hallo beauty," kwam een bekende stem. Thijs!

„Hai!" Ik wees naar de hoorn, legde mijn hand erover en zei zachtjes tegen Kaz: „Mijn vriend." Wat klonk dat toch goed. Kaz grinnikte bedaard en slenterde naar de bloemen. Hij probeerde natuurlijk een kaartje te ontdekken, de smiecht. Ik kletste met Thijs, vergat Kaz (maar niet volledig, dat is als vragen om een been af te zagen) en we kletsten een beetje zwammerig over niks. Waar praten verliefden over? Nergens over, toch? Hoe gaat het? Wat doe je? Wanneer zie ik je? Wat heb je voor geurtje op? Enzovoort. Maar ik kon er probleemloos twintig minuten mee vullen. „Tot vanavond," wat het laatste wat hij zei.

„Nog vijf uurtjes," vulde ik aan. Kaz was teruggelopen naar zijn plekje en ik hing blij op. Meteen ging de telefoon weer. Kaz.

„Vertel op. Heb je een vriend?"

„Jazeker."

„Vandaar die mooie kleren." Ik lachte zachtjes. Het was leuk om te horen dat Kaz opeens interesse in mij had. „Van wie zijn die bloemen?" vroeg hij.

„Van Jeffrey." Ik zuchtte gelukkig en dacht aan Thijs.

„Jeffrey?"

„Ja, de stagiaire die hier vorige week meeliep."

„Ik weet wie het is," zei hij kortaf en hing toen op.

Precies kan ik het gevoel niet omschrijven, maar ik verkeerde in een soort hoerastemming gedurende de rest van de dag. Tot vier uur. „Met Rozanne," toeterde ik opgewekt toen de telefoon ging. Nog een uurtje, nog een uurtje...

„Gloria. (Niet: hallo Rozanne, wat leuk dat je er weer bent en hoe gaat het met je en heb je nog veel last van je oog en denk je dat een fruitmandje nog welkom is? Maar bats boem: Gloria!

Jawohl Mein Herr!) Ik hoorde van Marcia dat je er weer bent. Mooi. Om vijf uur beneden alsjeblieft."

Vijf uur? Vijf uur? Licht paniekerig begon ik in mijn geheugen te graven. Vandaag... maandag... 13 maart... Snel klikte ik op mijn scherm door allerlei openstaande vensters tot ik mijn *To Do*-lijst voor ogen kreeg en daar stond het, met grote rode letters bovenaan: 17.30 afspraak met Gertjan Eerbeek, Rode Lantaarn, PNA: Potentieel Nieuw Account. Oftwel: een klant die we moesten paaien. Vriendje moest wijken voor een zakelijk diner!

„Rozanne?"

„Euh... ja. Half zes zei je?"

„Néé," Gloria kon zo scherp als sambal zijn, „vijf uur, zei ik. Hou wel een beetje je hoofd erbij, ja? Het is een flink account dat we binnen gaan halen. Ik verwacht je op je best, ja?"

Shit. Dju. Merde. Zut! In gedachten schold ik mezelf de huid vol in alle beschikbare talen. Hoe kon ik dat nou vergeten? Verblind door de liefde, kwetterde een irritant vogeltje op mijn schouder. „Vijf uur," zei ik kort en Gloria hing meteen op.

„Shit!" riep ik knetterend. Zo luidruchtig dat Martin, die net langs kwam lopen, boven mijn beeldscherm verscheen en hardop lachte.

„Gaat het niet zoals je wilt?"

„De Barracuda gaat op jacht," gromde ik, „en ik moet mee. Zal ik hoofdpijn veinzen?"

„Bij Gloria? Lijkt me geen goed idee."

Hoe moest ik dit aanpakken? Thijs bellen en zeggen dat ik moest werken? Punt. Recht voor zijn raap. Maar ik wilde niet recht voor zijn raap zijn, ik wilde zwijmelen en mekkeren dat ik zo zielig en hij zo zalig was en dat soort vreselijke taal. In plaats van Thijs te bellen, logde ik snel in op msn en stuurde Daphne een berichtje. Ze was online, maar had zich op afwezig gezet, dus ik deed een schietgebedje dat ze wel aan de pc zat, en ik kreeg gelukkig direct een berichtje terug.

Problemos, muchos problemos!

What's up, chica?

Moet uit eten met pot.

Met *wie?*

Potentiële klant.

So what?

Heb afspraak met sexbom!

Kaz?

Thijs, ja!

O shit. Problemos dus.

Hoe moet ik dat brengen?

Bellen. Meteen. Nu.

Durf niet.

Hoe langer je wacht, hoe moeilijker.

Wat zal T zeggen?

Jammer en ik hou van je.

Niet. Hij maakt het vast uit.

Doe niet achterlijk. Heb je toch ook niet gedaan gisteravond?

Baal baal baal in het kwadraat!

Ik moet stoppen. D uit. En weg was ze.

Ik dacht nog tien tellen na. Toen greep ik mijn mobieltje, dook het naar schoonmaakmiddelen en chloor ruikende damestoilet in en draaide de deur op slot. *Hij is er niet*, hoopte ik, dan kan ik zijn voicemail inspreken. *Hij is er niet hij is er niet…*

„Met Thijs. Wat is er, schoonheid? Kun je me nu al niet meer missen?"

„Thijs…" ik kneep zo hard in het mobieltje dat de firma Nokia haast een nieuwe ringtoon kreeg, „ik kan vanavond niet. Ik moet werken. Met een klant mee uit eten." Zo. Dat was eruit. Een beetje snel en een beetje zachtjes misschien, maar het moeilijkste was achter de rug.

„Wat zeg je? Ik kon je niet verstaan. Het is hier nogal lawaaierig." Grrr. Dunnetjes herhaalde ik wat ik gezegd had en kromp in elkaar. Zacht hoorde ik hem lachen. „Wat is er? Sta je in de wc of zo? Het klinkt zo hol."

Hoe raadde hij het zo. „Ik wilde… het is nogal lawaaierig hier." Fout! Dat had hij net zelf gezegd. Vlug vervolgde ik:

„Ik bedoel, de muren hebben hier oren."

Nu lachte hij hardop en heel smakelijk. „O, Rozy. Wat ben je toch een heerlijke vrouw. Denk je dat ik je hoofd er aftrek of zo? Ik kon gisteren toch ook niet? Zulke dingen gebeuren. Bel me als je thuis bent."

Opgelucht liet ik mijn adem schieten. „Goed. Ben je niet boos?"

„Nee, gekkie. Ik had die nieuwe coupe van je wel eens willen zien, maar dat stellen we uit tot morgen. Ga jij nou maar met die klant eten, dan spreken we elkaar als je thuis bent. Bel me halverwege een keer, dan weet ik hoe het gaat. Ik zal wachten op je telefoontje."

„Doe ik. Dag!"

„Ophangen jij. Aan het werk," zei Thijs vrolijk en hing op.

Uitgelaten stak ik, als een overwinnaar van een wedstrijd, mijn handen in de lucht, in dat smalle hokje. Wat een man! Precies wat ik had gezegd: lief en zorgzaam en hij hield rekening met mij blablabla…

De mouw van mijn nieuwe zwarte jasje bleef achter het kledinghaakje aan de deur vastzitten en mijn arm kwam abrupt tot stilstand in de lucht. Door de schok schoot mijn mobieltje uit mijn hand en vloog, snel als een pelikaan die naar vis duikt op zee, de toiletpot in. Verbijsterd keek ik naar mijn telefoon die keurig op de bodem van het diepspoeltoilet lag. Nee, hè! Onvoorstelbaar! Hoe kreeg ik het toch voor mekaar? Iek! Pleeduiken! Niet nadenken, het toilet was net schoongemaakt, er was nog niemand geweest sindsdien, de vloeren glansden nog van het dweilen, dus het was schoon, niet nadenken, doen, niet nadenken, doen… doen… 1 – 2 – 3! Nú! Ik kneep mijn ogen dicht, mijn lippen stijf op elkaar en stak snel mijn hand in het koude water. Mijn vingers vonden het apparaat en met een ruk, bijna kokhalzend, trok ik de drenkeling uit het water.

Daar stond ik, in het damestoilet, met een druipende Nokia.

Richard, Joyces man sloeg me wederom figuurlijk in mijn gezicht. Hij had gelijk, ik was gewoon een wandelende rampenattractie. Was dit een voorbode van een neerwaartse spiraal waar ik in verzeild was geraakt? Negatieve lotsbestemming? Slecht spiraalvormig karma? Bestond dat? Zo niet, dan had ik het uitgevonden. Op het damestoilet van Ginrooij, met mijn mobiel als katalysator.

Hoofdstuk 12

De Rode Lantaarn was een gezellige eettent. Informeel en uitstekend geschikt voor zowel zaken als romantische etentjes, want er waren aparte nisjes waar je rustig en privé kon eten en praten. Het was een van Ginrooijs favoriete bestemmingen om een potentiële klant mee naartoe te nemen. Daarbij was het eten prima en de rekeningen waren heel acceptabel.

Gertjan Eerbeek had ik wel eens eerder ontmoet, maar niet echt gesproken. Hij was een bedachtzame veertiger, een beetje te dik, met grijze strepen door dunner wordend haar. Ik wist niet zo goed wat ik aan hem had, maar na de eerste formaliteiten en wat wijn liet hij zijn formele houding wat varen. Gloria dweepte schaamteloos met hem. Niet met hem, maar met zijn geld, alleen wist ze dat heel goed te verbergen achter haar gekir en gekoer als een verliefde duif. Ik ben niet helemaal objectief, dat weet ik best. Gloria is niet voor niks Account Manager. Ze kan mannen om haar vinger winden en ze is ook nog eens heel slim. Onmisbare eigenschappen voor dames die naar de top willen.

Meneer Eerbeek vroeg me wat ik zou aanraden en enthousiast wees ik hem op de uitstekende visgerechten die hier geserveerd werden. „De rode poon met lente-uitjes is verrukkelijk," vertelde ik en ik werd steeds enthousiaster toen hij doorvroeg over de vis. Vis is mijn favoriete eten. „De zalmforel is ook heel lekker, vooral in combinatie met de witte wijnsaus."

„Houdt u van vis, mevrouw Baccarat?" vroeg hij aan Gloria.

„Niet echt. Ik heb altijd wat moeite met de graten."

„O," zei ik geestdriftig, „dan heb je niet het juiste bestek. Het is gewoon een trucje. Met een vismes kun je heel goed graatloos de vis schoon krijgen. Of je neemt filet, daar zitten alleen maar zachte graatjes in."

Gloria keek me woedend aan. „Geen vis voor mij, dank je," zei ze met uiterste zelfbeheersing.

„Ik ga af op het advies van mevrouw Stam," zei meneer Eerbeek opgewekt en gaf zijn bestelling door aan de ober. „Doet u mij de zalmforel maar."

Naarmate het diner vorderde, merkte ik dat hij steeds meer met mij praatte en steeds minder met Gloria. Die deed aanvankelijk wat zuur, maar ze is zakelijk genoeg om te zien dat het geld ook wel eens via een andere weg haar richting op kan komen en dus liet ze het knarsetandend toe. Leuk voor mij. Meneer Eerbeek bleek een innemende man te zijn. Net als ik hield hij van lekker eten. Hij klopte op zijn buik. „Ik heb alleen wat last van een welvaartsbuikje," zei hij spijtig.

„Mag ik wat van u? Ik eet als een beer voor de winterslaap en er komt niets aan," antwoordde ik en daar moest hij vreselijk om lachen.

„Zeg maar Gertjan." Gloria tikte mijn voet aan onder de tafel. Als een klant vond dat je hem bij de voornaam mocht noemen, ging het goed. Tadaa! Eén punt voor *me, myself and I*. Hij bood me de schaal frietjes aan en nam daarna zelf ook. Gloria prikte wat in haar rode bietjes. „Mag ik vragen wat er met je gebeurd is?" vroeg hij beleefd en knikte naar mijn gezicht. „Zo te zien is dat nog een redelijk verse blessure."

„Een ongelukje tijdens een softbalwedstrijd. Mijn wenkbrauw sprong open en het bloedde zo dat er een paar hechtingen in moesten." Een mens is toch zeer interessant met een opvallende verwonding. Het was in ieder geval stof tot gesprek.

Meneer Eerbeek trok een wenkbrauw omhoog. „Softbal? Ik heb zelf jaren gehonkbald." Het tweede punt was in zicht! We raakten in een geanimeerd gesprek over onze sport en Gloria wist warempel af en toe een geïnteresseerd knikje voort te brengen. Langzaam leidde ze het gesprek in de richting van zaken en ik herkende de hint voor wat het was en besloot even het toilet op te zoeken. Even plassen. Kon ik meteen even naar Thijs bellen. Met de uitvoerig ontsmette en schoongeschrobde telefoon.

Pfoei. Mijn broek zat strak van het vele eten. Ik hees hem op en had opeens de knoop van mijn broek in mijn hand. Hè! Het lusje waar het knoopsgat inzat, stond naar voren, waardoor het leek of er een alien in mijn buik woonde. Dan maar het shirt over mijn broek en het sexy jasje onderaan dicht. Zo ging het wel. Het viel niet op. Ik trok nog een keertje aan mijn broek, hij zakte wel een beetje af zo.

Thijs bellen. Ik pakte mijn telefoon uit mijn handtas en zag het meteen: hij deed het niet. Geen signaal, geen bereik. Ik zette hem een keertje uit en weer aan. Een zwak lichtje gloeide even op, een fel flitsje was op het display te zien en daarna viel de telefoon definitief uit. Er klonk een vreemd geluid toen ik ermee schudde. Dat was niet best. Sneeuwbollen maakten ook zo'n geluid. „Shit! Kaduuk!" Balend stak ik het mobieltje terug in mijn tas. Dat dat ding kapot was, vond ik al vervelend zat, maar dat ik Thijs niet kon bellen, vond ik het ergste. En ik kon niet eens een sms naar Daphne of Loretta sturen! Ik gluurde naar binnen en zag een telefoon op de bar staan. Dan maar daar even bellen. Gloria en Eerbeek waren druk in gesprek verwikkeld en ze liet hem dingen zien uit een presentatiemap, dus die twee hadden toch geen oog voor mij. Snel liep ik naar de bar. „Kan ik even van uw telefoon gebruiken maken?"

„Jazeker," zei de barman en duwde het ding over de bar naar me toe. Ik wilde Thijs bellen, maar besefte tot mijn schrik dat ik zijn nummer helemaal niet wist. Dat was allemaal de schuld van geheugen- en voorkeuzenummers! Je belde een keer met iemand, sloeg dat nummer op en vergat het voor de eeuwigheid omdat het toch op de sim-kaart opgeslagen stond. Shit shit shit. En Thijs zou nog wel voor me thuisblijven!

„Hebt u een telefoonboek?"

„Nee, daar kan ik u niet aan helpen," zei hij en tapte vier bier die hij meteen wegbracht naar de andere kant van de bar. Nog meer shit.

Daphne dan. Haar nummer kende ik wel uit mijn hoofd. Na drie keer nam ze op. „Met mij," zei ik haastig.

„Huh? Waar bel jij nou vandaan? Wat is dat voor een nummer?"

„Ik sta in de Rode Lantaarn, mijn mobiel is stuk en ik zou Thijs bellen. Alleen heb ik zijn nummer niet. Hij zit te smachten naar mijn telefoontje. Wil jij…'

Ik draaide me tijdens mijn verhaal om en keek recht in het gezicht van... Gertjan Eerbeek, die bij de barman wat te drinken kwam halen. „Jij nog iets?" vroeg hij met een lachje. „We nemen een borreltje op de goede afloop."

Betrapt als ik me voelde (vooral om dat smachten), kreeg ik een kleur en knikte. „Een colaatje dan. Ik moet rijden."

„Rozanne?" Dat was Daphne.

„Een cola erbij," zei Gertjan Eerbeek tegen de barman, die met flair een nieuw glas vulde.

„Ik kom eraan," zei ik schor. Tegen Daphne ging ik vlug verder: „Wil jij hem even bellen? Zeggen dat ik bel als ik thuis ben? Hij staat in het telefoonboek, maar dat hebben ze hier niet."

„Doe ik. Alles goed daar?"

„Ja. Ik moet gaan, dág!" Snel trok ik mijn jasje recht, sjorde mijn broek wat omhoog en liep terug naar het tafeltje waar Gertjan en Gloria al zaten te wachten op mijn terugkeer, de eerste duidelijk met zichtbaar genoegen, de tweede met onmiskenbaar ongeduld. Net toen ik aanschoof, ging Eerbeeks telefoon, en hij verontschuldigde zich even, verliet de tafel en werkte buiten gehoorafstand het gesprek af.

„Mag ik je eraan herinneren dat we hier zijn om te werken? Als je iemand wilt bellen, doe je dat in je eigen tijd. Was het werkelijk nodig?"

Nou ja zeg. Eigen tijd? Ik kreeg dit toch niet doorbetaald? „Ja, het was nodig," zei ik kort. Ze wachtte op een uitleg die niet kwam en deed bits.

„Kun je dan in het vervolg bellen buiten zicht? Besef je wel hoe onbeschoft het overkomt dat jij staat te bellen terwijl wij de klant hebben uitgenodigd?" Ik slikte een antwoord weg. Ze zou toch het laatste woord hebben, altijd. Voor ik iets kon bedenken om haar de mond te snoeren, stond Eerbeek weer naast de tafel.

„Mijn excuses," zei hij hoffelijk voor hij ging zitten, „soms zijn privé-zaken niet tegen te houden. Ik moet helaas een eind maken aan dit gezellig samenzijn. Telefonie is soms een vloek, nietwaar, Rozanne? Heb je geen mobiele telefoon?"

Gloria keek me aan met een blik die het hield tussen triomfantelijk en geërgerd. Eerbeek doelde natuurlijk op dat gesprekje van zojuist. „Niet meer," zei ik eerlijk, „ik heb mijn Nokia vanmiddag in het toilet laten vallen en hij is verdronken." Gloria werd vuurrood en ik nam snel een slokje van mijn cola. „Hij doet het niet meer," zei ik er zwakjes achteraan, maar de schade was uiteraard al toegebracht. Ik ook altijd met mijn stomme opmerkingen.

Gertjan Eerbeek was een ogenblik met stomheid geslagen, toen begon hij bulderend te lachen. Hij lag werkelijk dubbel van het lachen, kreeg een knalrood gezicht en sloeg zich op zijn dijen. Het was zo aanstekelijk, dat ik mee begon te lachen en na een paar minuten hadden we de grootste lol. Op het gezicht van de Barracuda verscheen warempel een grimas. „Hè, hè…" Gertjan zuchtte diep toen we eindelijk uitgelachen waren, „was dat even lachen."

Ik veegde voorzichtig de tranen van mijn wangen. „Het was niet grappig bedoeld, hoor."

„Daarom was het zo leuk," zei hij joviaal en boog zich iets naar me toe. „Misschien moet je even in de spiegel kijken. Je mascara is een beetje uitgelopen van de tranen." Normaal gesproken zou ik me direct heel opgelaten hebben gevoeld, maar Eerbeek deed zo makkelijk en ongedwongen dat ik meteen overeind kwam om wederom een bezoekje aan het damestoilet te brengen.

Ach. Als het fout gaat, gaat het ook helemaal fout. Weet je nog van de knoop? Terwijl ik overeind kwam, zakte mijn broek onverbiddelijk naar beneden. Opeens lag hij ter hoogte van mijn knieën, slobberde op mijn laarzen en bleef daar liggen. Ik stond letterlijk… in mijn onderbroek.

„Hoe krijg je het voor mekaar!" Gloria trok me aan mijn arm mee naar de parkeergarage, terwijl ik alle mogelijke moeite moest doen om mijn broek, waarvan de rits een eigen leven leidde zonder de knoop, omhoog te houden. „Dat hele account kunnen we nu wel op onze buik schrijven. Maar jij gaat uitleggen aan Jan Ginrooij waarom het mislukt is. Ik heb nog nooit, ik zeg je, nog nooit, van mijn leven zo'n gênante situatie meegemaakt!" Haar naaldhakken maakten ketsgeluiden op de betonnen vloer van de parkeergarage en echoden als geweerschoten naar me terug. „Je bent rampzalig! Een loslopende idioot! Eerst verschijn je met een blauw oog op kantoor, dan vergeet je haast de afspraak en vervolgens zet je zo'n... zo'n... schandalige vertoning neer!"

„Het overkomt jou toch niet! Ik sta voor gek, hoor!"

„Wat denk je nou? Dat ik me niet ongemakkelijk voel bij wat er gebeurt? Ik moet boeten voor jou gestuntel! Maar dit was de laatste keer, Rozanne Stam. Je denkt toch niet dat ik nog met jou samen naar een klant wil? Ik vertik het om voor jou de kastanjes uit het vuur te halen. Je gaat zelf aan Jan opbiechten wat er gebeurd is. Morgen lever jij bij mij een ondertekende brief in waarin je precies weergeeft wat er gebeurd is, en laat ik niet merken dat het anders is dan wat er hier is voorgevallen. Anders lap ik je er zelf bij!"

Ze deed net of ik een misdaad had begaan. „Je overdrijft." Het bekende, onaangename trillen kwam weer opzetten. „Trouwens, Gertjan Eerbeek deed er helemaal niet moeilijk over." Nee, natuurlijk niet. Hij lachte alleen maar nog harder dan daarvoor, terwijl ik mijn broek ophees en wenste dat ik ter plekke kon emigreren.

„Ik moet weg," zei hij hikkend, „maar ik zal deze avond niet licht vergeten." Hij schudde Gloria (die gevaarlijk dicht bij het kookpunt kwam) en mij snel de hand en was binnen een minuut vertrokken. Ik hoorde hem nog smakelijk lachen toen hij naar buiten liep. Nu stond ik hier, vlak bij mijn koekblik op wieltjes en Gloria's dure auto en kreeg de wind van voren.

„Overdrijven? Overdrijven? Ik heb nog nooit een klant zo snel een meeting zien verlaten." Ze beende naar haar auto, stapte in en voordat ze het portier dichttrok, kreeg ik nog een laatste veeg uit de pan. „En maak je gezicht schoon. Dat blauwe oog is gewoon nep, een smoes om vrijdag vrij te hebben zonder uren ervoor te hoeven inleveren. Wel naar de kapper, niet naar het werk? Dat gaat er bij mij niet in."

Bam. Deur dicht. Piepende banden. Exit Gloria.

Ik wist niet meer wat ik moest doen. Van Gloria trok ik me niks aan, die kon me gestolen worden, maar het geheel aan beschamende gebeurtenissen was niet zo best voor mijn zelfvertrouwen. Ik kon niet eens iemand bellen! Daphne zou Thijs gebeld hebben, van haar kon ik op aan, zonder meer. Wat nu te doen? Een hele rits gezichten kwam in me op: Daphne en Thijs, Loretta en Paulo, Kaz, Joyce, Richard, Jeffrey, Gloria, Gertjan en een hele hoop mensen uit mijn omgeving, allemaal mensen waar ik mee te maken had en die op het moment niets voor me konden doen. Ik zat zelf in de misère en moest het ook zelf opknappen.

Ik ging op het randje van een opstapje zitten, sloeg mijn armen om mijn knieën en liet mijn kin op mijn gevouwen handen rusten. Hoe lang ik daar zat, wist ik niet, maar opeens stond er een jongetje met een snottebel naast me. Zoals alleen kinderen dat kunnen doen, staarde hij me ongegeneerd aan. „Dag," zei ik somber. „Kom maar niet dichterbij. Ik trek het ongeluk aan."

„Ik heb een vieze neus," deelde hij een beetje overbodig mee.

„Ik zie het."

„Heb je een zaddoek?"

Uit mijn tas haalde ik een pakje zakdoekjes en gaf er eentje aan hem. Hij veegde zijn neus onhandig af en een dunne, glimmende streep liep nu vanonder zijn neus tot halverwege zijn wang. Tot zover ging mijn bijdrage. Zijn mama mocht dat wegwerken. „Wat heb je daar?" Hij wees naar mijn gezicht.

„Een blauw oog." Ik ben niet zo goed met kinderen. Had ik moeten zeggen dat ik daar au had?

„Doet dat pijn?" vroeg hij.

„Een beetje."

„Waarom heb je dat?"

„Ik ben gevallen."

„Ik ben ook wel eens gevallen. Toen was mijn knie kapot."

Hij maakte geen aanstalten om te vertrekken.

Dus vroeg ik: „En wat deed je toen?"

„Ik moest heel erg huilen. Toen kreeg ik een kus van mama. En een Lange Jan. Toen was het over." Ik grinnikte. Een kus en een Lange Jan. Wat was nou weer een Lange Jan? Een koekje? Een rode dropveter? „Wil jij mijn Lange Jan?"

„Ik weet niet wat dat is," bekende ik.

Uit zijn broekzak haalde hij een gescheurd papiertje met daarin iets wat eruitzag als een platgeslagen, witte Fruitella die door een mangel was gegaan. Zo rook het ook. Er zaten bijtafdrukken aan één kant. Hij stak zijn hand naar me uit. „Voor jou." Hij keek heel ernstig.

Opeens was ik ontroerd door dat kleine ventje, dat me zomaar troost bood, zonder er iets voor terug te vragen. „Dankjewel. Vind je het goed als ik het bewaar?"

Hij knikte. „Voor als het nog meer pijn doet."

„Sven! Waar ben je? Sven, o!"

Zijn moeder, tassen van dure modewinkels aan haar armen, stond opeens voor ons en dacht waarschijnlijk dat ik een kinderlokker was. Ze greep de kleine jongen bij zijn arm en trok hem haastig mee. „Dag!" riep hij, een beetje beteuterd omdat zijn moeder zo abrupt een einde maakte aan de interessante ontmoeting. Veel interessanter dan de winkels waar zijn moeder hem mee naartoe sleepte. Daar zaten geen mensen met gehavende gezichten die een papieren zakdoekje voor een vieze neus hadden.

„Dag," zwaaide ik terug.

Ik wist wat ik moest doen en kwam overeind. Ik stapte in mijn auto (wat was ik blij dat ik met mijn eigen karretje achter Gloria aan was gereden, je moest er toch niet aan denken dat ze me nu nog ergens moest afzetten!), zocht in mijn agenda en daarna in het stratenboek en startte de motor. Een kwartiertje later knoopte ik, voordat ik uitstapte, een elastiekje aan de sluiting van mijn broek zodat ik niet weer in mijn slip (hoe fraai ook) zou komen te staan, en liep over een oprit met kiezelsteentjes naar het witte huis dat voor me lag. Voor de zekerheid trok ik mijn jasje nog een keertje recht en daarna drukte ik op de bel van de villa. Het dingdongde door de woning.

Al snel zwaaide de deur open en ik keek in het vriendelijke gezicht van Hanna Ginrooij, echtgenote van mijn baas. Ze herkende mij ook meteen en begroette me. „Dag Rozanne. Wat een verrassing." Een rimpel verscheen tussen haar wenkbrauwen toen ze mijn blauwe oog zag.

„Dag Hanna. Neem me niet kwalijk dat ik onaangekondigd voor je neus sta, maar zou ik Jan kunnen spreken? Heel even maar, het duurt niet lang." Of was hij niet thuis? Daar had ik nog niet bij stilgestaan.

„Tuurlijk, kom maar binnen," zei ze en zwaaide de deur verder open. Zo weinig toeschietelijk als Gloria is, zo warm en aardig is de vrouw van de directeur. Je hebt van die mensen waarbij je je altijd welkom voelt, en zij was er zo één. „Dat is een lelijke jaap in je wenkbrauw. Heb je een ongeluk gehad?"

„Kleinigheid met softballen. Het is omlaag gezakt, daarom ziet mijn oog er zo raar uit. Lijkt erger dan het is." Ik ging hier niet lopen liegen over de aanleiding. Keurig hield ik me op de vlakte.

Ze deed de deur achter me dicht. „Ik zal Jan even roepen, ogenblikje."

Een minuut later stond Jan, middelbare leeftijd, lang, slank en erg sportief, (het gebruikelijke pak had hij vervangen door een gemakkelijke outfit) in de gang en diplomatiek trok Hanna zich terug. Hij nam me mee naar de huiskamer, duur en smaakvol ingericht en bood me achtereenvolgens een stoel en wat te drinken aan. Dat laatste sloeg ik af. Eerst mijn hart luchten.

„Vertel eens, Rozanne. Waaraan heb ik de eer te danken?" Hij posteerde zich tegen de open haard en liet nonchalant zijn arm op de schouw rusten.

„Ik kom verslag doen van een rampavond," zei ik na een keer diep ademhalen, „en ik doe het liever nu dan dat ik me de hele nacht zit op te vreten over morgen."

Er veranderde warempel iets in zijn houding. Hoewel hij het probeerde te verbergen, zag ik dat hij opgelucht was. „Ik was al bang dat je je ontslag in kwam dienen."

„Mm. Wacht maar tot je hoort wat ik te vertellen heb. Dan hoop je daar waarschijnlijk op."

Ik vertelde het hele verhaal van a tot z en sloeg niets over, ook niet het gedeelte over mijn telefoon die niet werkte omdat hij in de wc-pot was gevallen, wat indirect toch de aanleiding was voor het hele fiasco. „In de parkeergarage eindigde het. Met Gloria, die bijna uit haar vel is gesprongen en Gertjan Eerbeek, die we hoogstwaarschijnlijk van z'n lang-zal-ie-leven niet meer terugzien. Wie zo stuntelt, kan nooit goed werk afleveren," besloot ik mijn verhaal. Met een diepe zucht bracht ik mijn eigen twijfels onder woorden. „Dat zou ik zelf ook niet willen, denk ik. Het leek me beter om je op de hoogte te stellen voordat we morgen SADK. hebben."

„SADK?"

„Stront aan de knikker."

Over Jans gezicht gleed een brede lach. „Rozanne, je hebt geen idee hoe waardevol je bent. Mijn bedrijf kent vele mensen met vele eigenaardigheden en dat maakt de club ook zo leuk. Een beetje stuntelen vind ik geen reden om iemand op straat te zetten. De wet beschermt de stuntels trouwens, tegen gretige Account Managers en zo." Hij gaf me een samenzweerderig knipoogje. „Je hebt het prachtig aangepakt, als ik het zo mag zeggen. Ik kan Gertjan Eerbeek wel bewerken. Het voorwerk heb jij gedaan, en dat is prima gelukt."

„Wat je maar prima noemt."

„Nee, echt. Je hebt hem keurig te woord gestaan, je zegt dat jullie gemeenschappelijke interesses hadden, dat het eten in de smaak viel, dat het gezellig en ontspannen was... dat zijn de belangrijkste uitgangspunten."

„Als jij dat zegt..."

„Voor mij is het goed."

„Wil je nog een uitgewerkt verslag van deze avond?"

„Ben je betoeterd. Maak maar een notitie in je agenda, van wanneer de afspraak is geweest en wat je besproken hebt. Voor jezelf, niet voor een ander."

„En wat doe ik met Gloria?"

„Daar zorg ik wel voor," zei hij rustig. „En nu: lust je een neutje om de schrik weg te spoelen?"

Ik schudde mijn hoofd. „Nee, dank je. Ik moet rijden, dan blijf ik van de drank af. En ik ga naar huis, ik heb tegen Hanna gezegd dat het maar even zou duren, anders moet ze je te lang missen."

Jan glimlachte, kwam naar me toe en legde vaderlijk zijn hand op mijn schouder. „Denk je dat ik iemand zoals jij zal ontslaan? Die geen drank aanneemt ook al is het zo verleidelijk na zo'n avond? En ook nog rekening houdt met mijn vrouw? Ik zie je morgen op kantoor."

We liepen naar de voordeur.

„Bedankt, Jan," zei ik. „Ik voel me heel wat beter."

„Bedankt waarvoor? Beloof me maar dat je lekker gaat slapen, dan is het allang goed." Hij liep met me mee naar mijn autootje. „Zeg eens, Rozanne, heb je last van Gloria?"

Ik dacht even na voordat ik antwoord gaf. Zou ik zeggen dat ik Gloria een haai, een heks, een trut en een verschrikking vond? Nee. Dat deed ik niet. Want het had niets te maken met het werk, en privé trok ik toch niet met haar op. „Nee. Niet echt. Ze is goed in haar werk, ze levert prima dingen af. Ze is gewoon niet mijn type, we hebben weinig gemeen."

Jan knikte, blijkbaar tevreden met mijn antwoord. „Rij voorzichtig. Ik zie je morgen." Hij duwde het portier achter me dicht. „Naai voor de zekerheid vanavond die knoop maar even vast," zei hij door het open raampje.

Er kwam iets in me op. „Weet jij wat een Lange Jan is?"

„O ja. Een snoepje dat eruitziet als een langwerpig stuk plastic, ruikt naar Fruitella en dat overal aan vast plakt."

Ik lachte. Lang leve Lange Jan. Alle lange Jannen.

Zonder problemen kwam ik de dag door. Ik liep zelfs zichtbaar te glunderen en er waren verschillende mensen die vroegen of er iets was, maar ik besloot sportief te zijn ten aanzien van Gloria en niet te vertellen wat er was gebeurd.

149

„Somebody got laid last night." Loretta zei het een beetje zangerig.

„Dat kun je wel zeggen," fluisterde ik opgewekt. „De avond begon rampzalig, maar liep toch goed af."

„Dat etentje?"

„Hou maar op. Dat wil je niet weten."

Loretta lachte. „Moet je net tegen mij zeggen."

Toen ik op kantoor kwam, stond de auto van Jan Ginrooij er al en Gloria liep later die ochtend met een strak gezicht door het bedrijf. Kaz vroeg me of ik wist of er iets aan de hand was, want ze was stil en erg kortaf. (Nog meer? Dat is technisch gezien toch haast niet mogelijk?)

Mmm. Thijs' geur kietelde in mijn neus. Gisteravond was ik vanuit villa Ginrooij meteen doorgereden naar mijn lover, die me met open armen ontving. „Je oog is niet meer dik," merkte hij direct op en daarna zei hij: „Wat zit je haar leuk! Echt heel mooi. Je hebt trouwens een sexy jasje aan. Is dat nieuw?" Dat was precies wat de dokter voorgeschreven had. Ik kreeg een lange, lekkere kus en daarna trok hij me mee naar zijn slaapkamer. Wat er volgde, hoef ik niet te beschrijven, maar dat ik nu met een gelukzalige grijns rondliep, vertelde genoeg. Ik dacht terug aan gisteravond.

„Hoe komt het dat zo'n knappe vent als jij los rond loopt?" vroeg ik en nestelde me wat dichter tegen hem aan. Hij rook lekker.

„Nooit de juiste gevonden," zei hij na enig nadenken. „Hou je van druiven?"

„Wat?"

„Druiven. Na seks hoor je druiven te eten."

Dat werkte op mijn lachspieren. „Hoe kom je daar nou bij?"

„Roken vind ik smerig. Maar druiven zijn zo ontzettend lekker en passen prachtig in zo'n ontspannen, nazinderende sfeer. Van te voren werkt het trouwens ook erg goed."

„Ik vind druiven heel lekker. Misschien heb ik dat onbewust altijd wel als een afrodisiacum gezien, maar nooit geweten."

„O ja. Het werkt ook heel goed om in de stemming te

komen." Hij zwaaide zijn slanke benen uit bed en liep in zijn blootje (zijn zeer gespierde blootje) naar de keuken. Toen hij weer in bed stapte, had hij een grote tros groene druiven bij zich, die glommen en nadrupten van het water waar hij ze net mee afgespoeld had.

„Zo doe je dat," zei hij en trok er eentje van de tros, die hij op tamelijk erotische wijze tussen zijn lippen stak. Ik hoorde het velletje zachtjes knappen toen zijn tanden erdoorheen beten. „Heerlijk. Hmmm. Nou jij." Ik at een druif. Toen Thijs weer. We voerden elkaar druiven, hapten van de tros en na... nou ja... na nog een hartstochtelijke ronde moest ik erkennen dat Thijs wist waar hij het over had. Druiven waren de slagroom op het toetje.

„Ik snap het niet," pakte ik de draad van het eerdere gesprek op. „Je ziet er leuk uit, je bent lief en je bent single. Hoe kan het dat daar niemand bij past?"

„Ik heb jou nou toch?"

„Dat bedoel ik niet. Op school, daar moeten toch heel veel meiden rondlopen die jou wel zien zitten? Je hebt daar meer dan voldoende om uit te kiezen."

„Rozanne, ik wil daar niemand van. Ik ben dertig, die meisjes zijn vijftien, zestien jaar."

„Ja, en ook achttien en soms zelfs negentien."

„Dat is waar, maar ik zit helemaal niet te springen om zo iemand. Ze vallen alleen maar op me omdat ik er wel aardig uitzie, dat is toch geen basis om een relatie aan te gaan? Ik wil iemand zoals jij, met diepgang, met wie ik kan lachen, bij wie ik me niet hoef te verontschuldigen als er eens iets tussenkomt. Bij wie ik mezelf kan zijn." Wauw. Thijs had voor mij gekozen. „En jij dan?" vroeg hij op zijn beurt. „Je bent leuk en intelligent, hoe komt het dat jij geen partner hebt?"

„Ik heb sjans met pubers," zei ik plechtig. „En daar zit ik ook niet op te wachten. Eerst dat knulletje bij jou op school, nu weer op het werk."

„O ja, die Jeffrey."

„En verder viel ik tot nu toe vooral op de onbereikbaren! De mannen waar ik voor door de knieën ging, zagen mij niet eens staan, laat staan zitten."

Gelach. „Dat begrijp ik niet. Wie kan jou nou niet zien staan? Je steekt overal boven uit."

„Niet leuk," mompelde ik. „Lang en dun, heb ik al zo vaak gehoord. Kan ik ook niks aan doen."

Thijs drukte een kus op mijn voorhoofd. „Sorry. Was dom van me. Ik dacht dat je misschien bang was om dik te worden."

Zucht. Daar gingen we weer. „Nee. Ik ben gewoon van de dunne. Dat is het. Maar om op die mannen terug te komen, ik denk dat mijn lengte ze ook wel eens afschrikt."

„Zou kunnen. Ik heb er geen last van."

„Nee, maar jij bent ook langer dan ik."

„Dat is waar. Maar dat zijn wel meer mannen."

„Nou ja, hoe dan ook: de ware Jacob was of niet beschikbaar, of niet de ware."

Thijs lachte en trok me dichter tegen zich aan. „Nu wel. Hoe ging je etentje? Jouw vriendin belde vanwege je telefoon. Wat was daarmee?"

„In het toi… in het water gevallen. Mijn Nokia heeft nog geen zwemdiploma, helaas."

„Is ie stuk?"

„Hartstikke. Zo dood als een pier."

„Misschien heb ik nog wel ergens een mobieltje liggen. Interesse?"

„O? Nou, graag. Voel me onthand zonder dat ding! Daphne zit altijd te pushen dat ik een supermoderne moet kopen met meer geheugen om nummers in op te slaan en met een handsfree set en zo. Ik heb niet veel verstand van die dingen. Als ik er maar mee kan bellen en gebeld worden, en sms'en, dan ben ik al lang tevreden."

„Dat heb ik vast ook nog wel, voor in de auto."

„Mmm. Je bent te goed voor mij."

„Dan zou ik daar maar flink misbruik van maken," zei Thijs en knuffelde me.

Ik werd – zoals altijd – midden in de nacht wakker. Een beetje gedesoriënteerd probeerde ik iets te herkennen in het donker, want ik realiseerde me wel dat ik niet in mijn eigen bed lag. 's Nachts moet ik altijd even naar de wc, al sinds jaar en dag, en op de automatische piloot stommel ik naar de badkamer en weer terug. Soms lig ik in bed en vraag ik me af of ik nou wel of niet ben geweest, zo'n ingebouwd proces is het. Nu moest ik even nadenken waar ik was. O ja! Bij Thijs!

Hij lag niet in bed. Ook op het toilet? Ik trok zijn ochtendjas aan en liep, huiverend vanwege de nachtelijke kilte in de flat, naar de badkamer. Ik hoorde iets, een stem. Thijs. Hij praatte tegen iemand. Het klonk nogal verhit, maar ik kon het niet verstaan, hij was in de huiskamer. Hoe laat zou het zijn? Wie belde er op dit uur van de nacht?

Na het toiletbezoek trippelde ik op mijn tenen terug naar bed. Brrr. Het was maart en ondanks de zonnige dagen waren de nachten nog steeds koud. Onder de deuren door trok het, over de tegels van de badkamer en de gang. De stem van Thijs stierf weg en ik hoorde aan de intonatie dat hij een eind had gemaakt aan het gesprek. Een minuut of vijf later, ik was alweer aan het wegzakken, voelde ik het dekbed opzij gaan en stapte een tot op het bot verkleumde Thijs weer in bed. Ik schoof naar hem toe, zodat we tegen elkaar aan lagen als twee lepeltjes in een keukenla en hij zich aan me kon warmen. „Wat ben je koud," mompelde ik. „Was je nou aan de telefoon?"

„Heb ik je wakker gemaakt?"

„Nee hoor. Ik moest naar de wc."

„Goed zo. Ga maar weer verder slapen."

„Wie belde er?"

„De school."

Mijn ogen gingen open in het donker. De school? Midden in de nacht? „Hoe laat is het dan?"

„Pas drie uur. Het alarm was afgegaan."

„Waarom?"

„Inbrekers."

„O. Kunnen ze niet inbreken tijdens kantooruren?"

Thijs grinnikte zachtjes. Zijn warme adem kietelde voorbij de krullen in mijn nek. „Ga slapen, gekkie."

„Mmm. Trusten."

De volgende ochtend ging ik in de pauze met Loretta wandelen, want het was zulk lekker weer dat het jammer was om daar niet even gebruik van te maken. „Dus het was geslaagd," zei Loretta grijnzend.

„Zeer geslaagd. Hij was al weg toen ik onder de douche vandaan kwam, hij moet al om half acht de school openen."

„Pfft, wat vroeg."

„Ik heb een nieuwe mobiel gekregen," zei ik en pakte het superluxe designtelefoontje uit mijn zak. Het was echt een heel apart model en Loretta pakte het bewonderend aan. „Wauw. Dat is een mooi ding. Dat moet een lieve duit kosten. Ik heb er nog nooit zo een gezien."

„Zet je telefoonnummer er maar in."

„Heb je die gekregen? Van wie? Van de verzekering?"

„Nee, diepzeeduiken wordt niet vergoed. Van Thijs natuurlijk. Hij lag klaar op tafel met een lief briefje erbij dat ik 'm mocht hebben."

Loretta voerde haar nummer in, en dat van Paulo. Ik weet niet zoveel van die dingen af, en zij had het sneller voor elkaar dan ik. „Het is een Nokia," zei ze, „maar ik heb er nog nooit zo een gezien. Wat is het typenummer? Een XSC 1000... nog nooit van gehoord. Zeker heel nieuw."

Ik haalde mijn schouders op. „Weet ik veel. Hij doet het en ik kan weer bellen en sms'en."

„Heb je die andere telefoon nog? Misschien doet de simkaart het nog wel. Dan heb je al je oude nummers en boodschappen nog."

„Dat is geen slecht idee. Ik zal er straks eens naar kijken."

Loretta stak het laatste stukje brood in haar mond en toen ze uitgegeten was, vroeg ze: „Waren het bonbons?"

„Watte?"

„Die doos die Jeffrey kwam afgeven."

„Hè? Kwam Jeffrey iets afgeven? Ik heb hem niet gezien!"
Een pijnlijke steek schoot door mijn hart. Wat moest zo'n jongen nou met mij? Hij zag toch wel dat ik geen belangstelling had? Ik had hem dat ook duidelijk verteld, toch?

„Nee, jij had die videoconference. Kaz nam het aan."

„Kaz? Raar. Hij heeft niks gezegd."

„Heeft hij je wel gezien?"

„Nee. Ik hem trouwens ook niet."

„Is jou niks opgevallen aan Kaz?"

„Hoezo? Nee, niks. Is er iets?" Ik voelde me – ja, echt waar – een tikkeltje schuldig. Normaal zou ik alles merken aan Kaz en nu had ik hem niet eens gezien. „Wat is er dan?"

„Misschien verbeeld ik het me alleen maar, maar het lijkt wel of Kaz niet zo vrolijk is." Opeens draaide ze zich naar me toe en hield me staande. „Rooz, dat is het! Dat is het! Hij is jaloers. Kaz is gewoon stinkend jaloers."

„Jaloers?"

„Ja, joh! Hij deed gisteren toch ook al zo stuurs, toen je zei dat die bloemen van Jeffrey kwamen? En nou kwam onze jonge held weer chocola brengen… en jij hebt toevallig net wat minder belangstelling voor Kaz dan gewoonlijk, ergo, dus, so: Kaz denkt dat jij verliefd bent op Jeffrey."

„Welnee! Natuurlijk niet!"

„Misschien niet verliefd, maar je bent plotseling een gewild object. Je hebt in ieder geval geen oog meer voor Kaz, en de naam Jeffrey duikt twee keer in korte tijd op."

Ik tikte met mijn wijsvinger op mijn lip. „Denk je dat?" vroeg ik aarzelend.

„Ja! Het is zo duidelijk! Dat ik dat niet meteen in de gaten had!" Loretta wreef in haar handen. „Hoe zeggen ze dat ook al weer? Je weet niet wat je hebt totdat het weg is?"

„Ik heb Kaz nooit gehad, hoor."

„Maar Kaz heeft wel steeds jouw volledige, onverdeelde aandacht gehad. En nu moet hij die aandacht delen met een jong ventje!" Loretta genoot. „Geweldig! Mooier kun je het niet hebben."

„Loretta, ik hebben geen interesse meer."

„Ja ja. En varkens kunnen vliegen. Geloof je het zelf? Je krijgt nog steeds een kleur als Kaz iets tegen je zegt." Een gevat antwoord had ik even niet. En voordat ik iets kon bedenken, ging mijn nieuwe telefoon. Het geluid, dat nogal hard stond, herkende ik niet meteen, en het polyfone melodietje deed me schrikken. Een beetje reddeloos keek ik om me heen. „Schat, dat is jouw mobiel." Loretta wuifde achteloos met haar hand, terwijl ik worstelde om de telefoon uit de binnenzak van mijn jas te krijgen.

„Sorry. Ik moet nog wennen."

Het was Thijs. „Hoi," zei hij, „ik moet het kort houden. Die Bram Kruis, de jongen die jouw spiegel heeft stukgetrapt, zegt dat zijn ouders een kopie van de aangifte willen hebben en daarna betalen ze de schade. Ze willen het officieel doen, met een proces-verbaal."

„Proces-verbaal? Het zijn toch gewoon stukken omdat hun zoon een vandaal is? Proces-vandaal, kun je het beter noemen!"

Thijs had geen tijd voor woordgrapjes. „Ben je al bij de politie geweest?"

„Nee. Door dat softbalongelukje is het er nog niet van gekomen," bekende ik. Dat en het feit dat hij het me min of meer uit handen had genomen, maar dat zei ik niet. Het kwam natuurlijk niet zo wereldvrouwerig over als ik erg afhankelijk deed.

„Oké. Maar het is geen schade door een ongeluk of domme pech. Jij moet een officiële aanklacht indienen, zeggen zij, aangifte doen. Doe het maar even. Je bent zo binnen en buiten, en je hebt het dan op papier."

„Zo snel mogelijk natuurlijk."

„Zo snel mogelijk."

„Waarom krijg ik dat nu pas te horen? Het is al bijna een week geleden."

Een kort, grimmig lachje klonk. „Hij had de brief onderschept die de school naar zijn ouders had gestuurd. Maar toen ik ging bellen…"

„…waren de poppen aan het dansen," begreep ik. „Goed. Ik doe het vanmiddag meteen. Zie ik je vanavond nog?"

„Dat weet ik niet zeker." Thijs weifelde. „Ouderavond vanavond, hè? Ik bel je straks."

„Is goed. En, Thijs?"

„Ja?"

„Bedankt voor het mobieltje. Hij is echt mooi en ik ben er heel blij mee."

„Goed zo," zei hij en maakte een eind aan het gesprek.

Tevreden borg ik de telefoon op. Loretta keek me verwachtingsvol aan. „Je hebt het zwaar te pakken, hè?"

„Heel zwaar," knikte ik tevreden. „Heel zwaar."

Omdat Thijs het grootste deel van de avond op school bezig zou zijn, besloot ik twee dingen te doen: het ene was de aangifte bij de politie afhandelen en het andere was Jeffrey bepraten. Hoe dat laatste moest, wist ik nog niet precies, maar bij de administratie had ik zijn telefoonnummer en adres opgevraagd en ik dacht na hoe ik het beste een eind kon maken aan zijn goedbedoelde attenties. Ik belde Daphne op mijn nieuwe telefoon en viel met de deur in huis. Snel vertelde ik wat ik wilde doen. „Wat vind jij? Goede raad is welkom."

„Wacht even, dan zet ik de tv wat zachter. Ik kon dat gedeelte over die bonbons niet goed verstaan. Zeg het nog eens?"

„Hij kwam een doos bonbons afgeven. Gisteren werden bloemen bezorgd en vandaag een doos bonbons."

Ze lachte. „Leuk. Romantisch. Hoe oud is hij?"

„Veel te jong, ook voor jou." Onverbeterlijk, die Daphne. Ik ging verder: „Hij had ze persoonlijk bezorgd dit keer. In de hoop mij te zien, denk ik zo. Maar helaas, ik had een vergadering."

„Wie nam dan in ontvangst? Die Marcia?"

„Nee, dat is het mooie van het verhaal. Kaz stond blijkbaar net bij de balie, hij nam aan. Toen ik terugkwam van mijn pauze gaf hij af. Stuurs dat hij deed! Vanwege een doosje bonbons!"

Daphne schaterde het uit. „Ooooh! Die superstud van je is jaloers!"

„Je klinkt net als Loretta! Die zei dat ook al!"

„Wat ben je toch heerlijk naïef!"

„Het is niet zo heel leuk, als je het wilt weten. Ik voel me er behoorlijk opgelaten onder."

„Je maakt je veel te druk. Geniet ervan, buit het een beetje uit."

„Hallo, aarde aan Daphne! Ik heb er niks mee, laat het even op je inwerken, ja?" Ik zuchtte geërgerd. „Als ik het al niet eens aan jou uitgelegd krijg, hoe moet ik dan in hemelsnaam tot die jongen doordringen?"

„Luister naar me. Laat het even rustig doorsudderen. Als je niet reageert op zijn attenties, houdt het vanzelf op."

„Denk je?"

„O, ja hoor. Wat is dit trouwens voor nummer? Ik heb je gisteren een paar keer geprobeerd te bellen, maar kreeg zo'n rare storingsmelding."

„Kan kloppen. Ik heb een nieuwe telefoon. Van Thijs gekregen, had hij nog liggen. Splinternieuw, nog in de doos. Hartstikke mooi ding."

„Zo zo, meteen al cadeautjes? Dan is het echte liefde."

„Het was noodzaak," bekende ik en vertelde hoe mijn telefoon in het toilet was gevallen. Daphne rolde over de bank van het lachen, ik zag het helemaal voor me. Ze kreeg de hik en wat ze zei kwam er met horten en stoten uit.

„Dat is ook een manier om aan een nieuw mobieltje te komen!"

Ik grinnikte.

„We zouden nog naar Joyce gaan," zei Daphne opeens. „Wanneer wil je dat doen?" Ah bah. Een confrontatie. Als ik ergens een broertje aan dood heb, dan is het een confrontatie. „Je weet het: als je ergens tegen opziet, kun je het beste meteen eropaf gaan."

„Afgaan, ja…"

De laatste die ik wilde zien, was Richard, en die zou ongetwijfeld bij Joyce in de buurt blijven als ik er voor de deur stond. Daphne las mijn gedachten. „Je vindt het zeker niks om daar naartoe te gaan.”

„Nee. Ik zie er als een berg tegen op.”

„Zal ik vragen of ze naar mij komt?”

„Joyce? Wanneer?”

„Het liefst zo meteen, na het eten. Overdag zit ze toch altijd met de kinderen.” Daphne wachtte mijn antwoord niet af. „Ik bel nu en dan bel ik jou weer terug.”

Goed. Aan punt twee had ik voorlopig geen werk: gewoon afwachten. Dat was niet zo moeilijk. Dan punt een: naar de politie om aangifte te doen.

Hoofdstuk 13

Ik parkeerde mijn Altootje op de daarvoor bestemde bezoekersparkeerplaats en liep het politiebureau binnen. Beelden van Paulo en Daphne, die tegenstribbelend en wel door twee hardhandige politieagenten naar binnen werden geduwd, drongen zich aan me op. Ik was nog nooit bij het bureau binnen geweest en stelde me een western-achtige entourage voor, met tralies en een dikke agent die met zijn voeten op tafel de krant zat te lezen, maar niks was minder waar.

Aan een balie zat een aantrekkelijke agente in uniform, een paar meter erachter stonden een stuk of acht bureaus waar verschillende mensen aan het werk waren. Links van de balie was een wachtruimte waar drie mannen en een vrouw zaten te wachten en te bladeren in oude tijdschriften. De agente informeerde me waar ik voor kwam, noteerde mijn naam en vroeg me even te gaan zitten totdat een agent vrij zou zijn om mijn verklaring op te nemen. Dus ging ik zitten naast een man die zat te lezen in een Elsevier. Ik had honger. Mijn maag knorde. Eens even kijken of ik nog wat eetbaars in mijn tas had. Ik vond een opengescheurde zak drop (een donkerbruin vermoeden rees dat ik binnenkort een klonter drop in de voering van mijn schoudertas zou aantreffen) en een aangebroken reep chocola. Mijn oude telefoon zat er ook nog in. Wat had Loretta ook weer gezegd? O ja. Die simkaart. Dat was een goed idee, als het werkte, zou ik tenminste niet alles opnieuw hoeven in te voeren en kon ik alle oude telefoonnummers zo terug vinden.

Ik stak een stukje chocolade in mijn mond en prutste aan het klepje van mijn telefoon om de achterkant los te krijgen. Vanbinnen zag de telefoon er niet zo gezond uit. Vochtblaasjes hadden zich in de printplaat genesteld. Op de batterij zaten vlekken alsof er een beker koffie overheen was gegaan, dat was ook een veeg teken. Voorzichtig trok ik de batterij uit de houder. Daaronder zat de simkaart en ik wipte hem los met mijn nagel. Het kleine plaatje leek redelijk ongeschonden.

De batterij gleed van mijn schoot, viel op de grond en kwam naast de schoenen van de Elsevierlezer terecht. Hij keek op en raapte het ding van de grond. „Van u?" vroeg hij en toen ik knikte, zei hij: „Ik zou er niet te veel mee gooien. Dat is niet zo goed voor de levensduur van de batterij."

Gooien? Ik gooide er niet mee, makker, dacht ik verontwaardigd. „Hij was al stuk. In het water gevallen," verduidelijkte ik. „Ik wil kijken of ik de simkaart nog kan gebruiken." Hij bleef met de Elsevier in zijn handen zitten, maar keek naar wat ik deed. Ik pakte mijn nieuwe designtelefoon en probeerde het klepje aan de onderkant los te krijgen, maar het ding gaf geen sjoege. Ik brak er zelfs mijn duimnagel door. „Grrr!" Ik keek op en zag dat Elseviers interesse nu echt gewekt was. „Dat ding zit muurvast!"

„Zal ik het eens proberen?" bood hij aan. Zijn stem was bedachtzaam, net als zijn bewegingen. Hij nam het toestelletje van me over en draaide het peinzend rond in zijn vingers, daarna trok hij met een zekere beweging het klepje los. „Wat een apart model."

„Mooi, hè? Splinternieuw. Van mijn vriend gekregen." Ik kon de trots in mijn stem niet onderdrukken. (Let op het woord vriend, meneer Elsevier.)

„Heel apart. Heel apart." Een beetje verbaasd keek ik hoe hij het toestelletje om en om draaide, alsof hij de details heel nauwkeurig in zich wilde opnemen. „Zo'n model heb ik nog nooit gezien. Wat is het typenummer?"

Dat vroeg Loretta ook al. „Dat weet ik niet," zei ik, „het klinkt voor mij allemaal als een automerk. Iets met XS."

„XSC 1000," las hij langzaam voor toen hij het zag staan op een stickertje op de behuizing. „Heel mooi," herhaalde hij nogmaals met een afwezige glimlach. „Zal ik eens kijken voor die simkaart?" Ik legde het kleine dingetje op zijn handpalm en hij vergeleek wat hij zag met wat er in het binnenwerk van mijn nieuwe telefoon huisde. „Ik denk dat het wel kan, maar ik weet niet of het verstandig is. Water is funest voor zo'n telefoontje. Er zijn wel computerprogramma's die de informatie van een simkaartje kunnen overhevelen en met Bluetooth kunnen doorzenden naar het nieuwe toestel, maar…'

„Bluetooth? Blauwe handen ken ik wel. Daar heb ik in de winter last van." Tjee, wat ben ik soms toch grappig. Af en toe doe ik net of ik een beetje wereldvreemd ben.

Elsevier ging er echter heel serieus op in. „Bluetooth, mevrouw. Kijk, dat werkt zo." Uit zijn binnenzak haalde hij zijn eigen mobiele telefoon en begon op de knopjes te drukken van zowel zijn als mijn telefoon. Toen liet hij een ringtoon horen, een grappig riedeltje dat nogal luid en opvallend door de wachtkamer galmde. Hij drukte het volume zachter, handig zo iemand. Zoek me suf naar dat soort dingen en die man wist waar hij op moest drukken. „Dat was een beltoontje van mij," legde hij uit en wees naar een plekje op onze telefoons, „en via dat Bluetooth poortje heb ik het naar u gezonden."

„Ah. Dat ging best vlug."

„Zeker." Hij borg zijn telefoon weer op en gaf mij de mijne terug. „Nogmaals, gefeliciteerd met uw aankoop. 't Is een mooi ding."

„Ik heb hem niet gekocht, maar gekregen. Van mijn vriend." (Zo leuk om dat nog een keer te zeggen!)

„Ach ja. Natuurlijk."

Ik bleef even met de telefoon in mijn handen zitten. Zou ik iemand bellen? Interessant lijken en Thijs bellen, of een van de girls? Nee, toch maar niet.

Elsevier kuchte. Hij overhandigde me een kaartje, waarop *Mobile Services* stond en daaronder *reparaties & onderdelen*. Hij heette geen Elsevier, maar Kees Kornelissen. „Als u wilt, kunt u een keer bellen voor die simkaart. Dan kan ik voor u uitzoeken of de informatie nog te redden is."

„O! Dank u wel. Ik zal er zeker over nadenken." Het kaartje kreeg een plekje in mijn agenda. Je wist per slot van rekening niet hoe het van pas kon komen. Toen werd ik geroepen en kon ik in een kamertje verslag doen van dat hele gedoe met de autospiegel, terwijl een vadsige agent van middelbare leeftijd met te veel kantooruren in zijn achterwerk, aantekeningen maakte.

Op een computer. En hij snapte er niet veel van. Het ging traag. Heel erg traag.

Anderhalf uur later stond ik buiten met in mijn tas een kopie van het politierapport. Twee punten afgewerkt binnen twee uur, dat was geen slechte score. Ik rende naar mijn auto – het was ondertussen flink gaan regenen – en belde Thijs. Hij nam niet op. Te druk, in gesprek, weet ik veel. Door de stromende regen reed ik naar Daphne, die, besefte ik in de auto, nog steeds niet gebeld had.

Het licht was aan in haar kleine, knusse huisje, maar toen ze de deur opendeed, zag ik direct dat ze gehuild had. „Wat is er? Wat is er?" riep ik.

„Die Richard!" barstte ze meteen los. „Wat is dat een rotzak! Een eikel! Een... een..."

„Nou, dat is duidelijke taal. Je vindt hem niet zo lief. Wat is er gebeurd?"

„Ik belde naar Joyce, maar er werd niet opgenomen. Dus ik dacht, omdat ik nog wat boodschappen moest doen: Dan rij ik er maar meteen even langs. Joyces Panda stond op de oprit, dus ik verwachtte dat ze thuis zou zijn. Ik bel aan, doet die zak van een Richard open en begínt toch tegen me uit te varen, niet te zuinig, ongelooflijk! Hij ging helemaal over de rooie: ik was helemaal niks en ik was nog erger dan Rozanne en wij zorgden er samen voor dat Joyce voorgoed verpest was en als klap op de vuurpijl waren jij en ik er de schuld van dat ze ervandoor was gegaan. Met zijn auto en zijn kinderen."

Ik duwde Daphne naar binnen (deels omdat ik zelf in de deuropening erg nat stond te worden, deels omdat ze zo over haar toeren was dat heel de straat mee kon genieten) en haalde wat te drinken.

„Heb je me gehoord, Rozanne? Ze is ervandoor. Met de kids. Ze is weg bij hem."

Het duurde even voordat het tot me doordrong. „Daar geloof ik niks van. Ze zit vast bij haar moeder en over een paar dagen komt ze met hangende pootjes terug, hoor."

„Niet! Richard zei dat het uit was en voorbij en het was allemaal onze schuld." Ze bedaarde een beetje. „Je had hem eens moeten horen, Rooz. Hij zei verschrikkelijke dingen."

„Het is een verschrikkelijke vent. Ik heb het zelf ook mee mogen maken, weet je nog?"

„Ja, ik nam het voor jou op, hè, omdat jij er niet bij was en hij mocht zeggen over mij wat ie wilde, want ik kon hem wel aan, maar jij kon je niet verdedigen, nou, toen was het hek helemaal van de dam. Die vent is knettergek. En Joyce ook, dat ze met zo'n zakkenwasser samen wilde leven."

„Heb je haar al gebeld?"

„Ja, wel vier keer, maar ze neemt niet op. Ik heb boodschappen ingesproken en sms'jes gestuurd, maar geen reactie." Ik plofte naast haar neer op de bank. „Ik loop gewoon te janken van kwaadheid," zei ze fel, „niet omdat hij... hij... ik... mij..."

„Hou maar op. Ik snap het wel. Dat was bij mij ook zo."

Daphne gooide in één teug haar drinken achterover. „Je had er wel wat in mogen doen. Bah. Rumcola zonder rum." Ondanks alles schoot ik in de lach. Typisch Daphne. „Wat nu? Ergens loopt Joyce rond met Ronnie, Tobias en Lotje."

Ik schudde mijn hoofd. „Die zit allang ergens hoog en droog. Je kent Joyce toch? Ze zoekt snel een noodoplossing, zorgt dat de kinderen onder de pannen zijn en gaat pleiten bij Richard of ze weer terug kan komen, want ze heeft toch wel erg snel gereageerd."

„Ja ja, blah blah. Ze is net zo'n slapjanus als die vent van haar een zak is." Ik hield mijn mond. Als Daphne zo tierde, was ze niet altijd even subtiel. Laat maar lekker razen. En opeens was het ook over en sloeg ze om als een blad aan de boom. „Je oog ziet er beter uit. Hoe is het met sexy Orlando? Sexy?"

„Als je Thijs bedoelt, die is heel sexy. En erg lekker. Gisteravond was het heel... lekker!"

Daphne lachte om mijn gezicht. „En laat die nieuwe telefoon eens zien?" Ze bewonderde mijn nieuwe toestelletje en voor de derde keer die dag hoorde ik iemand zeggen dat ze nog nooit zo'n type gezien had. Nou en? Dan paste het wel bij mij. Ik hou niet zo van massadingen!

164

„Je gaat zeker dadelijk niet mee naar yoga?"

O jee. Dat was ik helemaal vergeten! Het was verzet. Ik schudde een beetje schuldbewust mijn hoofd, ik wilde naar Thijs en zou het een keer laten schieten. „Ik heb de aangifte, die wil ik naar Thijs toe brengen."

„Smoesjes. Je wilt gewoon naar je Dokter Love, baby!" Goed. Ik gaf me gewonnen. Het was natuurlijk ook waar. „Waarom stuur je die aangifte trouwens niet zelf naar de ouders?"

„Weet ik niet. Thijs heeft het allemaal geregeld."

„O-oh. Je bent nu al afhankelijk van hem."

„Nee hoor. Zonder Thijs had ik nooit geweten wie het was, en de school heeft een brief naar die ouders gestuurd, enzovoort."

„Wat sta je hier nog? Hup. In je karretje en gassen, meidje."

Ik bleef nog even staan. „Wat doen we met Joyce?"

„Net als met die Jeffrey van jou. Afwachten." Daphne keek een beetje droevig. „Jammer, hè? Zo stijf en truttig als ze kan doen, 't is toch niet compleet zonder haar."

„We hebben stijf en truttig nodig om ons in het gareel te houden."

„Ik ben er ook bang voor."

„Bellen als je iets hoort, oké?" Daphne knikte. Opeens wist ik honderd procent zeker dat Joyce niets van zich zou laten horen. Er was het pré-Richard-tijdperk, en er was het heden. In dat eerste waren we drie vriendinnen, door dik en dun; in het heden was er geen plaats meer voor ons. Het zette me aan het denken. Zou ik ooit mijn vriendschap met Daphne op het spel laten zetten door mijn vriendje? Was een verwijdering tussen vrienden onvermijdelijk als er liefde in het spel kwam? Zou ik ooit Thijs tussen mij en Daphne (en Loretta) laten komen?

Ik stapte in mijn auto en belde Thijs. Helaas. Niet thuis. Op zoek naar mijn telefoon in mijn handtas, stootte ik op de kaart die ik meegenomen had uit het restaurant, een weekje geleden.

Shit happens, stond erop. Nou en of. *All the time.*

Dan toch maar naar de yoga. Ik haalde Daphne, die zich vlug ging omkleden en een paar minuten later stapte ze in. Het

165

regende nog steeds pijpenstelen, en daarom gingen we met de auto, hoewel ik het liefst op de fiets ga. Nou ja, zo slecht kwam dat niet uit. Kon ik meteen eerst nog even een paar boodschappen doen.

„Wat denk je," vroeg Daphne me, „zou Joyce komen?"

Hoofdschuddend startte ik de motor. „Ik denk het niet. Zou jij dat doen?"

„Ik wel," zei ze fel. „Als ik elke dag tegen dat smoelwerk van Richard aan moest kijken, greep ik elke gelegenheid aan om te maken dat ik wegkwam."

„Wat kun je je toch plastisch uitdrukken." Grinnikend zette ik de ruitenwissers aan.

„Er is iets mis met die dingen," zei Daphne en knikte ernaar. „Volgens mij is één van die rubberen gevallen kapot." Ze kan enorm zwetsen, maar niet alles wat ze zegt is onzin.

Met behoorlijk slecht zicht reed ik naar de supermarkt in de buurt. „Ik moet eerst nog een paar boodschappen doen," legde ik uit, „want ik heb geen broodbeleg meer."

„Er zit hier vlakbij ook een zaak in autoaccessoires," zei Daphne. „Die zijn tot acht uur open, dus als je een beetje voortmaakt, kun je daar ook nog even naartoe." Ze sprong kwiek uit de auto toen we in de parkeergarage aankwamen, bestudeerde mijn ruitenwisser en hield een paar tellen later een rubberen strip in haar handen.

„Wat doe je nou!"

„Ik heb hem er maar even helemaal afgetrokken. Zoals hij eraan zat, heb je er ook niks aan." Iedereen trekt maar van alles van mijn auto af. Gebroken spiegels, kapotte ruitenwissers...

„Heb je gezien hoe die vastzat?"

„Nee. Is dat nodig dan?"

„Ja! Hoe moet ik nou weten hoe dat ding eraan moet?"

„Dat vraag je toch gewoon aan de verkoper?"

„Net of ik daar wijs uit kan worden," mopperde ik.

„Maak je niet zo druk. Dan kijk je toch hoe die andere eraan vastgemaakt is?"

„Die hangt ook op half zes," gromde ik.

Daphne grijnsde en duwde de rubberen strip in mijn handen. „Steek dat ding in je zak, dan lopen we meteen even naar die zaak toe."

„Moeten we niet met de auto?"

„Nee hoor. Het is hier achter. Je ziet toch geen klap zonder fatsoenlijke ruitenwissers!"

„Had dat geval dan laten zitten! Hij werkte toch nog?"

Ze lachte. „Ik zit je te stangen. Kom, we gaan vlug boodschappen doen. Anders zijn we te laat bij Michael en dan krijgt hij weer last van zo'n overslaand stemmetje."

Met pindakaas, boterhamworst en een stuk jonge kaas in mijn boodschappenmandje stonden we even later voor de kassa. Het was niet druk. Over een half uur was het sluitingstijd en er werd schoongemaakt voordat de deuren zich zouden sluiten. Ik liep achter Daphne aan en samen lieten we een spoor van vieze, natte voetafdrukken na. De jonge meid die stond te dweilen keek ons niet erg vriendelijk aan. Pech, schat. Daar kon ik ook niks aan doen. Daphne merkte het niet eens.

„Koopzegeltjes?" vroeg de jongen achter de kassa. Hij was zo keurig opgeleid dat hij niet eens naar mijn blauwe oog staarde.

„Nee, dank je."

„Spaart u Air Miles?" Hij sprak het uit als Eer Mijls.

„Nee, dank je."

„Bonus?"

„Ja."

„Mag ik die dan even?"

„Watte?"

„Uw bonuskaart."

In mijn portemonnee zat geen blauw kaartje. Dat krijg je ervan als je verschillende tassen en verschillende portemonnees hebt. „O. Dat is vervelend. Ik heb hem niet bij me."

„Die kaas is alleen met de bonuskaart in de aanbieding hoor," zei hij en sloeg de volle mep aan.

„Wat een onzin. Kun je dat niet als bonus afwerken?"

„Dit," hij tikte met zijn vingers op een stickertje, „is de prijs die u betaalt zonder bonuskaart."

„Dat weet ik," zei ik geduldig, „maar ik heb dat kaartje niet bij me."

„Dan kan ik u ook geen bonus geven."

„Doe niet zo flauw," zei ik. „Ik ben vaste klant. Sla gewoon even die bonusprijs aan."

„Ik heb u hier nog nooit gezien," zei hij. Hij bleef heel netjes, overigens. Altijd vriendelijk blijven, de klant is koning.

„Dat ligt niet aan mij, hoor. Ik kom hier al acht jaar. Toe, kom. Je hebt zelf zo'n kaartje in de la liggen. Dan gebruik je dat toch even?"

Maar hij hield voet bij stuk. „Het spijt me, mevrouw, maar dat kan niet." Met een resolute klap sloeg hij de totaalprijs aan, die in het display verscheen. „Dan wordt het acht euro veertig."

„Nee," zei ik met groeiende frustratie, „niks ervan. Het is toch een bonusaanbieding?"

„Voor het verkrijgen van de bonus heeft u de bonuskaart nodig," zei de jongen vasthoudend. Misschien was het wel een neefje van Gloria. Hoe zou hij heten? Pieter Pitbull? „Wilt u daarvan gebruik maken?"

„Ja!" Mijn geduld was tanende, maar ten langen leste had hij het dan toch door! Hoera!

„Dan heb ik uw bonuskaart nodig."

Wel alle... „Laat die kaas maar zitten," snauwde ik.

„Wilt u de kaas niet?"

„Nee. De rest van de boodschappen wel, maar die kaas niet."

Pieter Pitbull haalde zijn schouders op en boekte het bedrag van de kaas terug. „Wilt u Eer Mijls?" Grrr. Sommige mensen waren niet zo snel van begrip.

„Néé." Ik bleef ook heel netjes hoor. Een ietsepietsie kortaf misschien.

„Dat wordt dan 2,45," las hij voor. Dank je. Ik kan zelf ook lezen. In mijn portemonneetje barstte het van de muntjes. Ha, ik zou hem hebben, die principiële Pieter Pitbull. Ik draaide de inhoud op het muntenvak om, maar de jongen was er heel rap mee. Hij zocht in een oogwenk een hele riedel kleingeld uit, gooide het vaardig in de geldla en overhandigde me het bonnetje.

Er bleven nog een heleboel muntjes liggen. Korzelig graaide ik het geld bij elkaar en wilde het terugstoppen in mijn portemonnee, maar dat is nogal een klein dingetje en uiteraard viel meer dan de helft van het muntgeld ernaast. Daphne stond een beetje ongeduldig te wachten en rolde met haar ogen toen ik door mijn knieën ging en op handen en voeten het geld bij elkaar moest zoeken. „Eigen schuld," fluisterde ze plagend, terwijl ze me een paar munten teruggaf, „moet je die arme jongen maar niet op zijn huid zitten over je stomme bonusaanbieding."

Met een verhit hoofd keek ik naar haar op. „Hou je snavel, Daph. Doe liever iets nuttigs en help me mee."

Zulk soort dingen komt nooit alleen, toch? Ik pakte zo'n dun plastic zakje weg bij de kassa (niet die van Pieter Pitbull, maar bij de kassa ernaast) en stopte daar de worst en de pot pindakaas in. We haalden nog niet eens de voordeur. Het zakje scheurde en de grootverpakking Calvé pindakaas kletste op de gele tegels kapot. Beteuterd keek ik naar het gebroken restant van mijn boodschappen, de pindakaas was als een beest dat tegen de voorruit van je auto vliegt uit elkaar gespat. Ugh. Het zat zelfs op mijn schoenen. Het meisje dat net de vloer had schoongemaakt, keek op en wierp me een blik toe die me ter plekke had kunnen doden. Of nog erger, me nog een blauw oog had kunnen bezorgen. Sorry, meid. Dat was niet de bedoeling. Daphne beet op haar lip.

Ik greep haar bij haar arm en trok haar mee naar buiten. „Eén kik van jou, Daphne van der Meer, en je kunt lopend naar de yoga." Ze zei niks. Maar het onderdrukte gegniffel ontging me toch niet.

De aanschaf van de ruitenwissers ging zonder verdere problemen, gelukkig. Dat had er ook nog eens bij moeten komen. Daphne zette ze er behendig op en ik had weer goed zicht. In mijn auto rook het vagelijk naar pindakaas.

Omdat we op een andere dag dan gewoonlijk yoga hadden, waren er ook mensen die ik niet kende. We kwamen zo'n beetje als laatsten binnen. Snel keek ik de gezichten langs. Geen Joyce.

„Ze is er niet," zei Daphne zachtjes en ze klonk warempel een beetje teleurgesteld.

„Misschien komt ze nog?"

„Geloof je het zelf?"

Nee, ik geloofde dat zelf ook niet. Ik keek naar onze instructeur. Michael zag er erg opvallend uit, met een knaloranje broek en hes en liep op zijn bekende, ietwat fatterige manier rond. „Ik heb de vloer laten vegen, hoor," riep hij, „maar er was hier vanmiddag, geloof ik, een kleuterfeestje. Het zag eruit alsof er een bom was ontploft. Dus als jullie nog wat stofrolletjes tegenkomen, dan kan dat wel kloppen, hoor."

Stofrolletjes. Ja hoor. „Ja hoor," hoorde ik zachtjes naast me zeggen. Ik keek opzij. Een knappe jonge vrouw met blond haar in een doedeltje boven op haar hoofd keek betrapt en schoot in de lach. Ze tuitte haar lippen en legde haar wijsvinger erop. „Sstt."

„Ja hoor," fluisterde ik terug. We giechelden als twee schoolkindertjes.

Michael gaf instructies, we rolden onze matjes uit en gingen zitten. Ach, wat heerlijk toch. Lekker uitrekken. Diep ademhalen. Eén been. Andere been. Kleermakerszit. Diep voorover buigen. Vingers achter je rug verstrengelen en met je voorhoofd de grond aanraken. Achteruit buigen. Soms leken we met de yogaclub wel een verzameling latex figuren. Alle kanten bogen we op (sommigen met wat minder souplesse dan anderen, trouwens, maar dat is bijzaak), we rekten en strekten en spanden en ontspanden totdat elke spiergroep aan de beurt was geweest. Zelfs Daphne werd er rustig van.

„En achteruit. Vlak liggen, diep ademhalen." Ik werd een beetje soezerig van Michaels zalvende stem. Na een hoop oefeningen kreeg ik altijd dat ontspannen gevoel.

„Aaah, getverderrie!" De blondine naast me gaf een ijselijke

170

kreet, doorspekt met pure walging, en vanuit mijn ooghoek zag ik haar overeind veren. „Bahbahbah! Er zit iets... ah bah... gets... er zit kauwgum in mijn haar... ieee..."

Net als de anderen schrok ik op van haar stem. Het was walgelijk. Een klodder roze bubblegum zat voor een deel aan het matje en voor een deel aan haar haren geplakt. Ze had niet in de gaten gehad dat het kinderfeestje van vanmiddag toch sporen had achtergelaten. Het was, in één woord, smerig. Blondine keek doodongelukkig. Omdat haar mooie haar in zo'n losse knot boven op haar hoofd zat, had ik niet gezien hoe lang het was, maar ze trok een paar pinnen los en het viel als een soepele, gezonde waterval over haar rug. Gezond met uitzondering van die roze smurrie halverwege dan.

Michael kwam aangewiebeld. „Maar... hoe kan dat nou?"

„Het zat op de rand van dat matje," riep ze en ik kon me haar afkeer heel levendig voorstellen.

„En je handdoekje dan? Die moet je op je matje leggen, hoor!"

„Ja Michael," beet ze, „en dat had ik. Maar die vieze troep zit precies op de rand, aan de onderkant, denk ik. Getver!" Ze griezelde. En terecht. „Hoe moet ik dat er nou uitkrijgen?"

„Met een schaar, denk ik," zei onze yogaman zonder schroom. „Wel jammer, hoor, van je mooie haar, maar ja... nood breekt wet, denk ik."

De knappe blondine verschoot van kleur. „Schaar? Ben je helemaal van de pot gerukt, man?"

„Normaal leg je kauwgum in de vrieskist. Dan kun je het er zo afkrabben," zei een oudere dame in een te strakke legging.

De jonge vrouw keek de spreekster aan alsof ze vergif aangeboden kreeg. „Ik kan toch moeilijk een half uur met mijn hoofd in de diepvries gaan hangen?!" De blondine keek tamelijk wanhopig, alsof ze ieder moment in tranen kon uitbarsten. Met het risico voor complete idioot te worden aangezien, zette ik een stapje naar voren.

„Pindakaas," fluisterde ik.

„Wát zeg je?"

171

„Pindakaas. Daarmee krijg je het eruit." Mijn wangen wonnen het qua kleur van de zomerkoninkjes in augustus.

„Pindakaas? In mijn haar?"

Iedereen keek me aan. Zelfs Daphne had iets ongelovigs in haar gezicht. „J-j-j-ja," stamelde ik, „je moet dat insmeren met pindakaas. Dat laat je even zitten en daarna kun je het met een kam met fijne tanden eruit kammen."

Ze wist niet wat ze van me moest maken. „En hoe weet jij dat?" vroeg ze ten slotte.

„Omdat mijn broertje vroeger wel eens kauwgum in mijn haar duwde," zei ik kleintjes. „En ik stonk de hele middag naar pindakaas, maar mijn haar was wel gered."

„En nou ga je me vertellen dat je toevallig een pot pindakaas bij je hebt, hè?" zei ze vinnig en veegde boos een ontsnapte traan weg.

Nee, dacht ik, *die heb ik net kapot laten vallen.* „Wel boterhamworst. Maar daar gaat het niet mee." O man! Waarom zei ik dat nou weer? Nu was ze er honderd procent van overtuigd dat ik een gestoorde gek was. „Ha. Ha. Ha." Ze keek me woedend aan, draaide zich zonder verder nog iets te zeggen om en denderde de grote zaal van het gemeenschapshuis uit. De deur knalde toen ze hem dichtgooide.

„Pindakaas?" Daphne keek me nieuwsgierig aan. Ze geloofden me niet, zelfs Daph had haar twijfels. Welke mafkees smeerde er nou pindakaas in zijn haar om kauwgum eruit te krijgen?

„Je bent een rare, hoor," zei Michael schouderophalend, draaide zich om en klapte in zijn handen. „Wie wil er nog doorgaan? Dat kan, hoor."

Pfft. Een rare. Net of ik dat zelf nog niet wist. Een beetje depri zette ik Daphne na de yoga thuis af, bedankte voor een slaapmutsje en reed door de onophoudelijke regen naar huis. Ik werd wel eens moedeloos van mezelf. Pindakaas, regen en kauwgum… soms viel het niet mee om Rozanne te zijn.

Hoofdstuk 14

„Wat zie je er oogverblindend uit," zei Thijs en omhelsde me. „En je ruikt lekker. Sexy, zo'n blote schouder."

Op mijn voicemail stond zijn stem toen ik thuis was gekomen na de yoga, of ik nog wilde komen. De pindakaas was gauw vergeten. Douchen, mezelf omtoveren tot dunne schoonheid van formaat, in de auto (met nieuwe, goedwerkende ruitenwissers) en naar Thijs. We stonden in de gang van zijn appartement en hij had zijn armen om me heen geslagen. „Waarom heb je me niet meer gebeld?" vroeg hij.

„Ik? Ik heb je wél gebeld. Wel een keer of zes!" Verbaasd keek ik hem aan.

„Wat? Op mijn mobiel?"

„Ja! Gisteravond, en vanmorgen ook."

Hij keek verbaasd. „Misschien wat technische problemen. Ik dacht dat je boos was omdat ik gisteravond niet kon." Voor ik kon antwoorden of kon vragen waarom hij niet gebeld had, rinkelde er een bel in de keuken. Thijs liet me los en rende erheen om de keukenwekker uit te zetten. „Lust je pizza?" riep hij.

„Of ik pizza lust? In mijn vorig leven ben ik pizzabakker geweest," riep ik terug en liep naar binnen. „Ik kom net van yoga, dan heb ik altijd honger."

„Ik heb bezoek," riep Thijs en ik hoorde hem rommelen met borden en bestek.

„Ik zie het," zei ik een beetje ademloos. Op de bank lag een klein, blond meisje te slapen, met haar duim in haar mond en haar arm slapjes om een knuffelhondje geslagen.

„Dat is het dochtertje van een vriendin. Ze heet Claudia." Thijs kwam binnen met twee borden met in parten gesneden pizza. Hij zette ze achter op de tafel en gebaarde me te komen zitten. „We kunnen niet op de bank eten, dan wordt ze wakker."

Ik kon mijn ogen bijna niet van het meisje afhouden. „Claudia? Hoe... hoe oud is ze?"

„Bijna anderhalf jaar." Hij zag me kijken en begon te glimla-chen. Erg verleidelijk, en ik kreeg meteen knikkende knieën. „Kijk niet zo bezorgd. Het is geen competitie, hoor."

„Wat doet ze hier... ik bedoel, waarom is ze hier?" Het klonk inderdaad alsof ik bang was dat ik Thijs moest delen. Het arme ding moest nu al vechten voor een plaatsje op Thijs' schoot, ook al lag ze te slapen en was ze nog niet eens goed en wel uit de luiers.

„Haar moeder moest vanavond weg en ze had geen oppas. Ik ben gek op dat kleine hummeltje. Vind je het heel erg?" Hij pakte een pizzapunt en hield hem me voor, zodat ik wel een hap moest nemen. En dan zo'n zwoele lach erbij. Oh, foute boel. Iedere keer als hij iets van me wilde, hoefde hij maar zo te lachen en ik was om.

Ik ben niet zo goed met kinderen, wilde ik zeggen, maar er kwam iets anders uit. „Nee, natuurlijk niet," beloofde ik hem met volle mond. Mijn ontmoeting met Lotje lag me nog vers in het geheugen.

„Ze is heel lief," zei Thijs enthousiast. „Je hebt er geen kind aan. Wat speelgoed en op tijd eten en drinken, dan is het al gauw goed."

„Dan is haar moeder zeker wel een heel goeie vriendin." Het klonk alsof Claudia regelmatig bij Thijs op de bank lag te sla-pen.

„Haar moeder is mijn zus," zei Thijs en lachte om mijn gezicht waar zonder twijfel de opluchting vanaf moest stralen. „Ze staat er alleen voor, dus als je kunt helpen, dan doe je dat toch?"

„Je bent... haar óóm?" Violen en harpen zetten in en een gospelkoor begon lekker te zingen, ergens in mijn hoofd. Wie kan een man weerstaan die zulke dingen zegt? Hij had niks te veel gezegd. Toen Claudia wakker werd, kreeg ze een boter-ham en zat daar met smaak van te eten. Thijs sneed de korstjes eraf en gooide ze van zijn balkon naar beneden op het dak van een schuurtje. Voor de vogeltjes, zei hij, en Claudia lachte met een paar tandjes en probeerde hem na te zeggen.

174

„Fofeltjus." Klodders week boterhamspul vlogen om mijn oren. Ze schaterde.

„Niet met volle mond praten," zei ik, maar ging voor de zekerheid toch maar een beetje achteruit zitten.

„Ze vindt je lief," zei Thijs. Ik had zelf daar zo mijn twijfels over. Maar goed, dat zei ik natuurlijk niet hardop. De mogelijke vader van mijn kinderen moest ik natuurlijk niet afschrikken nog voordat het onderwerp zelfs maar ter sprake was gekomen. Thijs daarentegen had een heel ongedwongen manier van doen met het kleine meisje. Ze voelde zich duidelijk op haar gemak bij hem en wilde nog een sneetje. Ik sneed er eentje voor haar in stukjes en deed hetzelfde wat Thijs deed: de korstjes het raam uit voor de vogels. Claudia gierde van het lachen.

Al met al viel de inmenging van dat kleine ding wel mee. Ze was heel lief, speelde rustig op een deken op de grond met een doos speelgoed die Thijs uit de kast had gehaald. Wij zaten onderuitgezakt op de bank en keken televisie. Je kunt natuurlijk niet echt veel doen, met zo'n kleine bij je. Romantisch een film kijken, sensueel samen onder de douche gaan staan of andere aantrekkelijke plannen vallen buiten de mogelijkheden. Dus keken we naar een aflevering van Goede Tijden en de zoveelste herhaling van Friends. „Straks breng ik haar naar bed," zei Thijs en knabbelde aan mijn oorlelletje, „er staat een kampeerbedje in de logeerkamer. Dan kunnen we onze gang gaan." Ik wilde wel heel graag onze gang gaan. Hoe lang zou dat duren? Claudia leek onvermoeibaar, totdat Thijs haar oppakte en eindelijk, eindelijk naar bed bracht. Een hoop gekoele-koele-koele en andere oergeluiden later, kwam Thijs terug, in een schoon overhemd. „Zo, ze ligt in bed."

„Je hebt iets anders aan?"

„Het was een beetje een kledderboel met tanden poetsen."

„Hè? Die vijf tanden? Moet je die poetsen?"

„Het zijn er wel meer hoor. En ja, natuurlijk, anders heeft ze geen gebit meer als ze twintig is," zei Thijs, verdween in de keuken en kwam met koffie terug.

„Ze komt hier vaak, hè?"

„Ja, best wel. Ik ben niet voor niks favoriete oom." Hij kwam bij me zitten. Hij smaakte naar koffie en elke andere vraag werd op passende wijze gesmoord. Net toen ik dacht dat we konden doen wat we wilden, ging – verdorie nog an toe! – een telefoon. Thijs' mobiel. Hij ging nog niet eens een tweede keer over toen hij hem al uit zijn zak gehaald had en kortaf opnam met: „Ja?" Hij luisterde en ging rechtop zitten. Het was een kort eenrichtingsgesprek. Thijs zei ja en nee en eindigde met ik kom eraan. Hij borg de telefoon op en keek me ongelukkig aan. „Noodsituatie. Er is een leiding gesprongen op school, heel de boel loopt onder. Ik moet ernaartoe, voordat het nog erger wordt." Hij kwam overeind, haalde vlug zijn jas uit de gang en trok die in de huiskamer aan. „Ik vind het heel vervelend dat ik weg moet, maar het moet." Hij rommelde wat in een la, pakte wat dingetjes bij elkaar en keek me een beetje hulpeloos aan. „Sorry, Rozanne. Kun jij een oogje op Claudia houden? Ik kom zo snel mogelijk terug. Ik bel je, goed?"

Als een wervelwind liep hij door het huis en voor ik goed en wel in de gaten had dat ik alleen was, viel de voordeur al in het slot. Daar lag ik op de bank, mijn kleren verfomfaaid, mijn kapsel niet meer wat het zou moeten zijn. Ik voelde me heel erg niet op mijn plaats. Knars! Een gesprongen leiding! Had ik nog niet genoeg wateroverlast gehad met die telefoon-toiletduik? Wat een ellende. En ik was niet eens alleen, ik was semi-alleen! In de slaapkamer lag een peutertje te slapen, dus ik kon niet eens weg als ik zou willen. Het zou uiteraard uren gaan duren, daar kon je donder op zeggen. Wat moest ik hier nou toch doen?

Eerst maar eens mezelf een beetje fatsoeneren. De koud geworden koffie mikte ik in de gootsteen. Ik wilde wat drinken. Rumcola mét rum? Beter van niet, met zo'n kleine in huis. Van de pizza had ik dorst gekregen, dus een kopje thee zou het worden. Terwijl het theewater opstond, drentelde ik rond in de huiskamer. Veel was er niet te doen, en ik stond een poosje op het balkon om de lichtjes van de stad in me op te nemen. Wat deed ik hier! Nee, beter gezegd, wat zou ik nou eens gaan doen?

Het was te fris om te blijven staan, dus moest ik toch weer naar binnen. Wat doe je in het huis van een ander waar niets van jezelf is? Er lag een Formule-1 tijdschrift in de lectuurbak en een paar bladen over beleggen en wat reclame. Boeken? Ik zag geen boeken. Dan maar televisie. Ik zapte de zenders langs. Verveling ten top. Maar op de BBC kwam ik iets tegen wat me wel aansprak. Met een kopje thee nestelde ik me op de bank. Omdat ik misschien nog moest rijden, besloot ik de alcohol te laten voor wat het was. Daarbij had ik nu de verantwoordelijkheid over een klein kind en uiteraard hoorde bij volwassen verantwoordelijkheid ook volwassen gedrag. Net toen ik me begon te verdiepen in een Brits kostuumdrama, waar ik me goed voor moest concentreren omdat het best lastig te verstaan was, werd ik weer naar het nu teruggetrokken.

Gehuil.

Weg Colin Firth, die samen met Emma Thompson probeerde om zich een weg te banen door de emoties van de achttiende eeuw. Toen ook al. Zucht. Het gehuil hield aan, dus moest ik wel overeind komen en een klein, betraand smoeltje keek me aan vanuit het campingbedje. Een beetje onhandig pakte ik haar op. Ze hield in ieder geval meteen op met huilen.

Claudia zat een poosje met haar knuffelbeest op mijn schoot en keek met me mee. Wat maakte het ook uit? Colin zag er goed uit. „Mooie man, hè?" Claudia knikte. „Wel een beetje saai." Weer geknik. „Dat is Emma. Emma is ook heel cool. Vooral in Harry Potter. Maar dat mag je nog niet zien want volgens de kijkwijzer is dat 6 plus. En jij bent 6 min." Ze vond het best. Volgens mij vond ze alles best, als ze maar bij me kon blijven zitten. Toen ik een slok van mijn thee nam, volgde ze elke beweging die ik maakte met haar grote kijkers. „Wil jij ook wat drinken? Heb je dorst?"

„Da. Da."

„Kom, dan gaan we eens in de keuken kijken wat er voor jou

is." Ik liep met haar op mijn arm naar de koelkast. Mocht ze wel melk? Je hoorde van de gekste allergieën, straks kreeg ze hier nog een of andere gekke aanval. En wie had het dan gedaan? Rampen-Rozanne. Maar toen ze de melkfles in de koelkast zag, stak ze haar handje uit en dat was voor mij genoeg. Na wat gemors met de beker was de melk warm (in de magnetron, jawel!) en net toen ik dacht dat ik het in de gaten begon te krijgen, dat kinderverzorgen, begon ze naar de kast te wijzen en 'uh uh uh' te roepen.

Uh uh uh? „Wat zit daar?" Ik trok de kast open. Snoep. Dropjes. Chips. Chocola. Dat kon toch niet? „Dit is vast niet zo goed voor jou. Lust je een boterham?" vroeg ik ten slotte, want ik wist niet of zo'n klein kind wel ongestraft chips kon eten. Ze kreeg vast zo'n smerige poepluier of misschien (ieeek, wat een idee) moest ze dan wel spugen. „Claudia een boterham?"

Een sneetje met smeerkaas ging er probleemloos in. En nog eentje. Met een snoet vol smeerkaas en broodkruimels lachte ze breeduit naar me. Wat een lief kindje. Gevolgd door het klapstuk: de korstjes over het balkon. Net als met oom Thijs. Met het bordje in één hand en Claudia in haar slaapzak op mijn andere arm liep ik het balkon op. „Daar gaat-ie, Claudia. Voor de vogeltjes!"

„Fofeltjes!" riep Claudia opgetogen.

Ik wilde met een zwierige zwaai de plakkerige korstjes van het bord afgooien. Dat was het plan. Echter, niet alleen de korstjes vlogen door de lucht, het bordje zeilde erachteraan. Als een prachtige witte discus slingerde het projectiel met de stukjes brood mee. Ik kon er echt niks aan doen, het bord glibberde uit mijn vingers, en ik moest met links gooien. Dat ging niet zo best. „Ai!" Ik zette me schrap.

„Fofeltjes?" vroeg Claudia.

Tets! „Dat was één bord," zei ik zachtjes. „Volgens mij is het op de stoep kapotgevallen." Een beetje beteuterd stond ik naar beneden te kijken, waar een vage witte vlek zichtbaar was. Opeens zag ik het komische van de situatie in, daar stond ik, op het balkon van mijn vriend die weg was om een waterlek te dichten, met zijn nichtje op mijn arm en ik smeet servies kapot vanaf balkonhoogte. Ik moest erom lachen en Claudia lachte vrolijk mee. Erg volwassen gedrag, ja.

„Kom, we gaan even kijken of het bord nog leeft." Ik sloeg haar een jasje om, zette de knip op de voordeur om zodat hij niet dicht kon slaan en liep de trappen af. Claudia hield zich goed aan me vast en met haar op mijn arm stond ik even later beneden en liep door een achterdeur naar buiten. Het afgesloten binnenplaatsje bood toegang tot garages en schuurtjes. Ha! Daar zag ik, in het oranje licht van de natriumlamp, het bord liggen. „Kijk! Daar ligt ie."

„Ligie!" echode Claudia.

Het bord was in twee stukken gebroken. Ik pakte het op, dat ding was niet meer te redden. Ik gooide de delen in de afvalcontainer die bij een van de garages stond en liep terug. Er brandde licht, opvallend als een vuurtoren in een donkere nacht, in één van de kelders in het souterrain. Dat is vreemd, je voeten zijn op dezelfde hoogte als het plafond van zo'n kelder. Als vanzelf wordt je blik naar omlaag getrokken en ongegeneerd koekeloerde ik naar binnen. De gewone rommel, vooral veel dozen, die in elke kelder staan.

„Da! Dada!" riep Claudia en nieste. O. Vieze neus. Geen zakdoekjes bij de hand. Nog een keer. Sprietsts. „Bah!" zei ze.

„Gets, niet door je… nee, Claudia, niet in je gezicht vegen. We gaan naar boven. Je neus schoonmaken en dan ga je weer naar bed."

Onderweg naar boven moest ik mijn aandacht verdelen tussen de trap en Claudia, die nog net niet haar vieze neus aan mijn blote schouder-trui afveegde. Ik hield haar handjes vast, want ze wilde steeds over haar gezicht wrijven om de snottebel nog meer te verspreiden. Dat moest ik niet hebben. Er waren grenzen aan mijn verantwoordelijk volwassen gedrag!

Opeens stond ik, in de gang van Thijs' appartement, oog in oog met een knappe, goed geproportioneerde brunette die me eerst vragend en daarna boos aankeek. Nog een seconde of twee later trok ze Claudia van mijn arm en zette haar met een geoefende beweging op haar heup. „Wie ben jij? Waar is Thijs?" vroeg ze vinnig.

„Wie ben jij?" echode ik en opeens wist ik met zekerheid dat dit niet was wat Thijs had gezegd dat het was. Was zij een zus van Thijs?

„Ik vroeg het het eerst. Maar ik weet het antwoord al. Je bent weer zo'n sukkelaar die Thijs aan de haak heeft geslagen omdat hij geen tijd heeft om voor z'n dochter te zorgen. Goedkope babysitter. Wat heeft hij je beloofd? Heeft-ie al gezegd dat je lekker ruikt? En hoe sexy je bent? Waar is hij eigenlijk? Had hij weer een of ander dealtje waar hij achteraan moest?"

Zijn dochter. Thijs was vader van dat kindje. Ik liep hier door het huis met zijn dochter. Zijn dochter. De moeder van Claudia was bikkelhard en ongenadig. „Ik zie het al. Je wist het niet, hè? Ik zie het aan je gezicht. Leer mij Thijs kennen. Ik weet alles van hem, van hoe hij je kan paaien met dat leuke lachje van hem, van hoe mooi hij het allemaal kan brengen. Wat heeft hij gezegd? Over Claudia?"

Ik gaf nog antwoord ook. „Dat ze het dochtertje van zijn zus is."

De brunette lachte schril. „Van zijn zus? Zei hij dat? De hufter! Hij heeft niet eens een zus. Ik ben zijn vrouw, schatje. Hij is met mij getrouwd. Niet dat het nog wat voorstelt hoor, dat huwelijk. Dus maak je maar geen zorgen, je mag hem hebben. Laat ik je een goeie raad geven: dump die gast. Thijs is een onbetrouwbare zak en je lijkt me oké. Een beetje dun en een beetje dom misschien, maar daar kun je ook niks aan doen." Misschien verwachtte ze antwoord, maar wat moest ik zeggen? Ze had het kleed onder mijn voeten weggetrokken en ik was plat op mijn achterwerk gevallen.

Thijs' vrouw of ex-vrouw of wat ze ook was, had haar belangstelling voor me verloren. Ze stormde door de flat, graaide de spulletjes van Claudia bij elkaar en propte alles in een plastic tas. Werktuiglijk pakte ik Claudia's mutsje en bij het campingbedje lag een stoffen popje dat ik bij de tas legde. Een beetje verbaasd keek ze op, haar knappe trekken bitter en vertekend door teleurstelling. „Bedankt." Bepakt met de tas aan de ene en Claudia op de andere arm liep ze langs me heen. „Hij is het niet waard," zei ze kortaf. Een vaag gevoel van medelijden klonk door in haar stem. *Medelijden. Rozanne, ze vindt je een sukkel, een zielenpiet, een leeghoofd, een nitwit, een bimbo.*

„Heeft hij dat gedaan?" Ze knikte naar mijn gezicht.

„Nee," fluisterde ik.

„Laat hem in de stront zakken." Ze liep naar de deur.

Claudia keek over haar schouder naar mij. Een klein handje schoot omhoog. „Da." Toen was ze uit het zicht verdwenen. Ik hoorde de voetstappen van Claudia's moeder tussen de muren van het trappenhuis heen en weer kaatsen, totdat het uiteindelijk stil werd.

Eerlijk is eerlijk: ik was een sukkel van formaat, een superzielenpiet, een dom wicht dat het slechtst denkbare inzicht in mannen had. Ik zou mijn leven lang single blijven, kwijlend naar knappe kerels die buiten bereik waren. Ik zou nooit ontkomen aan het stigma van megamalloot als ik voor de zoveelste keer voor een getrouwde man door de knieën ging. Ik moest even steun zoeken bij de muur. Klappertandend stond ik in die gang als met stomheid geslagen voor me uit te kijken. Hoe ze heette, wist ik niet, maar de rest van de boodschap was heel duidelijk overgekomen: ik was erin gestonken. Met beide ogen wagenwijd open. Mijn zintuigen lieten me even in de steek. Mijn maag kromp, mijn darmen vulden zich met stenen. Toen sloeg het toe.

Thijs was een bedrieger. Hij had me voorgelogen.

Ik pakte mijn tas en mijn jas en liep naar beneden.

Weg hier.

Nadat ik, verdwaasd en slapjes, in mijn auto was gestapt, reed ik een tijdje doelloos rond, en uiteindelijk zette ik koers naar Daphne. Het liefst wilde ik naar huis, mezelf begraven in bed met mijn hoofd onder het kussen, maar ik wilde niet dat Thijs me zou bellen of komen zoeken. Een schuilplaats, die had ik nodig, dus stond ik om tien uur 's avonds voor de deur van mijn allerbeste vriendin.

Ze deed open, keek me aan en meteen begon ik te huilen. „Thijs… is getrouwd…" wist ik tussen twee snikken eruit te persen. Ze trok me naar binnen, duwde me neer op de bank en belde Loretta. Die was er binnen een mum van tijd en ik vertelde in tranen wat er gebeurd was. Alles kwam voorbij, het kleine meisje dat op de bank lag te slapen toen ik binnenkwam, hoe hij weg was geroepen naar school en de uiteindelijke ontmoeting met de brunette die me plompverloren had meegedeeld dat ik de zoveelste sufferd was die erin trapte. „Weet je wat ik nou het ergste vind?" snotterde ik toen ik eindelijk vier zinnen kon zeggen zonder in tranen uit te barsten.

Loretta zat op de bank met haar arm troostend om mijn schouders. „Dat het een rotzak is?"

„Dat het een hufter is?" vulde Daphne aan.

„Dat is-ie niet," begon ik, maar ze snoerden me meteen de mond.

„Rozanne, je bent toch niet gek? Moet je nog meer bewijs hebben?!"

Ik schudde mijn hoofd en begon weer opnieuw te jammeren. „Ik vind het het ergste dat hij niks gezegd heeft over zijn vrouw en Claudia. Waarom zei hij dat nou niet gewoon? Misschien was hij bang dat ik hem zou afwijzen als…"

„Rooz, hou toch op!" riep Daphne. „Afwijzen? Praat jezelf niks aan! Hij heeft je gewoon gebruikt, dat zei zij toch ook? Hij had een oppas nodig!"

„Heb je al nagevraagd of hij wel op school was?" Loretta keek me aan. „Het is toch wel heel toevallig dat net uitgerekend op het moment dat jij daar bent, hij weggeroepen wordt?"

„Is dat ook een leugen, denk je?"

„Iemand die liegt over zijn kind, kan makkelijk over alles liegen."

Het was nog moeilijker dan ik had gedacht. „Mijn droomprins…"

„Je droomprins is finito. Afgedaan. Een vuile huichelaar."

„Maar…"

„Niks maar. Hij is getrouwd. Hij legt het met jou aan en als hij naar zijn werk gaat, pakt hij eerst zijn trouwring uit het nachtkastje!"

„Als hij het nou verteld had," probeerde ik, maar ik wist best dat het allemaal heel zwakjes klonk.

„Dan maakte het nog geen bal uit. Hij heeft je gewoon bedrogen!" Daphne was meestal nogal direct. Elk woord sneed door mijn ziel.

Zo ging het een hele tijd door. Ik probeerde argumenten aan te dragen waarom hij tegen me gelogen had, en waarom hij toch een goeie vent was, maar ik kwam er zelf niet uit. „We moeten iets doen, nu. Even eruit." Loretta nam heel beslist het voortouw toen de hele litanie opnieuw van voren af aan dreigde te beginnen. „Kom. We gaan naar de kroeg."

„Nee!" riep ik. „Dat wil ik niet." Ik kan nogal meegaan in mijn eigen zelfmedelijden, dat is waar.

„Je hebt niks te willen," zei ze vriendelijk en greep mijn handen. „Je gaat met Daph en mij mee en je gaat je lekker ontspannen en alles vergeten."

„Ik wil niet weg," jammerde ik. „Ik wil hier me een delirium drinken zonder dat ik publiekelijk afgevoerd ga worden met een alcoholvergiftiging!"

Daphne schoot in de lach. „Helaas, ik heb geen drank in huis. Althans, niet genoeg."

„Dat zal ook de eerste keer zijn," gromde ik, waarop ze nog harder begon te lachen. Ze pakte mijn arm en trok me overeind.

„Kom op. Loretta heeft gelijk. Hier tussen vier muren zitten, is ook niet de manier om het kwijt te raken."

„Ik weet een prima stekje waar we heen kunnen," zei Loretta.

Het prima stekje bleek een muziekcafé te zijn waar ik nog niet eerder was geweest. Het was een diepe kroeg met een podium achterin. Er zat een groepje levendig muziek te maken. Ze speelden een salsa-versie van iets van… van Marco Borsato? Het klonk goed. Zo a-muzikaal als ik ben, kon ik zelfs voelen dat het werkte op je ritmegevoel. Je ging vanzelf mee staan wiebelen. Zelfs in mijn ik-heb-geen-zin-ik-ben-zo-zielig-bui kon ik het niet tegenhouden. Loretta leek goed thuis te zijn in het café, en veel mensen kenden haar. Ze begroetten haar allemaal hartelijk. „Hé, Loretta, kom je tóch zingen?" riep de barman.

„Toch?" vragend keek ik haar aan.

Ze haalde een keer haar schouders op. „Vriendin in nood. Ik moest even weg."

Ojee. Mijn schuldgevoel was meteen mega. „Wat? Heb je dit afgezegd vanwege mijn ellende?"

„Het geeft niet," zei ze meteen en hing haar jas weg. Toen pas viel het me op hoe goed ze eruitzag, bescheiden, maar mooi opgemaakt, hip en vrouwelijk gekleed en haar haren mooi en lange oorbellen in. Haar donkere huid glansde in het warme licht. „Het was geen optreden, hoor. We repeteren hier iedere week, maar gewoon in de kroeg zelf. Dat trekt altijd publiek, en er komen vaak mensen om te jammen en te improviseren."

„Cool!" Daphne wreef zich in haar handen. „Het ziet er gezellig uit. Daar Rozanne, een dansvloertje." Dansen. Daar had ik nu helemaal geen zin in. Na deze opeenstapeling van problemen zag ik het voor me: languit over de vloer omdat ik wegglleed op de gladde ondergrond. Dat was een stunt die ik zonder enig probleem zo over me zou afroepen.

„Wat wil je drinken?"

„Heel veel sterke drank," zei ik gedeprimeerd. Thijs-Thijs-Thijs, bonkte het achter mijn ogen.

Loretta glimlachte, bestelde wat te drinken en trok ons mee naar een bartafeltje. „Hier kun je het prima zien."

„Hé, je broertje is er ook." Daphne knikte naar het podium. Op een hoge kruk zat Paulo naast een andere man, die trompet speelde. Hij zette net de trombone aan zijn lippen toen ik hem zag. Loretta beklom het podium en wachtte tot het nummer geëindigd was. Zonder verdere introductie pakte ze de microfoon en telde af, een heel ander nummer, maar met hetzelfde pakkende ritme. Loretta was opeens de ster. Ze zong fabelachtig, straalde zoals ze daar stond. Ze zou zo met Idols mee kunnen doen en doordringen naar de top. Niks geen workshops of styling, hier stond een rasartieste. Met een fantastische band.

Hij heeft je bedrogen, hoorde ik steeds.

De gitarist nam het over van Loretta, die een onderonsje had met de drummer. Hij keek op en zwaaide naar Daphne. Natuurlijk. Ze zou weer eens níet sjans hebben. Loretta en de drummer lachten, ze hadden zo'n plezier dat het aanstekelijk was. „Geweldig, hè?" riep Daphne boven de muziek uit. „Ik heb ze laatst ook al gehoord. Die drummer, die heet Rick. Leuke vent, joh."

Ik knikte, een beetje sprakeloos. Wat moet ik nou doen? dacht ik. Thijs is een bedrieger. Onbetrouwbaar.

„Kijk niet zo stuurs," zei Daphne met een tikje tegen mijn arm. „Het is voorbij. Vergeet die hufter. Alsjeblieft. Jij bent veel te goed voor die vent." Vergeet die hufter. Ze had gelijk. Ze had verdorie gewoon gelijk. Hij was het niet waard! Hij was het gewoon niet eens waard om zielig over te doen! Ik nam een flinke teug van mijn wijn en verslikte me acuut. Toen ik hoestend en tranend opkeek, zag ik dat Paulo ons had gezien. Hij knikte met zijn trombone aan zijn mond, rond zijn ogen speelde een lach. Het is stoer als je bandleden kent, ook al spelen ze rare, maar smakelijke covers van artiesten waar je niet van houdt. Liefdesverdriet kreeg wel iets heel onwerkelijks in deze tent.

Mijn glas ging snel leeg. Paulo dronk water uit een flesje, net als Loretta. Ze waren onvermoeibaar en na ettelijke glazen zoete Château Migraine werd ik losser en begonnen de gezichten van Thijs, zijn (ex-)vrouw en zijn dochter wat te vervagen. Loretta stapte van het podium met de microfoon in haar hand. Ze keek naar me en lachte tussen twee zinnen door. Ze pakte een microfoon en gaf die aan de geluidsman. Daarna wees ze naar ons tafeltje.

„Volgens mij komt hij vragen of je mee wilt doen." Daphne knikte naar de man.

Ik schudde heftig mijn hoofd. „O nee. Als ik moet meezingen, ben ik weg."

„Doe niet zo gek, dat is toch leuk?"

„Leuk? Ik kan niet zingen. Geen maat houden, geen toon houden, niks."

„Daar komt hij aan," zei Daphne plagerig. „Vlucht. Nu kan het nog."

„Ik ga niet zingen! Hoor je me?"

„Karaoke. Lachen, man!"

„Niks karaoke. Ik draai Loretta persoonlijk haar nek om, hoe lief ze ook is, als ik die microfoon onder mijn neus krijg." Daphne schaterde het uit en wuifde naar Loretta. Nee, nee, nee! „Waarschijnlijk zullen de andere gasten dat trouwens al doen als ik mijn mond opendoe om te zingen."

„Je stelt je aan," hikte Daphne.

„Helemaal niet! Je hebt me nog nooit gehoord! Ik kan niet zingen. Als ik zing, wordt de melk zuur! Ik kan niet zingen!"

Die laatste zin galmde door het café. De techneut aan de knoppen draaide op Loretta's teken het geluid van de band weg, precies toen de geluidsman met de draadloze microfoon voor me stond.

„Melk zuur... ik kan niet zingen... zingen... zingen..." echode het dankzij een galmfilter. O. Nou dat weer. Met een kleur probeerde ik zo diep mogelijk onder het bartafeltje weg te duiken, maar iemand begon te juichen en te klappen en opeens nam iedereen dat over.

Daphne trok me terug aan de tafel en glunderde. „Zie je wel?" zei ze in mijn oor, „jij bent een raskomiek, ook al kun je niet zingen."

Verbaasd keek ik om me heen. „Ze lachen me gewoon uit, hoor."

„Nee! Zie je niet wat voor effect je hebt op anderen?"

Loretta stapte van het podium, breed lachend. „Zure melk als je zingt, dat was duidelijk. Doe het dan maar niet. Iedereen valt

186

voor je," zei ze. Waarom dat zo was, begreep ik niet. „Dacht je dat ik je wilde laten zingen?"

„Ik..." Een beetje verlegen met mijn figuur haalde ik mijn schouders op. Jouw schuld, flitste ik met mijn wenkbrauwen naar Daphne, die onschuldig keek en een bierviltje aan stukjes trok.

„Ah. Daphne zeker." Ha. Victorie! Maar mijn maatje grijns-de breed en stak haar tong uit. „Ik kwam alleen vragen of je nog een verzoeknummer had," zei Loretta. „Bedenk maar een leuk nummer. En nu, mensen: in de benen!" Loretta trok, al zingende, mensen van hun stoelen naar het dansvloertje, voor-zover ze al niet stonden te wiebelen. De muziek die *Black & White* speelde, was zo aanstekelijk en vrolijk dat je gewoonweg niet stil kon blijven zitten.

Als zanger ben ik te verwaarlozen, maar mijn stand-up act van één zin bracht me roem en rijkdom. Nou ja, kortstondige roem en rijkdom in de vorm van een schaaltje bitterballen dat bij me werd neergezet, maar toch was het even leuk. Ik kreeg zelfs zin om mee te dansen. Terwijl Daphne zich uitleefde op de dansvloer en ik even uitpufte bij ons tafeltje, nam ik het café eens goed in me op. Het was er heel... bruin. Dat had niks met de kleur te maken, maar alles met de sfeer, een ander woord kon ik er niet voor bedenken. Aan de muur hingen posters met aankondigingen van optredens, er hingen ingelijste zwart-wit-foto's met handtekeningen van artiesten en op planken stonden trofeeën die de eigenaar had verzameld. Plaatjes met de origi-nele platenhoes hingen ingelijst achter de toog, waar een man en een vrouw op hun gemak hun werk deden. De sfeer was heel ontspannen, maar tegelijkertijd swingend, muzikaal en leven-dig. Hier liepen geen zwaar opgedirkte dames rond, of heren in dure Armani-pakken. Gasten kwamen binnen, met of zon-der instrument en schoven aan bij de band om een paar num-mers mee te spelen. Het was uniek. Beter, veel beter, dan thuis met je kop onder het kussen liggen brullen.

„Wat leuk dat je er bent." Paulo zag er verhit en tevreden uit. „Hoe vind je het?"

187

„Fantastisch." Dat kwam uit de grond van mijn hart. „Net wat ik nodig had. Wat is dat voor muziek die jullie spelen? Ik herken van alles, maar toch klinkt het anders."

„Latijns-Amerikaanse invloeden," legde Paulo uit. „We proberen swing en ritme in elk nummer te leggen, zowel de snelle als de langzame. Zie je de drummer?"

„Rick?"

„Ken je hem?"

„Nee. Daphne wel, die heeft snel aanspraak."

„Rick schrijft de arrangementen. Hij past bestaande nummers aan, en pakt het liefst van die drakerige liedjes waarvan je niet kunt geloven dat het ooit wat wordt."

„Zoals *I will always love you*?"

Paulo lachte. „Precies. Zo'n deun die iedereen kent. Onze versie is uniek dankzij de drummer. Rick heeft salsa in zijn bloed. We noemen hem wel eens Ricardo."

Ik keek naar de muzikanten en hun gasten die gemoedelijk op het podium bij elkaar zaten. „Het is geweldig. Ik ben gewoon jaloers. Ik zou willen dat ik zoiets kon," bekende ik eerlijk.

„Als je ervan kunt genieten, ben je al bevoorrecht," zei Paulo. „Muziek komt vanuit je hart, en dat is een groot genoegen."

Mijn vinger draaide een rondje over de bovenkant van het glas. „Wat filosofisch. Jij denkt veel na over van alles, niet?"

Hij haalde zijn schouders op. „Je zag er niet zo florissant uit toen je binnenkwam. Was jij het noodgeval waar Loretta voor weg moest?" Hij was net zo opmerkzaam als zijn zus.

Wat zou ik zeggen? Mijn snelle geest spiegelde me drie keuzes voor. A: Thijs heeft me bedrogen. B: Zijn jullie al klaar? C: Morgen moet ik vroeg weer op. En dus zei ik: „Morgenvroeg komt Thijs klaar." Argh! Wat zei ik nou weer?! Over stand-upcomedy gesproken!

Paulo's wenkbrauwen gingen een keer op en neer en ik wist weer eens niet waar ik heen moest vluchten. Heftig hoestend om mijn verkeerd geschoten slok wijn weg te krijgen, probeerde ik heel snel een passend antwoord te bedenken, maar op zulke momenten houdt alles er spontaan mee op. Inclusief mijn denkvermogen.

Paulo zat, met een piepklein lachje, mij onverstoorbaar aan te kijken. „Gaat het wel?" vroeg hij en klopte me bedaard op mijn rug waardoor ik me helemaal hulpeloos voelde.

„Mag ik de band terugspoelen?" vroeg ik schor toen ik uitgehoest was. „Want dat was wel de ergste freudiaanse verspreking die ik ooit gemaakt heb."

„Dat was vast niet zonder reden. Wat was er nou?"

„Thijs… ik dacht dat…" Ik dacht dat hij mijn vriend was, wilde ik zeggen, maar dat klonk zo raar. Daarom ratelde ik in telegramstijl: „Vriendje heet Thijs. Blijkt getrouwd. Heeft kind. Ben bedrogen. Heb gebroken hart. En liefdesverdriet. Verdrink het in wijn. Alles komt goed." Zo, dat was eruit.

Paulo lachte. Een HLL (Heel Leuk Lachje). „Loretta heeft gelijk, weet je dat? Je bent echt heel grappig."

Zo voelde ik me niet. Meer erg stom en erg opgelaten. „Ik maak alleen maar blunders." Zuchtend nam ik een slok om de kriebels weg te krijgen. „Het wordt nog eens mijn ondergang."

Heel even kneep Paulo in mijn hand en glimlachte bemoedigend. „Ik vind je leuk. Ik bedoel, die blunders. Het maakt je… charmant."

Dat was wel een heel merkwaardig compliment.

Maar toch. Het was een compliment.

En in mijn huidige toestand was elk compliment er één.

Hoofdstuk 15

Dankzij de goede opvang van mijn vriendinnen en een coma-
teuze slaap bij Daphne thuis voelde ik me de volgende ochtend
beter dan ik had gedacht. De bloemen die ik van Jeffrey had
gekregen bloeiden prachtig en de doos met bonbons was nog
niet aangesproken, dus trok ik het folie ervan af en deelde ro-
yaal uit. Marcia vroeg nieuwsgierig of Jeffrey mijn vriend was.
Ik gaf natuurlijk geen antwoord. Als vrouw van de wereld moet
je boven zulke aardse zaken staan. Kaz deed stuurs toen ik hem
een bonbon aanbood. Vreemd genoeg deed zijn aanwezigheid
me niks meer. Nou ja, nauwelijks iets. Ik vond hem plotseling
flauw. Jaloezie is vervelend, maar het is pas echt dom om eraan
toe te geven. En dat deed Kaz ruimschoots. Of hij nou jaloers
was op Jeffrey of op Thijs, was niet eens van belang. Hij moest
eens weten hoever ik door het stof had willen kruipen voor
hem, hoe vaak ik wel een snor op Marcia's gezicht had willen
kalken als hij weer eens met haar stond te sjansen. Maar daar
deed ik toch ook niet moeilijk over?

Ik werkte hard die ochtend. Van het account van Gertjan
Eerbeek had ik niets meer gehoord en ik had me er stilzwij-
gend bij neergelegd dat ik het zo verprutst had dat de klant een
ander bureau had gekozen om mee samen te werken. Niettemin was ik blij dat ik de koe bij de horens had gevat en naar
Jan Ginrooij was geweest. Gloria deed even koel en afstandelijk als altijd vanuit de vergaderkamer waar ze zat te werken, en
van de anderen merkte ik weinig omdat ik opging in mijn werk.

Tijd voor pauze!

Daphne! Op msn. Ik keek op mijn klok. Wat? Al half een?

Hoi! Tijd is omgevlogen!

Gaat het goed?

Beter dan ik had durven hopen

Good girl! Ik heb lang pauze ☺

Hoe komt dat?

Moet langer werken straks ☹

Jammer.

Zullen we samen pauzeren?

Is goed. Ik zie je zo?

Ben er over tien minuten.

Alsof het zo afgesproken was, kwam Loretta een paar minuten later langs. „Ik heb zin om te wandelen, kijk eens wat een lekker weer."

„Daphne komt ook, die heeft een extra lange pauze."

Loretta stak één van de laatste bonbons in haar mond. „Mmm. Lekker. Heb je nog iets gehoord van Jeffrey?"

„Nee. Maar ik heb gisteren besloten dat ik probeer om er geen aandacht aan te besteden. Als hij merkt dat ik niet inga op zijn romantische hintjes, zal zijn belangstelling wel snel verslappen. Denk ik. Hoop ik."

„Misschien wel, ja." Ze klonk niet echt overtuigd en ging over op een ander onderwerp. „Hoe vond je het gisteren?"

„Heel leuk. Je moet meedoen met Idols. Je bent in één klap beroemd."

Ze schudde haar hoofd. „Nee joh. Me laten afzeiken en dan worden weggestemd door het publiek? Geen denken aan." Ze keek alsof ze een levende bidsprinkhaan ingeslikt had.

Ik glimlachte. „Je hebt het trouwens niet nodig. Je bent sowieso al een ster."

„Dank je! Zie je dat het wonderen doet voor de gepijnigde ziel?"

„Ha! Je klinkt net als Paulo. Die kan ook diepzinnig doen."

„Ja, 't is af en toe een echte filosoof. Hij vond het trouwens leuk dat je er was."

„Hij is een lieverd."

„Hij smeerde vroeger kaarsvet in mijn vlechtjes. In alle zestien. Zo lief was dat niet."

We moesten er allebei om lachen.

„Ga je mee? Daphne zal er onderhand al wel zijn."

We liepen naar beneden en…

Nee! Als je alles gehad hebt…

Daar stond Jeffrey. Met een gitaar onder zijn arm. Met knalrode wangen, maar vastberaden, begon hij te spelen en voor me te zingen. Hoe ongemakkelijk kun je je voelen? Bloednerveus bij de eerste zinnen, maar daarna overtuigender zong hij een liefdeslied en ik wist echt niet meer waar ik moest kijken. Binnen, vanachter haar balie, brak Marcia haast haar nek om te zien wat er aan de hand was. Ik durfde er heel wat om te verwedden dat ze het halve kantoor al op de hoogte stelde.

Ik zag Daphne opdoemen achter Jeffrey. Ze kwam net de hoek om en bleef als aan de grond genageld staan. In tien seconden werd ze paars van het ingehouden lachen. Loretta stootte me zachtjes aan en fluisterde in mijn oor: „Wat wil je doen? Hem bedanken? Doorlopen? Terug naar binnen? Meezingen?" Het moet gezegd worden dat ik gewoonweg niet meer wist wat ik moest doen. Ik stond daar maar en gaapte hem aan alsof ik nog nooit eerder iemand met een gitaar had gezien.

Jeffrey eindigde zijn liefdesverklaring met *Aaaai luv youuuu-uu* en stopte toen. Vol verwachting keek hij me aan, zijn wangen rozerood van de inspanning. Er lag iets in zijn blik waardoor ik het niet over mijn hart kon verkrijgen om hem hier uit te kafferen. Ik wilde schreeuwen dat hij zo gek als een deur was, dat ik niet gediend was van liefdesliedjes en al helemaal niet als ze voor de entree van mijn werk werden gezongen, dat ik vond dat hij nog harder therapie nodig had dan ik… Maar dat deed ik niet. Wat moest ik zeggen?! Wat moest ik in vredesnaam doen?! Hoe ver kun je gaan om je grote liefde voor je te winnen? Wat ben je bereid te doen om je droomprins te krijgen? Leek dit niet verdacht veel (qua wanhoop, niet qua uitvoering) op wat ik zelf voor rare dingen deed?

„Rozanne! Waar was je?! Ik was zo ongerust!"

Oh-oh.

Thijs. Daar stond hij. Ongelooflijk aantrekkelijk, knap en onweerstaanbaar. Ik walgde van dat gevoel.

Waar hij opeens vandaan kwam, wist ik niet, en ik wist ook niet wat hij meegekregen had van de ballade van die troubadour hier, maar ik voelde me heel erg ongemakkelijk. Geschrokken zette ik een stapje achteruit. Loretta haakte beschermend haar arm in de mijne.

„Waar was je opeens naartoe? Waar is Claudia? Ik ben me rot geschrokken! Ik ben naar je huis gereden en heb de hele nacht op je gewacht!" zei hij. „Waarom ben je weggegaan? Is Claudia bij jou thuis? Wie is er dan bij haar?"

Mijn keel zat dicht. Thijs kwam een stapje dichterbij. Ik kon mijn ogen niet van hem afhouden. Vagelijk registreerde ik Jeffrey, die er een beetje bedremmeld en misplaatst bij stond, met zijn gitaar tegen zich aangeklemd. Heel zijn optreden viel in het niet. „Je vrouw kwam je dochter ophalen," zei ik schor. „Had je dat zelf niet in de gaten? Heb je haar niet gebeld?"

Nu was het de beurt aan Thijs om van kleur te verschieten. „Was ze... Monique? Ik dacht... ze zou wegblijven... drie dagen..."

„Je hebt tegen me gelogen!" riep ik uit. „Alles was één grote leugen. Waarom heb je niet gezegd dat je een kind had? En een vrouw? Je zei nota bene dat Claudia van je zus was!"

„Ik lig in scheiding," zei hij smekend. Hij kwam naar me toe en wilde zijn handen op mijn armen leggen, maar Loretta trok me achteruit. „Ik was bang dat ik je zou verliezen, zie je dat niet? Toe, Rozanne, het spijt me, oké? Ik heb heel stom gedaan, ik had het moeten vertellen, maar ik durfde het niet. Je hebt zelf gezegd dat je niet zo goed bent met kinderen."

„Het spijt je? Het spijt je?!"

„Het spijt me, ja. Verschrikkelijk. Sorry. Wat kan ik nog meer zeggen? Dat ik nu door een hel ga? Ik wil je niet verliezen! Rozanne, het spijt me." Die ogen. Die knappe, aantrekkelijke kop van 'm. Die stem. Er begon iets af te brokkelen van de muur die ik opgetrokken had. „Wat kan ik doen om het goed te maken?"

Loretta drukte mijn arm. „Niet toegeven."

„Gun ons even privacy, ja?" zei Thijs scherp tegen haar, pakte mijn elleboog en trok me zachtjes uit Loretta's arm los. „Ik heb wat goed te maken." Hij raakte mijn haar aan. „Ik ben zo stom geweest. Ik was bang, snap je dat niet? Alle vrouwen willen van alles van me, totdat ze horen dat ik een kind heb. En dan zijn ze weg."

„Ik ben niet als alle vrouwen," zei ik.

„Dat weet ik. Daarom juist heb ik niets durven zeggen. Ik was bang dat je zou vertrekken. Ik kan niet zonder jou. Mijn hart zou breken."

„Thijs, ik…"

„Nee, luister naar me, Rozanne. Vanaf nu geen leugens meer. Ik hou van jou. Van jou en van niemand anders. Ik wil bij jou zijn, alleen maar bij jou. Vergeef me, alsjeblieft!"

Om me heen draaide de wereld in een verschrikkelijke maalstroom rond. Hij had spijt, hij wilde dat ik bij hem terugkwam, hij zei dat hij van me hield. *Ik hou van jou.* Dat waren zijn woorden.

„Thijs…"

„Het spijt me, Rozanne. Het spijt me zo." Zijn lippen waren vlak bij de mijne. *Ik hou van jou. Vergeef me.* Hij deed negentig procent, en wachtte op de laatste tien die van mij moesten komen. „Vergeef me," fluisterde hij. „Alsjeblieft? Blijf je bij me?" O boy. Had ik me zo vergist? Ja, dat was het. Het berustte allemaal op onzekerheid, op angst om gewonnen liefde te verliezen…

Daphne schreeuwde: „Nee!"

Opeens zag ik haar. En Loretta die met haar ogen wijdopen naar me keek. En Jeffrey, die er verloren uitzag met zijn gitaar. En het hele kantoor dat tegen de ruiten geplakt zat. Kaz, Franco, Gloria, Marcia… ze stonden er allemaal. Thijs trok me dichter naar zich toe. De kus was nog maar een paar centimeters en seconden weg.

„Geef me nog een kans, Rozanne." Thijs' stem was zacht. „Wat zeg je ervan? Een romantisch diner om het goed te maken?" Heremetijd, wat een uitstraling had hij toch. Die fonkelende, donkere kijkers, dat licht spottende lachje… Ik werd gewoon duizelig van zijn aanwezigheid. Ik zocht zijn ogen. De wanhoop was er al uit verdwenen en had plaats gemaakt voor iets anders.

Zelfverzekerdheid.

Het sloeg me haast in mijn gezicht: hij wist dat ik toe zou

geven. Die arrogante bal wist dat ik overstag zou gaan, dat ik weer voor zijn gladde praatjes en zijn fantastische uiterlijk zou vallen! Met een ruk trok ik me los. Ik draaide me om, dacht een milliseconde na, stapte op Jeffrey af, sloeg mijn armen om zijn nek en zoende hem: uit alle macht en met zoveel overtuiging en passie als ik erin kon leggen. Ik woelde door zijn haren, rukte bijna zijn kleren van zijn lijf en voor omstanders moet het geleken hebben alsof ik daar ter plekke *all the way* zou gaan. Totaal overrompeld verstarde Jeffrey van schrik, zoende als een hark en miste elke vonk van hartstocht. Maar dat deed er niet toe. Op dat moment was al het andere onbelangrijk.

Pas na een volle minuut (heb ik later van Daphne gehoord) liet ik Jeffrey los. De arme jongen stond, volledig uit het veld geslagen, me wezenloos aan te staren. „Het spijt me, Jeffrey," zei ik zachtjes en klopte hem een keer liefdevol op de wang. „Je bent een schat en een romanticus, maar ik ben niet de ware voor jou."

Beduusd sjorde hij zijn shirt, dat ik een beetje uit model had getrokken, weer op zijn plaats. „Nee. Ik denk dat je… ahum… nee, je hebt gelijk… jij bent ook… ik… euh… heel lief en zo… maarre…"

Thijs keek me sprakeloos aan. Zijn magie had nu eens een keer niet gewerkt, en dat vond hij niet leuk. „Rozanne! Alsjeblieft."

„Bel me niet meer, zoek me niet meer op, laat me met rust," zei ik koel. „Wat jij allemaal uitspookt met wie, kan me niet meer schelen."

Wat volgde duurde tien seconden, een eeuwigheid. Ik weet het niet precies. Thijs keek me aan, hij leek na te denken of hij nog een kans maakte. Ik keek terug, met zoveel ijs in mijn blik als ik mogelijkerwijs kon produceren. Soms gaat het niet om wat je zegt, maar juist om wat je níet zegt.

Hij wist het.

Je hebt verloren, Thijs van de Werf. Om met Daph te spreken: geen genade voor de goddelozen. Heel even zag ik een vonk in de donkere ogen. Toen draaide hij zich om, liep snel naar zijn auto en startte de motor. Hij keek me nog een keer aan en reed daarna weg.

„Opgeruimd staat netjes," gromde ik en net als gisteravond barstte er opeens een klaterend applaus los.

Dat er die middag niet zoveel meer van werken kwam, was niet verwonderlijk. Het hele gebeuren werd steeds opnieuw aangehaald en verteld en aangedikt natuurlijk, totdat het punt werd bereikt waarop ik Thijs te lijf zou zijn gegaan en hem in de solar plexus geraakt zou hebben. Ik lachte er maar om. Op een vreemde manier voelde ik me opgelucht. Het was jammer dat Thijs niet was wat ik had gedacht, maar het was een waardevolle les.

„Ben je niet verdrietig?" Ik begon net weer met het werk een beetje op stoom te raken, toen de zoveelste me erop aansprak. Kaz. Mijn ex-sexbom trommelde een beetje ongemakkelijk met zijn vingers op de bovenkant van mijn beeldscherm. „Ik bedoel… je was toch best verliefd?"

„Jawel. Maar ik ben vlug genezen. Een illusie armer, maar ja. Dat hoort erbij." Raar maar waar, zo voelde het ook echt. Ik had wel hartzeer, liefdesverdriet, hoe je het ook wilt noemen, maar toch was ik compleet ontnuchterd.

Kaz knikte. Het leek of hij iets op zijn lever had. „Denk je dat Jeffrey nog terugkomt?"

„Euh… nee. Ik geloof dat hij het wel begreep."

„Wist je dat hij hier gesolliciteerd heeft? Hij vroeg aan mij of ik hem binnen kon krijgen."

Verbaasd keek ik naar Kaz op. Een krul viel weerbarstig over zijn voorhoofd en plaagde hem. Ongedurig wreef hij hem opzij, maar opnieuw viel de lok terug. Vroeger (minder dan een week geleden) zou ik alleen maar naar de krul hebben kunnen kijken en moest ik oppassen dat mijn mond niet open bleef staan. Nu, voor de eerste keer in mijn leven en zolang als ik Kaz kende, kon ik hem recht aankijken.

„Serieus? Dat heeft hij ook aan mij gevraagd."

„Echt?"

„Echt waar. Ik heb gezegd dat hij zijn opleiding zou stoppen om de verkeerde redenen. Maar ja. Hij was echt verliefd op me." Ik zuchtte en woelde door mijn haren. „Ik dacht dat jij jaloers was." Dat ík dat zei! Wauw. Voorheen had ik het woord verliefd zelfs niet in de mond durven nemen. Bang dat hij erachter kwam.

„Jaloers? Ik? Op wie?"

„Op Thijs. Of op Jeffrey."

„Nee hoor." Hij zoog zijn wangen naar binnen. „Ik had gewoon veel aan mijn hoofd, dat is alles."

Loretta kwam aangelopen, haar armen vol met enveloppen en dossiers. Ze gaf me een olijke knipoog – zo van Net weer single en nu alweer sjans – en wilde al doorlopen, toen haar plotseling iets te binnen schoot. „Rozanne… Thijs heeft je mobiele nummer, hè?"

Ik knikte. „Hij heeft al een paar keer gebeld. Ik druk hem steeds weg." In dezelfde zin snapte ik meteen wat ze wilde zeggen. „Ik moet een ander nummer hebben. Ik wil niet meer dat hij me kan bellen." Uit mijn tas pakte ik mijn telefoontje.

„Wow, wat een mooi ding." Kaz knikte bewonderend.

„Gekregen. Van die eikel die ik vanmiddag in de solar plexus heb geslagen."

Kaz fronste. „Heb je dat echt gedaan? Dat heb ik niet gezien."

„Nee hoor. Maar volgens de verhalen wel. Ik ben een soort wonderwoman."

Hij lachte niet eens. Saaie drol.

„Wat is dat er voor een?"

„Een Nokia SX-nog wat. Klinkt als een raceauto."

Kaz nam hem van me aan en bekeek hem goed voordat hij hem teruggaf. „Heel mooi. Dat model heb ik nog nooit gezien."

„Ik ook niet. Zou ik er een ander nummer voor kunnen krijgen?"

„Dat denk ik wel. Een andere simkaart moet je dan hebben."

Simkaart. Het leek wel een toverwoord. Pardon, simsalabimkaart, hebt u een ander nummer voor me? Kunt u Thijs van de Werf ook meteen uit mijn leven schrappen, alstublieft?

De man met de Elsevier die ik in het politiebureau had gesproken, kwam in me op. Hoe heette hij ook alweer? Chris of Kees of zoiets? Ik zocht in mijn tas en vond het kaartje dat hij me eerder had gegeven. Kees Kornelissen. Met twee K's. Eén belletje en de afspraak was gemaakt. Natuurlijk, ik was van harte welkom, ik kon direct komen als ik wilde. Mobile Services was tot acht uur vanavond open.

„Kom je vanavond bij me eten?" vroeg ik aan Loretta. „Ik ben een waardeloze kok, maar ik kan pizza bestellen als de beste."

„Moet je Kaz niet uitnodigen, in plaats van Daphne en mij?" vroeg ze. „Want hij is nog steeds hot, of niet?"

Hot? Hij zag er hot uit. Maar sinds een paar uur vond ik hem, tot mijn eigen verbazing… saai. Kleurloos. Hij was eigenlijk helemaal niet zo leuk. Net als Thijs teerde Kaz alleen maar op de uitwerking van zijn uiterlijk. Misschien was hij wel wat eerlijker dan Thijs, maar veel zou het vast niet zijn. Wat raar dat ik me dat nooit eerder gerealiseerd had. Als het erop aankwam, was zo'n jongen als Jeffrey veel leuker. Veel te jong voor mij, maar in ieder geval verrassend en idealistisch. Op een dag zou hij iemand heel gelukkig maken.

„Not, niks hot. Jij en Daphne. Dat is voor mij genoeg."

„Oké, zo'n uitnodiging laat ik niet schieten. Hoe laat?"

„Als Daphne klaar is met werken. Dan kan ik eerst nog even wat regelen voor mijn telefoon."

Hoofdstuk 16

Kees Kornelissen opende mijn nieuwe Nokia en legde hem naast mijn verdronken telefoon. „Een nieuw nummer?" Hij sliste een beetje. „Niet die van uw oude simkaart? En u hebt deze pas?"

Open kaart spelen werkt soms het beste. „Ik kreeg hem van mijn vriend, weet u nog? Nou, die vriend blijkt een leugenaar. Hij heeft me bedrogen. Ik wil niks meer met hem te maken hebben, maar hij blijft me bellen. Hij kent beide nummers."

Er gebeurde iets met meneer Kornelissen. Hij keek van het toestel op, bestudeerde mijn gezicht aandachtig en legde daarna zijn handen op de tafel. „Is dat echt waar?"

Hè? Vroeg die man nou of ik het meende? Ik knikte. „Honderd procent. Hoe zou u het vinden als uw vriendin getrouwd bleek te zijn en een kind had?"

„Juffrouw... Stam, was het, hè?"

Ik knikte. Iets klopte er niet.

„Uw vriend..."

„Mijn ex-vriend."

„Uw ex-vriend is niet alleen een leugenaar. Hij is, vermoed ik, ook een dief. Een grote. Geen klein kruimelwerk."

Watte?

Meneer Kornelissen gebaarde me te gaan zitten waarna hij een boek tevoorschijn haalde en dat opensloeg. Uit zijn zak pakte hij een zwart mapje dat hij aan me gaf. Er zat een identiteitskaart in en een badge, zo'n ding dat je in de speelgoedwinkel kunt kopen voor je vervelende neefje van zes. Alleen was deze wel wat zwaarder dan een plastic namaakmodel. Deze was echt. „Juffrouw Stam... Mobile Services is een dekmantel om illegale praktijken aan te pakken. Dit is mijn identiteitsbewijs. Ik ben rechercheur bij de politie."

Politie? Ik kreeg het benauwd. „Maar... ik heb niks gedaan en..."

„Dat zeg ik ook niet," zei hij vriendelijk en bood me een kopje thee aan. Hij draaide het boek naar me toe. „Toen ik uw telefoon zag bij de politie, eerder deze week, heb ik wat gegevens daarvan naar mijn eigen telefoon gezonden. Via Bluetooth, weet u nog?"

Ik kneep mijn handen bijna blauw en knikte. Hij draaide het boek naar me toe. De pagina die hij liet zien, was een print van een internetsite. „Het was precies wat ik dacht. Hier staat het, ziet u? Een zending van dit testmodel is gestolen, recht uit het exportmagazijn in Finland. Het moederbedrijf heeft een speciale website waar de diefstal van dit prototype op vermeld staat."

„Maar daar weet ik niks van!" riep ik met overslaande stem. Ik zag het al voor me. Dadelijk kwamen hier twee breedgeschouderde agenten binnen, een duo à la *good cop, bad cop* en ik werd aan een langdurig verhoor onderworpen in een kamer met honderdvijftig watt lampen die zich voor de eeuwigheid in mijn netvliezen brandden. Oranje overalls, waardoor ik helemaal veel lijk op een gigantische wortel.

„Dat weet ik." Gelukkig zat ik bij Kornelissen nog net niet in de verhoorkamer.

„Thijs," mompelde ik. De smeerlap! De vuilak! „Hij heeft over werkelijk alles gelogen," bracht ik er met moeite uit. Het begon tot me door te dringen. „Hij heeft me een gestolen telefoon gegeven!"

„Dat weet ik," herhaalde Kornelissen en knikte. „Hebt u iets gezien waar we wat mee kunnen doen? Heeft hij u nog meer gegeven?"

Ik dacht na en schudde mijn hoofd. „Nee. Hij zei dat hij zou kijken voor een handsfree setje."

„Hebt u daar iets van gezien?"

„Nee, ik…"

Wacht eens. Die dozen. In die kelder. Toen ik dat bord beneden was gaan halen. Ik ben zo'n logo-freak, dat is bijna beroepsdeformatie te noemen, en ik had automatisch geregistreerd dat er Nokia en Bose op het karton stond. Voor het eerst in mijn achtentwintigjarige leven stond ik in tweestrijd. Echte tweestrijd. Dit was geen slap geouwehoer of flauw vrouwengezeur. Ik zou iemand erbij lappen. Thijs zou de bak in gaan, gestraft worden voor diefstal.

„Ik… moet hierover nadenken." Verward kwam ik overeind.

„Doet u dat," zei Kornelissen rustig. „Ik begrijp dat u geschokt bent. Mag ik u, voor u gaat, erop wijzen dat hij u gestolen goederen heeft gegeven? Dat u door het gebruik daarvan ook strafbaar bent? Met andere woorden, dat hij een scrupuleuze misdadiger is die heel achteloos met iemands leven omgaat? Dat u de gevangenis kunt indraaien voor iets waar u eigenlijk geen schuld voor hoeft te hebben?"

„Maar ik wist het toch niet?

„Dat is nooit een reden." Kornelissen legde het geduldig uit. Hij wist precies wat hij zei. Ik kreeg er de kriebels van. „Het is uw taak om te weten waar iets vandaan komt. Waar is de aankoopbon? Het garantiebewijs? Bij welke winkel is het gekocht?"

Tranen welden op. „Maar… dat wist ik toch allemaal niet? Ik wilde gewoon een telefoon kopen en hij had er nog eentje." Bedrukt zette ik een paar passen richting de deur.

Meneer Kornelissen stond op en overhandigde me een papieren zakdoekje. „Denkt u er maar een nachtje over. Ik ben er zeker van dat u de juiste keuze zult maken." Hij glimlachte. „U kunt me altijd bellen. Dag en nacht."

Van zoiets word je een beetje paranoïde. Ik wel, in ieder geval. Om de minuut keek ik in mijn achteruitkijkspiegel of Thijs me niet achtervolgde. Te laat realiseerde ik me dat ik niet eens meer één telefoon bij de hand had, meneer Kornelissen had ze beide gehouden. Zonder problemen kwam ik echter thuis. Gelukkig. De trap nam ik met drie treden tegelijk en de deur gooide ik dicht en zo snel mogelijk in het slot.

„Waar was je? Ik heb je wel zes keer gebeld!" riep Daphne toen ik de deur voor haar openmaakte. „Ik heb een nieuwtje, je zult het niet geloven." Loretta kwam er ook net aan.

„Ik heb ook nieuws," zei ik somber. „Dat zul je helemaal niet geloven."

„Eerst ik!" riep Daphne en trok meteen van leer. „Ik heb de school gebeld. Het Mauritscollege. Het kwam door iets wat Loretta zei, over dat Thijs loog over van alles. Er wás helemaal geen gesprongen waterleiding, en geen schade. Ik heb wel zes mensen aan de lijn gehad, en niemand wist ervan."

De schrik sloeg me om het hart. „Je hebt Thijs toch niet gesproken, hè?"

„Nee. Ik geloof dat ze hem wilden doorverbinden, maar toen heb ik het gesprek afgebroken."

Zo. Dus dat was ook een leugen. Alles was een leugen. Opeens herinnerde ik me hoe Thijs midden in de nacht een telefoongesprek kreeg. Dat was ook met de school. Inbrekers. „Hij is ook al een keer midden in de nacht gebeld," zei ik aarzelend.

„Echt?"

„Ja. Toen zei hij dat het inbraakalarm was afgegaan."

Een bezorgd trekje rimpelde tussen Loretta's wenkbrauwen. „Die gast is niet koosjer, Rozanne. Het is goed dat je er een punt achter gezet hebt."

„Je moest eens weten," knikte ik. Het was tijd om mijn vriendinnen op de hoogte te brengen. Tegen de tijd dat de pizza werd gebracht, had ik het hele verhaal verteld.

„Slim dat die Kornelissen je mobiel daar heeft gehouden," zei Daphne onduidelijk omdat ze een stuk Quattro Staggione in haar mond probeerde te proppen. „Zo kun je niet met gestolen goed betrapt worden." Dat was waar. Had ik nog niet aan gedacht.

„Wat vinden jullie? Moet ik het doen?"

„Natuurlijk!" riep Daphne.

„Ja." Loretta klonk ook beslist. „Ik zou het doen."

„Ik verraad hem aan de politie!"

„Heb je al eens goed nagedacht over wat hij je aan heeft gedaan?"

„Jawel, maar… niet echt. Liefdesverdriet is één ding, maar hij…" Opeens viel ik stil. Er schoot me nog iets te binnen.

„Wat izzer?"

„Weet je wat hij zei toen ik vroeg hoe hij zich zulke mooie spullen kon veroorloven?"

„Nou?"

„Hij zei, en dat vond ik toen zo raar dat ik het afdeed als een grapje, dat hij een heler was. Dat hij gestolen goederen verhandelde."

Een ogenblikje was zelfs Daphne sprakeloos.

„Je meent het," zei Loretta.

„Je ziet wel eens in films dat moordenaars opscheppen over hun misdaad of een soort teken achterlaten. Omdat ze trots zijn op wat ze doen," zei Daphne peinzend.

„Argh! Engerd!" gilde ik en gooide met een kussen. „Moordenaars? Doe niet zo eng!"

Loretta schaterde het uit.

De bel ging. Ik schrok zo dat ik mijn pizzapunt op de grond liet vallen, waar hij meteen een vetvlek achterliet op de vloerbedekking. „Thijs?" We keken elkaar angstig aan.

„Waar is je honkbalknuppel?" Strijdlustig kwam Daphne overeind. „Ik sla zijn hersens in als hij bij je komt."

Loretta klapte haar telefoon open. „Ik bel voor versterking."

Mijn hart bonkte harder dan een drummer in een concertzaal. Ik sloop de gang door, gluurde door het spionnetje in de voordeur, voorbereid op het ergste, en zag... Joyce! „Het is Joyce!" riep ik en zwaaide de deur open. Wat was ik blij dat ik haar zag. Opeens besefte ik hoe vreselijk ik haar gemist had, en dat was zo te zien wederzijds, want we vielen elkaar in de armen.

„Het spijt me zo," zei ze verstikt, „ik vind het zo erg wat er gebeurd is."

Door mijn tranen heen moest ik lachen. „Erg? Joyce, na alles wat mij is overkomen, is Richard het minste van mijn problemen."

Ze maakte zich los uit mijn omhelzing. „Hè?"

„Lang verhaal. We zitten aan de pizza. Ook een stuk?"

„Altijd." Huh? Dat is ook wel eens anders geweest. Voorheen

was het: Nee, Richard vindt het niet zo'n goed idee als ik tussendoor zoiets groots eet.

Achter haar draaide ik de deur grondig op slot en controleerde nog een keer extra of de schuif erop zat.

„Ik ben weg bij Richard," kondigde Joyce aan en liet een bescheiden boer. „O. Pardon."

„Wat?" riepen Daphne en ik in koor.

„Die dag dat hij zo tegen jou is uitgevaren, weet je nog?" Hoe zou ik dat kunnen vergeten.

„We kregen thuis vreselijke ruzie. Ik zei dat hij oneerlijk was, dat jij en Daph mijn beste vriendinnen waren en dat hij niet van mij mocht eisen dat ik een streep onder onze vriendschap zette." Wie Joyce kent, weet dat ze bij zulke gesprekken altijd heel emotioneel en beladen en dramatisch kan doen. Maar niet toen ze zat te vertellen. Ze was merkwaardig opgewekt en rustig en ik durf te zweren dat ze opgelucht was. „Enfin, het liep nogal hoog op. Richard liep boos de deur uit en ik besloot om met de kinderen naar mijn zus te gaan, gewoon voor een kopje thee en om even stoom af te blazen." Ze veegde haar vingers af aan een servetje en mikte op de pizzadoos. Mis. Ze zou een waardeloze softballer zijn.

„Mijn zus vroeg of ik wel goed bij mijn hoofd was. Hoe kon ik me zoiets laten zeggen? Ze is nogal nuchter, weet je. Om het samen te vatten: ze begreep niet wat ik in Richard zag en zei dat ik helemaal niet meer mezelf was." Ze haalde haar schouders op. „Ik zou wel een sigaret lusten, maar ik ben gestopt."

„Ga nou verder," drong Daphne aan.

„De man van mijn zus kwam thuis. Dag schoonzusje, zei hij en kroelde door mijn haar. Hij is lief voor haar, en leuk voor de kinderen. Mekkert er niet over dat zijn broek kreukt als ze hem komen knuffelen en gaat op de grond zitten en speelt mee met de lego. Op dat moment viel het muntje. Zo hoorde het. En niet anders."

„En toen?" Ik keek haar aan. Wist wat er zou komen, maar kon mijn oren niet geloven.

„Toen besloot ik om van Richard te gaan scheiden. Het is al in gang gezet. Ik ben de hele week bezig geweest om mijn spullen en die van de kinderen op te halen als hij niet thuis was. Mijn zwager kon een flatje regelen en daar woon ik nu, met de kinderen."

„Sodeju."

„Dat is heftig."

„Vind je het niet verschrikkelijk moeilijk? Ik bedoel, je hebt toch een heel leven met elkaar opgebouwd en…"

Joyce onderbrak Loretta's vraag met hoofdschudden. „Nee. Het zat al langer niet goed tussen ons. Ik ben blij met de kinderen, ik zou ze niet willen missen. Voor Richard waren ze leuk als ze van pas kwamen in het ideale plaatje dat hij voor de buitenwereld wilde zijn. Maar thuis vond hij er niet veel aan. Ons huwelijk was schijn. Ik ging me steeds meer gedragen zoals hij dat wilde en toen mijn zus daarover een opmerking maakte, zag ik het pas in. Of wilde ik het inzien, dat is misschien beter gezegd." Ze zuchtte. „O, ik doe een moord voor een hijs."

We zaten haar allemaal stil aan te kijken. Het is ook niet niks, een punt achter je relatie zetten. Zeker niet als er kinderen bij zijn.

„Weet je wat pas echt moeilijk was?" Joyce keek gepijnigd. „Hierheen komen. Als jij me niet meer zou willen spreken, dan was dat heel begrijpelijk geweest."

„Doe niet zo gek. Je bent altijd welkom!"

„Sorry. Het spijt me," zei ze en in tegenstelling met iemand anders die eerder die dag dezelfde woorden had gezegd, was dit wel oprecht.

Loretta hief haar glas. „Proost."

„Op het vrij… gezellige bestaan! Tegen wil en dank!" riep Daphne.

„Tot de volgende man," vulde ik aan.

Joyce knikte alleen maar. Meer viel er niet aan toe te voegen. Volgens mij was ze heel blij dat ze terug was bij het meisjesteam.

Tien minuten later, gesteund door mijn drie beste maatjes, belde ik Kees Kornelissen op en vertelde hem over de kelder en de doos met het opschrift Nokia die ik gezien had en over de spullen in de flat van Thijs. Toen ik hem vertelde dat Thijs me had gezegd dat hij een heler was, lachte Kornelissen kort en tevreden. „Denkt u dat hij het meende?" vroeg ik dunnetjes, hoewel ik het antwoord daarop wel wist.

„Jazeker. Weet u dat veel mensen die iets op hun kerfstok hebben, dat doen? In principe moeten ze alles geheim houden, maar ze zijn trots op hun prestaties en vertellen het dan alsof het een geintje is. Dat is de enige manier waarop ze heel even kunnen vertellen hoe of wat ze gedaan hebben, en de ander denkt meestal dat het een grap is."

Ik keek de anderen aan. Ze moesten eens weten hoe dicht ze bij de waarheid zaten.

„Weet u wat voor auto hij rijdt?"

„Een oude Peugeot."

„Heeft hij ook iets gezegd over een andere auto?"

Alles was een leugen, flitste het door me heen. Elk detail kwam scherper dan voorheen bij me terug. „We maakten grappen over een BMW. Iets met een Z, en zonder dak."

„Een Z4, cabrio? Toe maar. Hebt u die gezien?"

„Nee. Ik dacht dat…" mijn zin maakte ik niet af.

„U dacht dat hij het niet meende," vulde Kornelissen vriendelijk aan. „Ziet u? Als je maar overtuigend genoeg voor de gek wordt gehouden, geloof je het ook nog."

„Hoe gaat het nu verder?"

„Ik speel dit door aan de rest van het team. We gaan zeer omzichtig te werk. Hij zal niet weten dat dit van u komt." Hij schraapte zijn keel en zei ernstig: „Dank u voor uw medewerking, juffrouw Stam. Het komt allemaal in orde."

Ik legde neer.

Daphne gaf me een zoen. „Goed gedaan, Ennazor." Loretta en Joyce knikten instemmend.

Als mijn gevoel me nou maar met rust liet. Had ik wel het juiste gedaan?

We waren al vrolijk aangeschoten toen opnieuw de bel ging en ik weer een gilletje gaf. „Daar is-tie!"

Daphne was op dreef. „Orlando Bloom, hè?" Ik durf te wedden dat het nu Jack Nicholson is. Ken je die scène? Uit *The Shining*? Als hij zo met zo'n bijl door de deur..."

„Hou op," gilde ik en drukte mijn handen tegen mijn oren. „Hou op! Ik wil het niet horen!"

„Ik zou maar niet opendoen, Rooz... *Little Pigs... Little Pigs... Let me in...*"

Ik probeerde Daphne te smoren met een kussen. „Genade? Smeek je om genade?"

„Zou je niet opendoen?" vroeg Loretta onverstoorbaar toen er nog een keer gebeld werd.

Joyce, brave, volgzame, neurotische Joyce kwam kwiek overeind. „Blijf maar zitten. Ik ga wel kijken." Waar was dat huismoedertje gebleven? Ze had het van zich afgegooid en was weer de Joyce die ik van vroeger kende, van voor Richard. Dit was mijn kamergenoot en collega van vroeger.

Daphne rukte het kussen van zich af en omklemde het. „Daar komt hij, Rooz. Hoe is je testament? Sta ik erin? Mag ik je honkbalhandschoen? Kan ik voor veel geld verpatsen op internet, want het is een rechtse."

„Als je niet uitkijkt, krijg je een rechtse," waarschuwde ik haar.

Joyce kwam terug. „Die Thijs, is dat een donkere man?"

„Verrek! Paulo!" Loretta sprong omhoog en was in twee stappen de kamer uit. „Die had ik toch net gebeld?" riep ze vanuit de gang. Twintig seconden en een hoop gerammel met het slot en de knip later stond Paulo in de huiskamer.

„Hallo." Over niet op je gemak zijn gesproken. Loretta's broer stond tussen opgestapelde pizzadozen en lege wijnflessen te midden van vier lichtelijk aangeschoten, semi-hysterische vrouwen een beetje hulpeloos aan zijn jas te plukken. „Ik kwam kijken wat er was. Loretta stond op mijn voicemail en toen..."

We zagen er niet hulpeloos uit. Wel laveloos. Paulo haalde zijn schouders op en draaide zich om.

„Wacht," zei ik en kwam van de bank. „Ik loop even mee." Ik struikelde over mijn laarzen en de schoenen van de anderen en botste tegen Paulo op. „Sorry dat je voor niks bent gekomen," zei ik een beetje gegeneerd. Loretta's broer leek niet echt op zijn oudere zus. Ze hadden wel diezelfde manier van je peinzend aankijken. Zoals nu.

„Als er iets is, bel je me dan?" zei hij. „Ik ben er zo, goed?"

„Je bent een schat, maar het was loos alarm."

„Je bent grappig als je een wijntje op hebt," zei hij. „Zonder trouwens ook. Doe de deur achter me weer op slot, oké?" Ik knikte, wuifde een beetje nufjes en deed wat hij zei.

Orlando en Jack kwamen niet meer opdagen die avond.

Het was iets meer dan een week geleden dat ik mijn gezicht zo had gemolesteerd dat het mijn hele leven behoorlijk had beïnvloed. Als ik nu in de spiegel keek, was ik niet ontevreden. Het litteken was prima geheeld, twee kleine, witte stipjes waren het enige wat echt was overgebleven. De gelige gloed rond mijn oog liet zich heel makkelijk met wat dagcrème wegwerken en je zag er haast niks meer van. Bovendien voelde ik me geweldig.

Nou ja, goed. Redelijk.

Paulo had gebeld en ik had hem uitgebreid verteld wat er was gebeurd. Daar had hij wel recht op nadat hij mij te hulp had willen schieten en alleen maar een bende melige meiden had aangetroffen. Hij drukte me op het hart om hem te bellen als ik ergens hulp bij nodig had. Net Loretta. Het deed me goed, want eerlijk gezegd viel het niet mee om Thijs van me af te zetten. Om romantische gevoelens ging het allang niet meer. Ik kreeg steeds visioenen van Thijs met bijl (bedankt, Daphne) die mijn badkamerdeur aan mootjes hakte.

„Je denkt te veel aan rampscenario's," zei Daphne toen we terugliepen naar onze fietsen na het softballen.

„Ja, gek hè? Hoe zou dat nou komen?"

Ik had meegetraind, rustig en voorzichtig nog. Joe stond erop dat ik me zou laten controleren door een arts, maar ik verklaarde hem voor gek en mezelf voor genezen. Het was goed, hoor. Ik had een week lang rustig aan gedaan. Tijd voor normale dingen.

„Hé, is dat Loretta niet?"

„En Joyce."

We keken elkaar een seconde aan. Twee tegelijk? Betekende dat problemen? Maar ze hadden de grootste lol. „Het ziet er niet erg uit," zei ik.

Joyce en Loretta stonden bij onze fietsen. „Ha!" riep Loretta al van een afstandje. „Daar zijn jullie."

Het was een beetje vreemd om die twee hier tegen te komen. Per slot van rekening hadden ze niets met softbal. Hoe kwamen ze samen hier verzeild? „Ik was naar jou op zoek," zei Joyce tegen mij. „Want euh... ik heb een mededeling."

„Je gaat niet scheiden," zei Daphne plompverloren. Ik gaf haar een duw.

„Ssttt!"

Joyce lachte, absoluut niet beledigd. „Dat gaat wel door. Maar je hebt geen telefoon meer. Daphne was bij jou en haar kreeg ik ook niet te pakken. Gisteren heb ik Loretta's nummer gekregen en toen heb ik haar gebeld... met het nieuws."

Ik werd nieuwsgierig. „Wat is er dan?"

„Wat voor nieuws?" vroeg Daphne.

„Misschien moet je even gaan zitten," giebelde Loretta. Joyce beet op haar lip.

„Het is erg grappig, zo te zien." Ik stak mijn handen uit.

„Hoe is het met je liefde voor Kaz?"

Ik keek beurtelings van Joyce naar Loretta. „Huh? Waar gaat dit over?"

„Kaz. Jouw droom der dromen. De BAM. Bijzonder Aantrekkelijke Man. De prins op het witte paard, et cetera."

Ik gaf geen antwoord. Op mijn beurt vroeg ik: „Wat is er met Kaz?"

„Eerst zeggen."

Een beetje onverschillig haalde ik mijn schouders op. „Hij doet me niet veel meer, eerlijk gezegd. Van de week besefte ik dat hij eigenlijk maar een saaie flapdrol is."

„Nou, dat komt dan prima uit."

Daphne kon het niet meer houden. „Als je nou niet zegt waarom je hier bent, krijg je een softbal tegen je oog, Joyce!"

Joyce moest nu wel erg hard haar best doen om haar gezicht in de plooi te houden. Loretta nam het woord. „Weet je nog dat ik zei dat Kaz jaloers was op Jeffrey en op Thijs vanwege jou? Omdat jij geen aandacht meer voor hem had?" Ik knikte. Begreep nog steeds niet waar ze heen wilde. „Kaz was jaloers, zonder twijfel. Maar niet op Jeffrey of Thijs. Hij was jaloers op jou."

„Hè?"

„Vanwege Jeffrey."

Het duurde even voordat het muntje viel. Kaz? Wat?

Joyce knikte. „Ik vertelde gisteren toch dat ik in een tijdelijke woning ben getrokken? Dat is boven een homokroeg. En wie liep daar op mijn eerste avond naar binnen?"

Ik schudde mijn hoofd. „Nee. Geloof ik niet."

„Tenzij hij een dubbelganger heeft, was het hem, Rozy-Rooz. Hij zag mij niet, maar ik zag hem wel. Hij deed een beetje heimelijk, snel naar binnen en zo, maar het wás hem. Geen twijfel mogelijk. Lieverd: Kaz is homo."

„Nee. Kan niet. Káz?"

„Yes, baby. Ik heb hem natuurlijk al een tijdje niet meer gezien, maar hij was het, hoor. En ook later op de avond, toen ik hem zag weggaan. Met een andere man."

„Is Kaz een homo?" Ik staarde haar met open mond aan. Dat kon niet. Echt niet. Zoveel gebundelde mannelijkheid, dat kón niet.

„Echt waar."

Loretta grijnsde nog steeds breeduit. „Toen Joyce het zei, vielen de stukjes op zijn plaats. Hij was verliefd op Jeffrey! En wij maar denken dat Jeffrey homo was, maar we hadden het helemaal verkeerd. Daarom ging hij niet in op jouw gestuntel, want zoals je wel gemerkt hebt, valt iedereen voor je, behalve Kaz. Niet omdat hij zo'n coole vent is, maar omdat je voor hem van het oninteressante geslacht bent!"

Onthutst keek ik de dames aan. Was ik het verkeerde soort voor mijn pièce de la pièce? *Holy Moses, smell the roses...*

Daphne was de eerste die haar verbazing te boven was en begon vreselijk te lachen. Ze klapte in haar handen en gierde het uit. „Ro-hooz, je keuze in mannu-hun is voor-tref-fuh-luh-huh-huk!" Ze kwam bijna niet uit haar woorden.

„Ik moet toegeven," knikte Joyce die duidelijk moeite moest doen om serieus te blijven, „dat jij er nog meer een puinhoop van maakt dan ik." Ze slikte. „En ik maar denken dat ik de verkeerde had gekozen met Richard. Maar jij, lieve schat, spant de kroon." Toen kon ze ook haar lachen niet meer houden.

Hoe was het mogelijk? Hoe kon het dat ik een muzikale, romantische tiener die nog niet volwassen was, een zestienjarige autovandaal en een leugenaar annex dief achter me aan kreeg en vervolgens zelf viel voor een homo die nooit ofte nimmer wat in mij zou zien? Ik kon niet anders doen dan heel diep zuchten en vervolgens net zo hard mee lachen met de anderen.

Net zo hard? Waarschijnlijk nog wel harder.

Het beloofde weer een vrolijk avondje te worden. Om mijn foute keuze in mannen te vieren, vroeg ik of Loretta, Joyce en Daphne zin hadden om een glaasje Baileys te komen drinken. Per slot van rekening waren we vlak bij mijn huis.

Er hing een nieuwe buitendeur in de benedenhal van mijn flat. Het werd tijd ook. Iedereen banjerde maar in en uit zoals het uitkwam en ik had wel eens een dronken vent gezien die in de hoek van het souterrain had staan plassen. Met een beetje geluk bleven de deur en het slot wel een maand of drie heel.

Met mijn splinternieuwe sleutel –vanavond mij persoonlijk overhandigd door de verhuurder – deed ik de deur open en liet de meiden voorgaan. Nog even de krantjes uit mijn brievenbus halen en... onverwacht klemde zich een hand om mijn arm. „Wat heb je gedaan?!"

Ik schrok me kapot! Thijs! Hij hield mijn arm in een bankschroefgreep. Zijn knappe gezicht was een masker van woede.

211

Hij zag er bezweet en opgejaagd uit. Doodeng. Met van die rollende ogen, nog net geen schuim op zijn lippen. „Wat heb je gedaan, stomme trut? Wat doet de politie in mijn huis?"

Ik was bang. Echt bang. Ik gilde. „Stom wijf!" brulde Thijs en haalde uit om me te slaan. Ik viel opzij tegen de brievenbusjes en schreeuwde van angst en pijn. Zijn handen vlogen naar mijn nek.

Toen gebeurde er van alles tegelijk. Daphne, klein maar dapper, kwam de trap afgerend en sprong hem op zijn rug. Loretta trok haar telefoon en belde het alarmnummer. Joyce bonkte op flatdeuren en schreeuwde om aandacht te krijgen. Ik kreeg het heel benauwd. Hoewel Daphne vocht als een tijger en zo hard aan Thijs' haar trok dat ze zeker heel wat haren in haar handen zou hebben, kneep hij mijn keel steeds verder dicht. Loretta zette de buitendeur open en stortte zich ook op Thijs.

Waar hij vandaan kwam, wist niemand, maar opeens was Paulo er. Hij greep Thijs beet en wat wij met drie vrouwen niet voor elkaar kregen, lukte het met een vierde speler wel. Een tel later en de twee mannen rolden over de grond, een kluwen van armen en benen en een hoop gevloek en gesteun. Met piepende ademhaling en hoestend kroop ik weg van het gevecht. Paulo!

Er stopte een auto, met gierende banden. Opeens was er overal politie. Ze trokken de twee mannen met veel moeite uit elkaar. Thijs werd meteen afgevoerd. Hij vloekte en tierde en de twee agenten konden hem maar nauwelijks de baas.

Daar was Kees Kornelissen. In een oogwenk had hij de situatie in zich opgenomen en knielde naast mij neer. Bezorgd keek hij naar me. „Juffrouw Stam, is alles goed met u?"

Trillend wees ik naar Paulo, die alweer aan de genade van twee overijverige agenten was overgeleverd. Het zou niet nog een keer gebeuren dat hij vanwege mij afgevoerd werd naar het bureau! Schor riep ik: „Niet doen. Laat hem los! Paulo!" Ik krabbelde overeind en sloeg mijn armen om zijn nek. En ik huilde, met warme zoute tranen.

„Het is voorbij," fluisterde Paulo en hield me heel stevig vast. „Het is voorbij."

Hoofdstuk 17

Ik had inderdaad het huis vol zitten. Niet echt zoals ik dat van tevoren bedacht had, maar toch, de keet zat vol. Eind goed, al goed.

Agenten liepen in en uit en een tijd lang waren mijn woning en de hal beneden het middelpunt van bedrijvigheid. Loretta, Joyce, Daphne, Paulo en ik kwamen een beetje bij van de schrik, onder toeziend oog van Kees Kornelissen. Een politie-arts kwam binnen en constateerde dat ik het wel zou overleven. (Tien jaar medicijnen gestudeerd.) De rest trouwens ook. Viel dat weer mee.

Mijn gezicht deed zeer van die klap tegen de brievenbus en ik hield een ijszak tegen mijn slaap. Was de ene kant net genezen, kreeg ik weer een blauwe plek aan de andere kant van mijn gezicht. „Dat wordt weer een prachtig exemplaar," zei Daphne nadat ze even had gekeken hoe het ervoor stond. „Geen hechtingen dit keer."

„Waar kwam jij nou vandaan?" vroeg ik aan Paulo, die niet van mijn zijde was geweken.

„Ik had net een klant afgezet in de straat hierachter. Ik hoorde gegil." Alsof het een kleinigheidje was, haalde hij zijn schouders op. Ik kneep dankbaar in zijn hand. Wat een man.

„En waar kwam u zo snel vandaan?" vroeg Joyce aan Kees Kornelissen. Die schraapte zijn keel.

„We hebben vanmiddag een inval gedaan in de flat van Thijs van de Werf. Het is een schatkamer voor de recherche. Er staat daar zoveel gestolen spul, dat hij met recht een grote jongen genoemd mag worden."

„Hebt u de kelder gezien?"

„Ja. Dat was de hoofdprijs. Het toeval wil dat hij zijn spullen daar tijdelijk opgeslagen had. De loods waar normaliter de goederen stonden, had een lek in de waterleiding."

Ik dacht aan de avond dat hij mij alleen gelaten had met Claudia vanwege een gesprongen waterleiding. „Werden die spullen op het Mauritscollege bewaard? Thijs moest weg voor een gesprongen waterleiding. Was dat echt dan?"

Kornelissen schudde zijn hoofd. „De halve waarheid. Achter het Mauritscollege is een kleine opslagruimte, een dubbele garage, die te huur stond. Van de Werf had het zo gebracht aan de verhuurder daarvan, dat het leek of de school er gebruik van mocht maken en de huur nam hij voor zijn rekening. De verhuurder wist niet beter of er stonden afgedankte banken en stoelen."

„Maar in werkelijkheid..." zei Loretta.

„Stond het vol met gestolen spullen. Een van Van de Werfs kameraden kwam iets afleveren en zag dat er water op de vloer stond. Hij belde uw ex-vriend..."

„En die reed er op stel en sprong heen," vulde ik aan. „En dus verhuisde hij de boel naar de kelder van zijn eigen woning?"

„Ja. Dankzij u konden we hem in de gaten houden. We vielen vanavond bij hem binnen, maar..." hij schraapte zijn keel voor hij verder ging, „helaas wist hij te ontkomen." Meneer Kornelissen keek een beetje moeilijk. „Ik vind het erg vervelend dat dit gebeurd is. Dat wilde ik juist voorkomen. Ik was net naar u op weg om u op de hoogte te brengen, dus ik was in de buurt. Gelukkig waren uw vrienden bij u."

We zaten er allemaal nog een beetje hyper bij. Daphne kon haast niet stilzitten en Joyce vroeg me om de minuut of ik geen pijn in mijn keel had. Dat viel wel mee. „Mooie oorlogswond," fluisterde Loretta in mijn oor en opeens was ik zo verschrikkelijk blij dat ik er niet alleen voor stond, dat zij en Daphne en Joyce en Paulo bij me waren, dat ik begon te lachen. Te stralen zelfs, ondanks de beurse plek op mijn hoofd en mijn zere keel.

„Dat is de schrik," knikte Daphne gewichtig. „Ontlading. De zenuwen. Ik ken het. Werk in het ziekenhuis, weet u."

„Dat weet ik, ja," zei Kornelissen droogjes. „U bent een tijdje geleden ook op het bureau geweest. Een incident met een fiets en een taxi en een slachtoffer dat nogal bloedde, nietwaar?" Voor het eerst in haar leven was iemand Daphne de baas. Ze deed haar mond open om iets te zeggen en klapte hem geluidloos weer dicht.

Kees Kornelissen stond op. „U hoeft niet mee te lopen, hoor, ik kom er zelf wel uit," knikte hij. „O. Voor ik het vergeet." Uit zijn zak haalde hij mijn nieuwe mobieltje dat hij neerlegde op tafel. „U mag de XSC 1000 houden. Er zit een nieuw nummer in en uw oude gegevens heb ik overgezet, voorzover mogelijk." Hij aarzelde even en overhandigde mij toen een envelop. „Dit is voor u, met de complimenten van de firma Nokia en de verzekeringsmaatschappij. De zending telefoons gaat terug op transport naar Finland. Toen u mij belde, heb ik ze op de hoogte gesteld. Ze zijn u zeer dankbaar."

„Meneer Kornelissen?"

„Ja?"

„Als dat mobieltje nou zo'n geheim was, waarom denkt u dan dat hij het aan me heeft gegeven? Hij moet toch hebben geweten dat hij met vuur speelde?"

Er gleed een kleine glimlach over zijn gezicht. „Eerlijk gezegd denk ik dat hij wel eens verliefd op u zou kunnen zijn. Dan ben je niet altijd even rationeel." Hij maakte een kleine beweging, haast alsof hij wilde buigen, en gaf me toen een hand. „Dag mevrouw Stam. Bedankt voor uw medewerking. Goedenavond." Hij vertrok, mij achterlatend met de envelop en de telefoon, én een hoofd vol verwarring en vragen.

„Wat is dat? Een beloning?" De anderen keken me aan.

„Een brief natuurlijk," zei ik en maakte de envelop open. „Met daarin een hoop blabla en het verzoek om die telefoon maar even per omgaande terug te sturen."

Maar niets was minder waar. In de envelop zat een cheque. Dit kon niet echt zijn. Eén vijf en drie nullen! Vijfduizend euro!

Daphne was de eerste die wat zei. Hoe kon het ook anders. „Euh… Rozanne? Wie van ons vind je het liefste? En hoe zat het ook alweer met je testament?"

„Weet je," zei ik tegen mijn tafelgenoten, terwijl ik een vers mueslibolletje dik met boter besmeerde, „het is net een boze droom."

„Heb je wel goed geslapen?" Daphne strooide een centimeter hagelslag op haar boterham.

„Ben wel wakker geweest, maar het ging wel."

Loretta hanteerde met flair een grote pot verse koffie. Behalve Joyce, die vanwege haar kinderen naar huis moest, waren ze allemaal blijven slapen. Tot diep in de nacht hadden we zitten praten over wat er gebeurd was en toen het tijd was om naar bed te gaan, wilde niemand mij alleen laten. Uiteindelijk bouwden we de banken om tot slaapplaatsen (lang leve Ikea) en sliepen we met z'n vieren in mijn woonkamer. Nu stond daar de boel te luchten en zaten we allemaal gedoucht, fris en schoon in mijn kleine keukentje aan tafel. Het was wat krapjes, maar wel gezellig.

„Weet je dat ik het nog maar nauwelijks kan bevatten?" Ik keek de anderen aan. „Ik begrijp niet dat ik het gewoon niet in de gaten had. Ik was echt voor de verkeerde man gevallen." Paulo's knie raakte de mijne en dat was niet omdat er weinig ruimte onder de tafel was. Loretta en Daphne zagen het glimlachje niet dat alleen voor mij bestemd was.

„Het was wel eng toen hij opeens in de gang stond," zei Daphne. „Ik schrok me kapot."

Loretta knikte. „Anders ik wel. Wat zou er met hem gebeuren?"

„Hij zal wel voorgeleid en veroordeeld worden," zei Paulo.

„Denken jullie dat ik dan naar de rechtbank moet?" Opeens sloeg de schrik me om het hart. „Dat ik moet getuigen of zoiets?"

„Ik weet het niet. Misschien kun je die rechercheur, die Kornelissen, vragen of dat zo is. Zou je het doen als hij het vroeg?" Loretta keek me aan voordat ze een hap nam. „Als het zo is, gaan wij mee hoor. Je hoeft niet alleen daar naartoe."

Ik haalde mijn schouders op. „Dat weet ik niet," antwoordde ik langzaam. „Eigenlijk wil ik niets meer met Thijs te maken hebben." De woorden van Kornelissen kwamen in mijn gedachten terug. *Verliefd op u… niet altijd even rationeel.* Dat was het enige waar ik hem wel eens naar zou willen vragen. Alles wat hij zei, toen bij Ginrooij voor de deur, was dat allemaal een leugen? Dat hij bang was om me te verliezen en zo? Of zat er toch een kern van waarheid in? Was ik te lichtgelovig, of was Thijs toch niet zo'n stoere misdadiger als hij zelf dacht dat hij was? Ergens trof me het wel dat hij mij het mobieltje had gegeven omdat hij misschien verliefd op me was. Dan was het in ieder geval nog om de juiste reden.

„Heb je niet eng gedroomd?" vroeg Daphne nog eens. „Ik geloof dat ik een hele film bij elkaar zou dromen."

„Jawel," gaf ik toe, „daarom ben ik in mijn eigen bed gaan liggen." Ik kauwde op het mueslibrood en liet de afgelopen uren nog eens de revue passeren. Net als de anderen was ik redelijk snel in slaap gevallen, simpelweg omdat mijn energie echt op was. Ik was gewoon doodmoe. Na een paar uur was ik wakker geworden, bezweet en warm en angstig. In mijn droom rende Thijs achter me aan met een bijl en dat ding bleef halverwege mijn keel steken toen hij mijn hoofd eraf wilde hakken. In een film schrikken helden altijd knap en bezweet wakker, en ze zitten meteen rechtop in bed. Ik niet. Als ik vervelend droom, lig ik meestal te draaien en te woelen en na verloop van tijd realiseer ik me dat ik wakker ben, dat ik alleen nog mijn ogen open moet doen. Er is maar één manier om de spookbeelden van zo'n droom weg te krijgen, en dat is er even uitgaan.

Wat ik dus ook deed.

Het was erg warm in de woonkamer. Vier mensen in dezelfde, niet al te royale ruimte doet de temperatuur snel stijgen en ik slaap graag fris, vlak bij het open raam. Ondanks dat het raampje boven de balkondeur openstond, was het me veel te benauwd in de kamer. Heel zachtjes, om Daphne, die naast me lag, niet wakker te maken, stapte ik van de bedbank en liep naar de keuken.

Ik stond een paar minuten in mijn pyjama op het kleine balkonnetje van mijn keuken. Het was daar uiteraard veel te fris voor, maar de koele lucht werkte kalmerend op mijn zenuwen. De flarden van de droom begonnen uit elkaar te vallen. Thijs, dacht ik, hoe kan het nou? Waarom heb je gedaan wat je gedaan hebt? Wat was ik voor jou? Een gewillig slachtoffer of had je het echt te pakken?

„Je staat hier kou te vatten," zei een zachte stem achter me, waardoor ik bijna opsprong van schrik.

„Paulo. Man, ik schrik me wild!"

„Sorry, dat was niet mijn bedoeling." Hij aarzelde even en toen voelde ik handen op mijn schouders. „Gaat het wel met je?"

„Jawel hoor. Ik werd wakker omdat ik over hem droomde. Hij kwam me achterna met een bijl. Daphne ook altijd met d'r fijne films."

„*The Shining*, zeker?" Paulo lachte zachtjes. „Die moet je niet zien als je zoiets hebt meegemaakt." Zijn stem klonk warm en fijn, zo dichtbij.

„Ben ik echt zo'n verschrikkelijke sukkel, Paulo? Waarom overkomt mij zoiets?"

„Je bent helemaal geen sukkel." Opeens was ik me heel bewust van zijn aanwezigheid. Zijn handen gleden over het kippenvel op mijn armen naar beneden en hij sloeg zijn armen om me heen. Hij was iets kleiner dan ik, maar het voelde fijn. Beschermd.

„Thijs had het over diepgang en zo. Misschien ben ik wel superoppervlakkig."

„Welnee. Kornelissen had gelijk, denk ik. Hij was vast verliefd op je."

„Denk je dat?"

„Volgens mij is er niemand die niet een beetje verliefd op jou wordt. Het gaat vanzelf."

Mijn hart klopte een paar een keer dubbelslag. Alsof het een salto maakte in mijn borstkas. „Paulo…"

„Ik weet het wel zeker," zei hij en gaf me een zachte, tedere kus op mijn slaap. „En ik kan het weten, want ik spreek uit persoonlijke ervaring."

Aan de hemel fonkelden de sterren. Op het balkon rilde ik in de omhelzing van een man die mij heel stevig vasthield.

„Rozanne, ik ben verliefd op jou. Al vanaf het moment dat Loretta je de eerste keer in mijn taxi zette. Jij was het enige waar ik aan kon denken en je weet niet half hoe blij ik was toen je bij *Black & White* kwam luisteren." Zijn gezicht was heel dichtbij. Hij wreef zijn neus langs mijn wang. „Ik was niet helemaal toevallig vanavond in de buurt. De afgelopen week ben ik hier heel vaak langsgereden, hopend op een glimp van jou. Dit moment… de aanleiding, was heel vervelend, maar nu ben ik de gelukkigste man ter wereld. Ik heb gedroomd dat ik zo kon staan, dat ik je kon laten voelen hoe het is om echt op iemand verliefd te zijn. Dat ik je kon vertellen dat ik verliefd ben op jou."

Voelde ik me ook zo toen ik verliefd werd op Thijs? En Kaz? Nee. Dit was anders. Warmer. Vertrouwder. Meer houden van.

„Rozanne, ik moest het gewoon zeggen," zei hij zacht. „Ik snap best dat je niet zit te wachten op de volgende man in je leven, maar…"

In zijn armen draaide ik me om en legde mijn vinger op zijn lippen. Ze waren warm. „Weet je dit wel zeker? Ik trek onheil aan, heb ik gehoord."

Hij lachte. „O ja? Nou, ik waag het er maar op."

„Ik weet niet of ik er klaar voor ben," bekende ik.

„Geef jij het tempo dan maar aan," stelde hij voor.

Ik zocht in de duisternis van de nacht naar het licht in zijn ogen. „Ik ga in mijn eigen bed liggen," zei ik en kuste hem. „Het is nog koud. Ik kan wel wat warmte gebruiken."

Paulo lachte zachtjes. We sliepen in mijn bed. Tegen elkaar aan, zijn sterke armen beschermend om mij heen geslagen. Meer was het niet, maar meer had ik dan ook niet nodig.

„Wat was jij trouwens vroeg uit bed," zei Loretta tegen haar broer. „Ik heb niet eens gemerkt dat jij eruit bent gegaan."

Weer een duwtje tegen mijn knie. „Dat komt, lief zusje, omdat ik niet zoveel alcohol op had als jij."

„Zoveel was het anders niet."

„Genoeg om je te laten snurken, dacht ik zo."

„Drink jij eigenlijk wel alcohol?" vroeg Daphne en propte nog een dubbele witte boterham met hagelslag in haar mond.

„Heel weinig. Ik studeer nog," zei Paulo hoofdschuddend. „En ik kan niet goed leren als ik heb gedronken. Het lijkt wel of ik dan niks kan opnemen. Die studie is zo verdraaid duur dat ik me niet kan veroorloven om een tentamen te verprutsen, dus hou ik me maar een beetje koest. En als taxichauffeur kan ik uiteraard helemaal niet drinken."

Ik keek Paulo aan. „Wat doe je voor studie?"

„Culturele antropologie." Ik had acuut last van hersenverweking. Mijn Romeo was niet alleen lief, maar ook nog slim.

„Dat kan ik niet eens uitspreken," zei Daphne onduidelijk met een mond vol.

„Hoeft ook niet. Als ik het maar kan," zei hij en lachte. Een tinteling liep over mijn rug. Paulo glom toen hij me aankeek. Niemand zag het. Dacht ik. Of toch? Loretta kreeg iets in de smiezen. Misschien kwam dat wel omdat ik erg verliefd aan het worden was. Of omdat ik erg verliefd naar haar broer keek en niets zei. Dat was ook niet nodig. Ik was hier te midden van mensen die van me hielden en die me accepteerden zoals ik was.

De zon, die in mijn kleine keukentje naar binnen viel, zette het gezelschap in helder licht. Ik voelde me gelukkig.

Een week later.

„Rozanne, kun je even komen? In de PR." Dat was Jan, die me belde. De boss himself. Dat deed hij bijna nooit. Daar had hij tegenwoordig Gloria voor. In de presentatieruimte? Zat hij daar met een klant?

„Nu? Ik kom eraan."

Kaz zat aan zijn bureau te werken. Hij had een koptelefoontje op en ik wist dat hij naar muziek luisterde terwijl hij werkte. Zijn slanke vingers ratelden op het toetsenbord. Hij keek even op en glimlachte naar me toen ik voorbijliep. Ik glimlachte ook. Kaz. De man van mijn dromen, die nooit de man van mijn dromen zou worden. Hij trok een oortje los. „Hoe gaat het met je?"

„Goed," zei ik. „Met jou?"

„Gaat wel." Hij keek wat bedrukt.

„Is er iets?"

„Och..."

„Kaz, ik moet nu naar de PR. Ik kom dadelijk wel even langs." Zelfverzekerd, met opgeheven hoofd én een vreemd gekleurd jukbeen liep ik verder. Zo ontzettend cool.

Toen ik de deur van de presentatiekamer opendeed na een braaf klopje, keek ik niet in het gezicht van Jan, maar zag ik tot mijn verbazing de blozende wangen van Gertjan Eerbeek. „Dag Rozanne," zei hij en schudde me hartelijk de hand.

„Dag Gertjan. Hoe is het met u, met jou, bedoel ik?"

„Uitstekend. Vergis ik me, of... is dat een nieuwe blauwe plek?"

„Opgelopen tijdens een gevecht met een heler," zei ik eerlijk. Waarom dat zo komisch was – ik sprak nota bene de waarheid! – weet ik niet, maar Gertjan barstte in lachen uit. Aan de andere kant van de tafel zat Jan, die krampachtig probeerde om directeurachtig te doen en niet te lachen. Ik keek hem vragend aan. Waarom was ik geroepen?

„Hoe kan ik jullie van dienst zijn?"

„Gertjan heeft iets te zeggen," zei Jan en gaf daarmee hoffelijk het woord aan de klant.

„Ik heb besloten mijn klus aan jullie te geven. Het is een grote job, waar jullie minimaal twee jaar mee onder de pannen zijn. Ik heb gevraagd aan Jan of ik het je persoonlijk mocht zeggen," zei Gertjan monter, „want ik moet zeggen dat ik het etentje bijzonder plezierig vond en dat jouw aanwezigheid daar aan bijgedragen heeft."

„Mijn aanwe...? De ene misser na de ander! Dat was een wanvoorstelling van formaat." Ik keek hem oprecht verbaasd aan. Hoe kwam die goeie man erbij om zijn werk aan ons uit te besteden nadat ik er zo'n puinhoop van gemaakt had? Wat had ik gedaan of gezegd waardoor hij voor ons gekozen had?

Gertjan lachte weer zijn sympathieke lach. „Absoluut. Maar je bent aardig, intelligent en spontaan en loste het allemaal humoristisch op. Daar hou ik van. Geen gladde praatjes, maar gewoon zoals het is. Tot je verdronken mobieltje toe." Opnieuw die lach. „Het leek me dat je het wel leuk zou vinden om dat van mijzelf te horen."

Dat deed ik. Heel erg. We praatten nog een tijdje over het etentje en Jan kon zich ook niet meer goed houden toen opnieuw de scène met mijn afzakkende broek voorbijkwam. Gelukkig kon ik er zelf ook om lachen, hoewel mijn oren wel weer behoorlijk warm waren. Maar die zag je toch niet, want ze zaten netjes onder mijn haar.

Ik was bijna buiten, toen Gertjan overeind kwam. „Mag ik je nog iets vragen?"

„Zeker."

„Het is misschien een beetje een rare vraag, maar... was jij degene die mijn vrouw aanraadde om met pindakaas de kauwgom uit haar haren te halen?" Ik wist niet wat ik hoorde. Dat leuke blonde ding? Dat was Gertjans vrouw? Stom knikte ik. „Het werkte prima," zei hij met een knikje en een brede lach. „Zie je wel? Je bent iemand van ongewone oplossingen. Maar ze werken. Allemaal."

Toen ik afscheid nam van Gertjan, voelde ik me geweldig.

Ik passeerde Gloria, die in haar kantoor zat te werken. *Nee, Rozanne, niet je tong uitsteken. Niet doen... niet doen...* Ik deed het toch. Ze zag het. En ze reageerde niet eens. Ze keek alleen maar met een blik vol vitriool naar me. Dat was alles.

Yes!

„Zo. Biecht maar eens op." Ik stopte voor Kaz' bureau. Laat maar komen, de klachten. Ik kon de wereld aan. Ik was nog steeds te lang en te dun, maar mijn vriend was een schat van een man die Paulo heette, mijn baas was een toffe gast die dik tevreden was omdat ik een mooie klant had binnengeloodst, Joyce maakte weer deel uit van de stam der zusters, mijn bankrekening was aangenaam gespekt, en ik had de mooiste tijd van mijn leven voor me liggen.

„Ik moet je wat vertellen. Ik ben niet wat jij denkt dat ik ben," begon Kaz.